그림자 마법사들2

# 그림자
# 마법사들

마르세유의 비밀 조직

## II

문학수첩

목차

# 1.
# 비밀 거래

중국, 선전.

깊은 밤. 홍콩을 마주 보고 있는 서커우 지역의 앞바다에는 배 그림자 하나가 유유히 떠있었다. 하지만 거대한 크루즈선이 떠있어야 할 그 수면 위에는 달빛 아래 길게 늘어선 선박의 '그림자'만 일렁이고 있을 뿐, 그 몸체는 온데간데없었다.

본체를 숨긴 채 바다 위를 항해하는 크루즈 내에는 수백 개의 객실과 화려한 연회장, 레스토랑 등이 갖춰져 있었지만 어디에서도 사람의 그림자조차 찾을 수 없었다. 단 한 곳, 크루즈 최상층에 위치한 한 스위트룸만 제외하고.

널찍한 스위트룸의 거실에는 원형 테이블을 중앙에 둔 채 두 개의 긴 소파가 마주 배치되어 있었다. 그리고 그중 한쪽에는 검은 치마 정장을 입은 동양인 여성이 한 명 앉아있었다. 그녀의 아담한 체구에서는 작은 공격에도 금방 쓰러질 것 같은 연약한 이미지가 풍겼으나, 얼굴을 가린 검은 베일 안에서 빛나는 눈빛은 맹수처럼 날카로웠다. 그녀가 앉아있는 소파 주위에는 열 명쯤 되는 수행원들이 본체를 숨긴 채 그림자만 남은 상태로 대기하고 있었다.

묘한 기대감과 긴장감이 뒤섞여 얕게 깔려있는 방 안에는 눈치 없이 째깍거리는 시계 소리만 가득했다. 소파에 앉은 여성은 조용히 와인을 홀짝이며 창문 너머로 펼쳐진 어둑한 밤바다를 응시하다, 문득 문밖에서 들려온 기척을 느끼고 고개를 휙 돌렸다. 그녀의 예민한 감각이 옳았음을 증명하기라도 하듯 얼마 지나지 않아 객실의 문이 활짝 열렸다.

가장 먼저 들어온 하얀 셔츠 차림의 젊은 남성은 소파에 앉은 여성에게 목례한 후 상황을 보고했다.

"모시고 왔습니다."

그리고 여성이 고개를 끄덕이자 자신의 뒤에 있던 다른 두 명의 남성에게 길을 터주었다. 둘 다 동양인치고 키가 꽤 컸는데, 깔끔한 검은색 정장을 갖춰 입은 밝은 분위기의 중년 남성이 앞장섰고 보다 어두운 인상의 남성이 그 뒤를 따랐다. 두 번째 남자는 앞장선 정장 차림의 남자보다 키가 조금 더 작았고, 눈썹

아래로 내려오는 긴 앞머리가 얼굴을 반쯤 가리고 있어 나이를 가늠하기 쉽지 않았다. 게다가 뒷머리도 길게 길러 하나로 묶고 있어서 어쩐지 중성적인 느낌을 풍겼다. 하지만 그런 독특한 특징들에도 불구하고, 앞서 들어온 중년 남성의 압도적인 매력과 자신감 넘치는 분위기 때문에 두 번째 남자의 존재감은 그리 두드러지지 않았다.

"여기까지 오느라 고생하셨습니다."

두 남자가 방 안으로 걸어 들어오자 검은 치마 정장을 입은 여성이 소파에서 일어나 악수를 청하듯 손을 내밀었다. 얼굴을 모두 가리는 검은 베일은 여전히 걷어내지 않은 채였다. 이에 앞장서 걷던 중년 남성이 자신 있는 걸음으로 성큼 다가와 인사에 응했다.

"듣던 대로 아주 은밀하게 움직이시는군요."

남자가 여유 있는 말투로 건넨 이 말에는 사실 여기까지 오는 과정이 전혀 순탄하지 않았다는 불평의 의미가 들어있었지만, 그에게는 신기하게도 어떤 말이든 유쾌하고 매력적으로 들리게 하는 능력이 있었다. 여성의 말에 "아닙니다"라거나 "괜찮습니다"라고 대답하면 자신의 위치를 낮추는 셈이 되기에, 이런 식으로 무례하지 않게 받아쳐 힘의 균형을 영리하게 맞춘 것이었다. 이 속셈을 간파했는지 여성은 베일 아래로 슬쩍 웃음을 흘렸다.

상대에 대한 탐색과 옅은 기싸움을 곁들인 악수를 나눈 후, 두 사람은 테이블을 사이에 둔 채 소파에 각각 걸터앉았다. 큰 존재감 없이 조용히 뒤를 따르던 어두운 분위기의 장발 남성은 각이 잘 잡힌 서류 가방을 든 채 그대로 일행이 앉은 소파 옆에 와 섰다.

"그나저나 인원수가 너무 차이가 나네요."

소파에 앉자마자 중년 남성은 방 안 곳곳에서 대기하던 열 명의 그림자를 둘러보며 이렇게 말했다. 농담이라도 하듯 매력적인 미소를 머금은 채 건넨 말이었지만, 그 뒤에 이어진 말에서는 서슬 퍼런 단호함이 묻어났다.

"나머지 수행원은 물려주시죠. 그렇지 않으면 저희 쪽에서도 경호원을 방 안에 들이겠습니다."

뜻밖의 강경한 태도에 반대편에 앉은 여성은 베일 아래에서 살짝 눈썹을 찡그렸으나, 상대가 눈치채기 전에 다시 애써 표정을 누그러뜨리며 대답했다.

"…그러죠."

평소라면 그녀가 누군가를 위해 몸을 낮추는 일은 좀처럼 없겠지만, 자존심 때문에 억지를 부리기에는 이 자리가 너무나 중요했다.

"L만 빼고 모두 나가도록."

여성이 주위의 그림자들을 둘러보며 명령하자, 여전히 문 옆에서 대기하고 있던 흰 셔츠 차림의 젊은 남성을 제외한 열 명의 그림자 수행원이 모두 썰물처럼 일제히 방을 빠져나갔다. 그제야 소파에 앉은 상대편 남성은 대화할 준비가 되었다는 듯 자세를 고쳐 앉았다.

"…당신이 바로 그 '텐'인가요?"

검은 베일의 여성이 질문했으나, 상대편 남성은 고개를 저었다.

"아니요. 저는 텐의 대리인일 뿐입니다. 아시다시피 그는 음지에서만 활동하는, 얼굴 없는 발명가니까요. 모든 비즈니스는 제가 전면에 나서서 처리하고 있습니다."

여성은 텐이 직접 오지 않았다는 사실이 퍽 실망스러운 모양이었다.

"아쉽군요. 전에도 이야기했듯 저희 측에서는 텐에게 어떤 업무를 맡기길 바라고 있습니다. 혹시라도 생각이 바뀌면 다시 연락하라고 전해주세요."

이 말에 소파 옆에 조용히 서있던 장발 남성의 표정이 살짝 변했으나, 긴 앞머리가 얼굴의 반을 가리고 있었으므로 누구도 알아채지 못했다. 그에게는 시선조차 주지 않은 채 여성은 다시 입을 열어 본론으로 들어갔다.

"그래서, 물건은 어디에 있죠?"

"여기 있습니다. 텐이 '섀드코어Shadcore'라고 이름 붙인 물건이죠."

자신을 텐의 대리인이라 소개한 중년 남성은 옆에 잠자코 서 있던 장발의 수행원에게 손짓을 보냈다. 그러자 그는 군더더기 없는 동작으로 들고 있던 서류 가방을 열더니 그 안에서 작은 이동형 금고를 꺼냈고, 다시 신중하게 그 금고를 열어 여성이 요구한 물건을 꺼내 보였다. 하지만 물건을 보는 순간, 검은 베일 아래에서 여성의 표정이 눈에 띄게 굳어졌다.

"이게… 그 물건이라고요?"

여성의 이러한 반응은 그 물건이 지극히 평범해 보이는 돌멩이라는 인식에서 비롯된 것이었다. 금고에서 나온 물건은 작은 구멍이 불규칙하게 흩뿌려진 검회색 돌덩이로 모양 자체도 아무렇게나 떼어낸 찰흙 덩어리처럼 정제되지 않은 형상이었다.

상대의 의아함을 충분히 이해한다는 듯 중년 남성은 얼른 매력적인 미소를 뿜어내며 설명했다.

"이게 일전에 설명드렸던 바로 그 섀드코어라는 물건입니다. 섀드의 마법력을 그대로 담아낼 수 있는 그릇이죠. 여기에 강한 마법의 힘을 가진 섀드의 그림자 조각을 특정한 방식으로 가공해 담으면 아무리 마법적 재능이 떨어지는 섀드라도 자신의 실력을 뛰어넘는 강한 마법을 구사할 수 있습니다. 물론 이미 강한 힘을 가진 섀드라도 이 물건으로 그 이상의 힘을 손에 넣을 수 있고요."

이어서 그가 섀드코어라는 돌멩이 안에 어떤 식으로 그림자 조각을 가공해 담으면 되는지 직접 보여주자 여성의 눈빛이 확 달라졌다. 놀라움과 기대감, 욕망이 뒤섞여 눈동자 안에서 불꽃처럼 춤을 추는 듯했다.

"그런데 주의하실 점이 있습니다. 여느 마법 아이템처럼, 이 물건도 무에서 유를 창조할 수는 없습니다. 섀드코어의 원리는 여기에 담긴 그림자 조각의 주인이 가진 힘을 빼앗아 사용하는 것이기 때문에, 섀드코어에 그림자 조각을 내어준 섀드는 섀드코어가 사용될수록 점점 힘을 잃게 됩니다."

남자는 조심스럽게 주의 사항을 덧붙였지만, 이미 맞은편에 앉은 여성의 귀에는 들어오지 않는 듯했다. 그녀는 얼굴을 가린 베일도 뚫고 나올 만큼 강렬한 눈빛으로 섀드코어를 살펴보고 있었다.

검은 베일의 여성은 얼마간 섀드코어를 이리저리 뜯어보더니 L이라 불렸던 젊은 남성에게 손짓으로 명령했다. 그러자 그는 잠시 밖으로 나가더니 이내 커다란 여행 가방 하나를 끌고 왔다. 그리고 거래가 이루어지는 테이블로 다가와 위에 가방을 얹더니 활짝 열어 보였다. 그 안에는 눈부신 골드바가 빈틈없이 깔끔하게 채워져 있었다.

"괜한 추적을 피하기 위해 대금은 금으로 준비했습니다."

여성이 이렇게 설명하자, 반대편 소파에 앉은 중년 남성은 고개를 한 번 끄덕이더니 골드바의 수를 찬찬히 헤아렸다.

"…정확하군요."

이내 계산을 마친 그는 가방을 다시 닫아 자물쇠를 채우고는 마법가루를 뿌려 가방의 본체가 사라지고 그림자만 남도록 했다. 이어서 압축마법을 걸어 가방의 그림자를 작게 축소하더니 섀드코어를 담아왔던 금고 안에 넣었고, 그 금고는 장발의 수행원이 다시 소중하게 서류 가방에 집어넣었다.

거래를 마친 후 중년 남성은 흡족한 미소를 지으며 소파에서 일어섰다.

"그럼, 유용하게 사용하시길 바랍니다."

그가 인사말을 건네며 서둘러 떠날 준비를 하자, 상대편 여성도 소파에서 함께 일어나며 차분하게 말을 건넸다.

"빅토리아항에 내려드릴 때까지 크루즈 구경이라도 하고 계시죠."

"아니요. 그럴 필요는….."

남성은 재빨리 거절 의사를 밝히려 했으나, 여성의 다음 말이 더 빨랐다.

"이 배 위에서 그림자 이동으로 나갈 수는 없습니다. 그리고 저희 측에서도 물건의 성능을 확인해 볼 시간이 필요하니까요."

이는 즉, 크루즈를 구경하고 있으라는 말이 호의 어린 권유가 아니라 반쯤 협박을 담은 강요였다는 뜻이었다. 물건이 제대로 작동하는 걸 확인하기 전까지는 크루즈에서 나갈 생각도 하지 말라는.

"…예. 그럼 감사히 크루즈를 즐겨보도록 하죠."

상대의 의중을 알아챈 중년 남성은 일부러 아무 일 아니라는 듯 가볍게 대답하고 방 밖으로 걸음을 옮겼다. 내내 말 한 마디 없이 옆을 지키던 장발의 남자도 그를 따라 조용히 움직였다.

"L, 이 배에 탄 이들 중 가장 쓸모없는 자를 선별해 데려와."

두 남자의 등 뒤에서 닫히는 스위트룸의 문 사이로 여성의 나지막한 목소리가 얼핏 들려왔다.


얼마 후, 새드코어를 성공적으로 판매하고도 아직 자유를 찾지 못한 두 동양인 남성은 크루즈의 갑판 가장 끝부분에 서서 넘실대는 검은 파도를 바라보고 있었다. 다행히 크루즈 내에서라면 행동을 제약받지 않았기에 그들이 데려온 실력 있는 경호원 네 명이 그림자화 상태로 주위를 지키고 있었고, 상대편 일당은 굳이 그들을 따라오지 않았다.

엿듣는 이가 없다는 걸 확인한 후, 자신을 텐의 대리인이라 소개한 중년 남성이 옆에 선 장발의 동료에게 말을 건넸다.

"그래서, 직접 두 눈으로 확인하니 어때?"

"물건을 파는 정도는 상관없지만, 아무래도 같이 일하고 싶은 조직은 아니라는 생각이 드네. 지금까지처럼 선을 지키며 가끔 교류하는 정도로 해줘. 이 정도로 비싼 물건을 제 값을 주고 살 수 있는 조직은 이들 말고는 없으니까."

스위트룸에서는 내내 침묵만 지켰던 장발의 남성이 낮은 목소리로 대답했다. 바닷바람이 훅 불어오면서 긴 앞머리가 날리자 그의 두 눈이 완전히 드러났는데, 한쪽은 짙은 검은색이었으나 다른 한쪽은 신비로운 푸른빛을 띠고 있었다.

"조심해, 그 눈은 너무 눈에 띄어. 괜히 이 조직에서 호기심을 갖고 네가 누군지 확인이라도 하려고 하면 어떡해."

"뭐, 평범한 수행원치고는 외모가 특이하다 정도겠지. 어차피 텐이 어떻게 생겼는지는 아무도 모르는걸."

중년 남성이 건넨 경고를 장발의 남성은 가볍게 웃어넘겼다. 텐이라는 이름의 얼굴 없는 발명가로 활동한 지 20여 년이 되었지만 그동안 그의 정체를 알아챈 이는 아무도 없었으므로 근거 없는 자신감은 아니었다. 그가 협상 자리에 직접 따라나선 적은 거의 손에 꼽을 정도인 데다, 늘 오늘처럼 음침한 분위기의 과묵한 수행원 행세를 하고 다녔기에 누구도 그에게 관심을 갖지 않았다.

"그나저나 저 사람들, 일부러 크루즈를 빙 둘러 천천히 몰고 있는 것 같은데… 대체 확인을 얼마나 오랫동안 하는 거야?"

장발의 수행원, 아니 섀드코어를 창조한 장본인이자 그 유명한 음지의 발명가인 텐이 불만을 토로하자 그의 동료는 얼른 경호원들 쪽으로 몸을 돌리며 물었다.

"그냥 우리 측에서 준비한 배를 가져오라고 해서 빠져나갈까?"

"아니야. 앞으로도 종종 물건을 팔아넘기려면 이 정도는 맞춰 줘야지."

계속해서 한가롭게 바다를 바라보며 대답하던 텐은 문득 동료가 갑판을 돌아보던 자세 그대로 말문을 잃은 채 멈췄다는 사실을 깨달았다. 그래서 그를 따라 같이 고개를 돌렸다가, 그들 쪽으로 걸어오는 두 인물을 발견하고는 마찬가지로 굳어버렸다.

갑판 위 어둑한 곳에서 그들을 향해 걸어온 이들은 아무리 봐도 섀드코어를 구매한 조직의 일원처럼 보이지는 않았다. 아니, 사실 조직원인지 여부를 떠나 아예 목적을 가늠할 수 없는 전혀 생뚱맞은 조합이었다. 둘 중 한 명은 스무 살 언저리로 보이는 짙은 갈색 머리의 백인 청년이었고, 다른 한 명은 그보다 최소 열 살은 많아 보이는, 검은 제복 차림의 날씬한 동양인 여성이었다. 그리고 더 이상한 건, 분명 보이는 나이와 달리 백인 청년에게서는 이상할 정도로 강한 위압감이 느껴지고 동양인 여성은 젊은 청년에게 너무나 공손한 태도를 보인다는 점이었다.

"경호원은?"

낯선 침입자들을 멍하니 바라보던 텐은 그제야 경호원의 존재가 생각났는지 이렇게 중얼거리며 주위를 둘러보았다.

"아, 저기 바다 어딘가에 가라앉아 있지 않을까?"

당연히 본인에게 한 질문이 아니었음에도 검은 제복의 여성이 굳이 나서서 대답했다.

이 말에 텐과 그의 비즈니스 대리인의 등에서는 식은땀이 흐르기 시작했다. 두 사람이 경호원들로부터 등을 돌리고 바다를 바라보던 시간은 그리 길지 않았다. 그런데 그 짧은 시간 안에 네 명이나 되는 실력자들을 싸우는 소리 하나 없이 매끄럽게 처리하다니.

두려움에 잘게 떨리는 시선으로 텐이 깊은 바다 저편을 바라보는 동안, 이번에는 젊은 백인 청년이 입을 열었다.

"돌멩이에 섀드의 마법력을 옮겨 담는 기이한 마법을 개발했다지? 그렇다면 인간에게 섀드의 마법력을 부여하는 것도 가능하겠나?"

텐 쪽을 정확히 바라보며 말하는 걸 보니 상대는 이미 그의 정체를 알고 있는 모양이었다.

"인, 인간에게요? 인간은 마법을 쓸 수 없는 존재인데 어찌….''

아무리 봐도 스무 살 언저리로밖에 보이지 않는 한참 젊은 청년이었지만, 텐은 자신도 모르게 격식을 갖춰 대답했다. 말로 설명하기 어려운 끔찍한 압박감을 느낀 탓이었다. 선뜻 원하는 대답을 내놓지 못한 채 그가 말을 빙빙 돌리자 젊은 백인 청년은 짜증스러운 한숨을 내뱉었다.

"긴 대화가 필요해 보이는군.''

청년이 막 검은 제복의 여성에게 손짓으로 지시를 내리려는데, 그 잠깐의 틈을 타 중년의 동료가 서둘러 귓속말로 속삭였다.

"어떻게든 저 둘의 시선을 분산시켜 봐. 내가 들어가서 도움을 요청해 볼게.''

텐의 입장에서는 크루즈 안에 있는 조직의 인물들도 그리 탐탁지 않았으나 지금의 위기를 벗어나려면 그 방법밖에 없었다. 그래서 텐은 재빨리 자신을 그림자화해 본체를 감추더니, 냅다 배를 벗어나 수면 위로 미끄러지듯 도망쳤다. 물론 육지까지 그렇게 이동하기는 어렵겠지만 몇 분 정도라면 그림자 상태로 물 위를 가로질러 움직일 수 있으므로 그렇게 시간을 끌려는 계획이었다.

타깃이 도망치는 모습을 본 여성은 즉시 자신도 그림자만 남은 상태로 변신해 바다 위로 뛰어들었고, 그 틈을 타 텐의 동료 역시 그림자 속에 본체를 숨긴 후 순식간에 크루즈의 내부로 미끄러져 들어갔다. 그는 아주 잠시나마 갈색 머리의 청년이 아무런 마법도 쓰지 않고 있다는 사실이 이상하다고 생각했으나, 행동 하나하나를 뜯어 분석할 여유는 없었으므로 그저 고개를 한 번 흔들고는 도움의 손길을 찾아 멀어졌다.

몇 분 뒤, 텐의 동료가 거친 숨을 몰아쉬며 몇몇 섀드와 함께 갑판 위로 돌아났을 때, 대치가 일어났던 갑판 끝 쪽에는 아무도 남아있지 않았다. 막 생긴 듯한 축축한 물웅덩이만이 바다로 도망쳤던 텐의 흔적을 시사할 뿐, 텐과 갈색 머리의 청년 그리고 검은 제복의 동양인 여성은 이미 완벽하게 사라진 후였다.

"배 위에선 그림자 이동으로 떠날 수 없다고 했는데⋯."

멍하니 텅 빈 갑판 위를 바라보던 텐의 동료는 급히 바다 위에 떠있는 그림자가 있는지 찾으려 두리번거렸으나, 달빛에 반짝이는 수면 위에서 사람의 그림자라곤 찾아볼 수 없었다. 혹시나 하는 마음에 상대 조직의 도움을 받아 크루즈 곳곳을 샅샅이 살펴보았음에도 역시나 성과는 없었다.

텐의 신분이나 오늘의 비밀 거래에 대해 세간에 드러낼 수는 없기에 어디에도 실종 사실을 신고하지 못한 채 그가 발만 동동

구르는 사이, 어느새 검푸른 바다 위로 새벽 동이 어렴풋이 트기 시작했다.

# 제론의 이상향

캘리포니아, 로스앤젤레스.

머나먼 홍콩 앞바다에서 소동이 벌어지던 그 시각, 리안 그레이는 오후의 따뜻한 햇볕 아래에서 슬프도록 아름답게 반짝이는 한 묘비를 내려다보고 있었다.

클로이 그레이. 그의 어머니 이름이 새겨진 묘비였다. 어머니가 목숨을 잃은 건 지난해 11월이었지만, 그림자를 되찾지 못해 한동안 장례조차 치르지 못하고 있다가 드디어 몇 주 전 이곳에 모시게 되었다. 리안은 마음속 깊이 쌓인 분노의 응어리를 억누르며 아무 말 없이 한참이고 묘비를 바라보다가 조용히 발걸음을 돌렸다.

묘비를 떠난 후 리안은 로스앤젤레스의 밝은 거리를 가로질러 가까운 곳에 있는 한 거대한 저택으로 향했다. 어느 유명 인사의 별장같이 호화롭고 여유로운 느낌을 주는 이 저택은 사실 섀드가더Shad Guarder들의 비밀 기지 중 한 곳으로, 현재 리안이 머무르고 있는 곳이었다. 무성한 수목 사이로 숨겨진 진입로를 신중하게 거슬러 올라가 대문 앞에 선 리안은 내내 쓰고 있던 트랜스포마스크를 벗고 여러 보안 절차를 거쳐 안으로 들어갔다.

트랜스포마스크를 벗은 리안의 얼굴을 알아보고는 경비원이 인사를 건넸지만, 리안은 누군가가 그 얼굴을 자신의 실제 얼굴로 인식하는 게 그리 달갑지 않았다. 그래서 희미한 웃음과 함께 간단한 인사만을 남기고는 바로 트랜스포마스크를 착용해 얼굴을 가렸다. 이는 경비원 때문이라기보다는 어딘가의 유리창이나 거울에 비치는 자신의 얼굴을 보기 싫다는 이유가 더 컸다.

리안은 작년 여름, 강력하지만 위험한 섀드인 제론 에브런과 몸이 바뀐 후 얼마간은 자신이 곧 제론이라 착각한 채 지내왔다. 하지만 진실을 깨달은 지금은 제론의 얼굴을 한 자기 자신을 보는 게 끔찍할 정도로 싫었다. 제론 일당이 바로 어머니를 죽게 한 원흉인 데다가, 자신의 목적을 위해 타인을 아무렇지 않게 희생시키는 제론의 어긋난 윤리관에 동의할 수 없기 때문이었다.

리안은 지금쯤 제론 일당이 어디에서 무엇을 하고 있을지, 여전히 자신을 죽이고 제론의 그림자를 되찾을 날을 호시탐탐 노리고 있을지 생각하며 천천히 저택 내에 배정된 자신의 방으로 걸어갔다. 제론 일당이 모두 체포되고, 다시 평범한 인간 대학생의 일상을 되찾기 전까지는 이렇게 어항 속을 걷는 듯한 답답한 기분에서 영원히 벗어나지 못할 것만 같았다.

그래도 방문 앞에서 섀드가더인 세린 카일이 기다리고 있는 모습을 보자 리안의 기분은 살짝 나아졌다. 세린이 그를 찾아왔다는 건 약간이나마 수사에 진전이 있다는 뜻이기 때문이었다. 둘은 여느 때처럼 방 안으로 들어가 창가의 티 테이블에 자리를 잡았고, 세린은 새롭게 밝혀낸 사실들을 리안에게 알려주었다.

"리안 군의 추리대로, 3년 전 홍 박사의 사망도 제론의 소행이 맞았어요. 해당 시점 전후에 폐기된 섀이덤Shaedom들을 조사해 보니 홍 박사와 제론의 대화가 남아있는 것이 있더군요. 홍 박사의 연구 자료를 훔치기 위해 그를 죽인 게 분명해요."

지난 몇 주간 리안은 섀드가더들에게 그가 알고 있는 정보를 내어주며 제론 일당의 수사에 적극적으로 협조하고 있었다. 섀드 범죄 수사국Bureau of Shad Crime Investigation, B.S.C.I. 산하의 비밀 수사 요원인 섀드가더들은 작년에 일어난 대대적인 연쇄 그림자 갈취 사건의 범인 제론 일당을 쫓고 있었기에, 제론과 영혼이 바뀐 후 그에 대해 누구보다 많은 정보를 알게 된 리안을 핵심 관련자로 데리고 있을 수밖에 없었다.

그리고 리안 역시 어머니의 복수와 자신의 안전을 위해 제론 일당이 체포되길 바라고 있었으므로 섀드가더들을 돕는 건 당연했다. 게다가 제론과 바뀌어 버린 몸을 되찾고 원래의 평범한 일상으로 돌아가기 위해 리안 역시 그들의 도움이 필요했다. 리안이 수사를 돕는 대가로 섀드가더들은 중앙 특수마법 연구소에 의뢰해 리안과 제론의 영혼이 뒤바뀐 이유를 연구해 주기로 했고, 제론에 관한 조사 내용도 모두 공유하기로 약속했다.

"그렇군요. 그나저나 섀이덤이라고 하니… 제론의 집에서 가져온 섀이덤들의 기록을 복원하는 작업은 어떻게 되고 있나요?"

리안도 세린의 말을 받아 궁금한 점을 물었다. 몇 주 전, 이 비밀 기지로 들어올 때 리안은 일곱 개의 섀이덤을 포함해 제론의 집에 남아있던 주요 물건들을 모두 섀드가더들에게 넘겼다. 그중 '파웰L. Powell', '청X. Cheong', '노이만N. Neumann'이라는 이름이 적힌 세 개의 섀이덤은 아예 통신 기록이 통째로 지워져 있었기에 현재 특별한 복원 작업이 진행되고 있었다.

"우리 섀드–텍Shad-Tech 연구팀은 그 섀이덤들에 강력한 기록 삭제 마법이 걸려있다고 하더군요. 통신 이력을 추후에 지운 게 아니라, 애초부터 그 섀이덤을 통해 주고 받은 메시지는 모두 보내거나 확인한 즉시 삭제되도록 설정돼 있었던 거예요. 일단 파웰 명의의 새 아이템부터 차근차근 진행하고 있으니 무언가 성과가 나면 알려주겠죠."

이 말에 리안은 조용히 고개를 끄덕였다. 지난 몇 달간 제론의 집에서 가장 크게 느낀 점이 있다면 그건 제론이 굉장히 비밀스럽고 조심스러운 성격이라는 것이다. 새 아이템이 연결된 기기는 그 소유주만이 사용할 수 있다는 기본적인 제약이 있음에도 불구하고 행여 누가 볼까 기록 삭제 마법을 걸어두다니. 지극히 제론다운 일이었다. 그리고 이는 곧, 그 세 개의 새 아이템이 제론에게 갖는 의미의 크기를 시사하는 것이기도 했다. 누구에게도 알릴 수 없는 비밀을 품고 있지 않은 이상, 그리 꽁꽁 숨길 필요는 없을 테니까.

"그래도 사진을 조사하는 작업은 순조롭게 진행되고 있어요."

다행히 세린이 그다음 화제로 꺼낸 내용은 조금 더 희망적이었다. 제론의 집에는 그림자 이동에 사용되는 사진들만 한가득 모아둔 방이 있었는데, 세린이 언급한 작업은 여기에서 가져온 사진들을 통해 제론이 자주 방문한 장소를 확인하는 일이었다. 그에게 친숙한 장소들이 어디인지 알아내면 현재 그가 숨어있는 곳을 찾아낼 확률도 높아질 거란 기대로 시작한 작업이었고, 대부분의 경우 자신이 한 번도 가보지 않은 장소를 은신처로 택할 확률은 낮으므로 리안도 꽤 의미 있는 방향의 조사라고 생각했다.

"일단 사물 기억 복원 마법으로 사진 위에 제론의 그림자가 오간 흔적을 추적해서 그가 가장 많이 드나든 장소부터 순서대로 분류했고, 우선순위가 높은 곳들부터 차례로 조사원을 보내 탐문수사를 진행하고 있어요."

사물 기억 복원 마법은 사물의 그림자가 간직하고 있는 기억을 활용해 이에 접근한 인물들을 식별해 내는 특수마법이었다. 조사할 대상의 그림자 조각이 있어야만 식별이 가능하다는 한계 때문에 세린이 그에게서 제론의 그림자 조각을 받아간 적이 있어 리안도 잘 알고 있었다.

현황부터 간단히 공유한 후 세린은 바로 본론을 꺼냈다.

"그런데 조금 의아한 사진이 하나 있어서 가져와 봤는데, 혹시 이 장소에 대해 아는 바가 있나요?"

아마 이게 그녀가 오늘 리안을 찾아온 주된 이유인 모양이었다. 세린이 내민 사진에는 어떤 저택의 정원으로 보이는, 잔디와 잡초가 뒤엉켜 지저분하게 자라있는 바닥이 찍혀있었다. 그 뒤쪽으로 아주 오래된 분수와 담쟁이로 뒤덮인 석조 건물의 모습도 희미하게나마 확인할 수 있었는데, 리안으로서는 그곳이 어디인지 전혀 감이 오지 않았다.

"어디에 있는 장소인가요?"

리안의 질문에 세린은 얼른 지도를 꺼내 위치를 표시해 주었다. 영국 남쪽 지역을 확대해 둔 지도로, 세린이 표시한 지점은 런던에서 서남쪽으로 약 140킬로미터 정도 떨어져 있는 솔즈베리라는 도시 근처에 있는 외곽 지역이었다. 리안은 지도와 사진을 번갈아 바라보며 열심히 머릿속을 더듬어 봤지만 떠오르는 게 없어 결국 고개를 저었다.

"…전혀 모르겠어요. 제론이 자주 방문하던 장소였나요?"

"최근에 자주 사용한 사진은 아니긴 해요. 17년 전에서 14년 전 정도까지 자주 사용했는데…. 이상한 점은 이 사진 속 장소 근처에 그림자 숨김 상태로 감춰진 섀드건물이 전혀 없다는 거예요. 다른 사진들은 대부분 근처에 섀드들이 많이 방문할 법한 장소들이 숨겨져 있어서 목적지를 유추하기 쉬운데, 제론이 이곳으로 이동했던 이유만큼은 전혀 짚이는 데가 없어요. 사진 뒷면에도 'E'라는 글자 하나만 적혀있을 뿐 장소에 대한 명확한 이름이 남아있지 않고요."

제론이 뉴욕의 집에 개인적으로 보관하고 있던 사진들에는 모두 뒷면에 작은 글씨로 각 장소의 이름이 적혀있었다. 그리고 이 중 '유란섀드학교'라고 적힌 사진은 바로 학교 옆 호숫가로, '마인강변'이라 적힌 사진은 '제로' 근처의 강변으로 안내했던 걸 떠올리면 확실히 제론은 굳이 목적지에서 멀리 떨어진 장소의 사진을 이용하는 편은 아니었다. 그러므로 그 이름조차 불명확한 제론의 목적지가 근처에 아무런 새드건물이 없는 외딴곳이었다는 사실은 리안이 생각하기에도 퍽 이상한 일이었다.

"떠오르는 게 없네요. 아마 그때 즈음이면 제론은 10대였을 텐데…."

리안이 미안하다는 표정을 짓자 세린이 애써 밝은 목소리로 말을 받았다.

"괜찮아요. 리안 군도 잘 모르겠다면 어쩔 수 없죠. 일단 이곳에도 우리 측 조사원을 한 명 보내뒀으니 조금 기다려 보면 정보를 얻을 수 있을 거예요. 제론의 어린 시절에 대한 조사도 따로 진행 중이고요."

분위기를 환기시키려는 듯, 세린은 가져온 레몬 마들렌을 꺼내 리안에게 하나 내밀고는 자신도 한 입 베어 먹었다. 레몬 마들렌은 단 것을 그리 좋아하지 않는 세린이 유일하게 즐겨 먹는 디저트였다.

"그나저나 다음 주면 다시 학기가 시작되네요. 준비는 잘 되고 있나요?"

마들렌을 우물거리며 세린이 물었다. 그녀가 말한 준비란 리안의 마법 실력을 향상하는 일이었다. 유란새드학교로 돌아가기 위해 리안은 요즘 꽤 바쁜 스케줄에 따라 특별 수업을 받고 있었다.

리안은 여전히 제론의 과거 행적과 관련해 유란섀드학교에
중요한 단서들이 남아있을 거라고 생각했다. 제론이 브룩스 교
수라는 신분으로 작년 여름, 리안과 몸이 바뀌어 버린 그날까지
도 활동하던 장소이기 때문이었다. 어쩌면 제론과 리안의 영혼
을 바꿔놓은, 그 설명할 수 없는 작용에 대한 단서도 유란섀드
학교에서 발견할 수 있을지 모른다.

그리고 세린을 비롯한 섀드가더들의 입장에서도 리안이 유란
섀드학교에서 새로운 정보를 얻어올 수 있다면 수사에 도움이
될 테니 반가운 일이었다. 다만 제론도, 채 교수도 학교를 떠난
지금 유란섀드학교는 수사상의 중요도가 그리 높지는 않았기
때문에, 수사국에서는 효율성을 위해 세린의 잠입 수사를 중단
하고 학교의 조사는 전적으로 리안에게 맡기겠다고 결정했다.

이게 바로 리안이 요즈음 매일 여덟 시간씩, 여러 마법 강사
들이 돌아가며 담당하는 특별 수업을 받게 된 이유였다. 수업의
주요 내용은 유란섀드학교에 잠입해 활동할 때에 도움이 될만
한 다양한 탐지마법, 그리고 제론 일당이 다시 리안을 노릴 경
우를 대비한 방어나 공격마법 등이었다. 물론 섀드가더들이 빈
틈없이 리안을 지키고 있긴 하겠지만 만일을 대비해 나쁠 건 없
으니 말이다.

다양한 수업에 개인적인 복습 시간까지 더하면 거의 눈을 뜨

고 있는 대부분의 시간을 마법 수련에 쏟은 셈이므로 리안은 자신이 실력적으로 성장했다는 점에는 확신이 있었지만, '준비가 잘 되었냐'는 질문에는 선뜻 고개를 끄덕이기가 망설여졌다. 그래서 빙긋 웃으며 이렇게만 말했다.

"열심히는 하고 있는데, 준비가 잘 되었을지는 학교에 돌아가 봐야 알 것 같네요."

실제로 유란새드학교로 돌아갔을 때 어떤 마법이 도움이 될지는 알 수 없었기 때문이었다. 세린 역시 이 마음을 짐작했는지 격려하듯 미소를 보내주었다.

"어제 마법 대련에 참여하는 걸 봤는데, 곧잘 하던데요? 괜찮을 거예요. 리안 군은 이상할 정도로 제론의 그림자에 깃든 마법의 힘을 잘 사용하잖아요."

세린은 늘 인간의 영혼을 가진 리안이 제론의 강력한 힘을 제대로 다룰 수 있다는 사실이 신기하다고 이야기하곤 했다. 다만 리안은 수많은 이들의 목숨을 빼앗는 데 사용되어 온 제론의 힘을 자신이 잘 다룬다는 점이 그리 자랑스럽지만은 않았기에 이번에도 옅은 미소로만 대답했다.

세린은 시계를 한번 흘깃 보더니 이내 먹다 만 마들렌을 들고 자리에서 일어났다.

"그럼 이만 돌아가 볼게요. 나도 새로 공유할 내용이 생기면 바로 알려주러 오겠지만, 리안 군도 제론에 대해 더 생각나는 정보가 있으면 언제든 찾아와요."

하지만 유란새드학교의 새 학기 첫날이 밝아올 때까지 결국 리안이 세린과 다시 이야기할 기회는 찾아오지 않았다. 여전히 수사가 수월하게 풀리지 않는 모양이라, 리안은 자신이라도 새로운 정보를 발견할 수 있으면 좋겠다는 마음으로 학교로 향했다.

마음은 무거웠지만 그래도 오랜만에 학교 안에 발을 들이니 조금이나마 평화로운 기분이 들었다. 제론과 몸이 바뀌기 전까지 리안은 평범한 인간 대학생이었으므로, 아무리 수사가 목적이라 해도 학교에서 또래와 어울리다 보면 잠시나마 마음이 편해졌다. 그들과 대화하고 수업을 듣다 보면 자신도 그저 평범한 학생이 된 것 같았기 때문이었다.

특히나 활달한 보충반 학생인 제이 홍은 늘 끊임없는 일방적인 수다로 리안의 주의를 현재 상황에서 멀리 떨어뜨려 놓는 데 탁월한 재주가 있었다. 그래서인지 그날 아침에도 리안은 어느새 제이 홍을 비롯한 보충반 학생들의 대화에 끼어있는 자신을 발견했다. 그들은 방학 동안 일어난 시시콜콜한 일들에 대해 얘기하다가 이후에는 그림자 하키 세계 챔피언십에 대한 대화로 열을 올렸다. 리안은 관심 없는 내용이었기에 적당히 호응하다가, 한 학생이 '채 교수'라는 이름을 거론하자 순간 멈칫했다.

"그런데 채 교수님은 어쩌다 학교를 떠나신 걸까?"

리안은 채 교수가 제론의 충실한 동료이자 지난 학기에 일어난 '그림자력 소진 마법'의 배후라는 사실을 알고 있었지만, 아무래도 그 사실이 학생들에게는 전혀 공개되지 않은 모양이었다. 아마 한 학기 내내 학생들과 긴밀히 접촉했던 교수가 범죄자였다는 사실을 공개하면 학교의 위상이 실추될까 염려해 학교 측에서 정보를 막은 게 아닐지 리안은 막연히 짐작만 했다.

"혹시 채 교수님이 보충반 담당으로서 그때의 사건에 대해 책임을 지고 물러나신 게 아닐까?"

사정을 알 리 없는 한 학생이 조심스럽게 의견을 개진했다. 대부분의 학생들이 보충반 학생 마흔 명 중 서른 명이 죽음 직전까지 갔던 그 끔찍한 사건에 대한 생각을 떨치지 못했으므로 이 관점에도 일리가 있었다. 실제로 보충반 학생 중 유란섀드학교의 안전망에 대한 실망 때문에 학업을 중단하고 집으로 돌아가기로 한 학생도 다섯 명이나 됐고, 이러한 분위기를 틈타 세린도 떠났기 때문에 보충반의 분위기는 제법 뒤숭숭한 편이었다.

"〈최신 그림자 부림술〉이랑 〈고대 섀드연금술〉 과목을 둘 다 맡으시다 보니 개인 연구를 할 시간이 부족해서 그만두신 걸 수도 있어. 원래부터 채 교수님은 교수직보다는 개인적인 연구 활동에 훨씬 관심이 많으셨다던데?"

긍정적인 성격의 제이가 그다운 추측으로 말을 받았다.

"그나저나, 그러면 채 교수님의 빈자리는 누가 채우지? 〈최신 그림자 부림술〉 과목은 일단 로렌츠 교수님께서 가르치시는 것 같긴 한데….."

자연스럽게 채 교수의 잠적 이유에 대한 호기심은 채 교수의 빈자리를 누가 채울지에 대한 관심으로 이어졌다. 아직 학교 측에서는 채 교수의 사임이나 새로운 교수진 초빙에 대해서는 말을 아끼는 상황이었기 때문이었다. 하지만 이제 곧 보충반의 첫 수업이 시작될 시간이었으므로 학생들은 서둘러 대화를 마무리할 수밖에 없었다. 리안은 이제야 생긴 그 잠깐의 틈을 타 자신이 정규반으로 편입되었다는 말을 슬며시 꺼냈다가, 제이가 질문 공세를 쏟아낼 기미를 보이자 나중에 이야기하자고 덧붙이고는 재빨리 발걸음을 옮겼다.

지난 학기에 정규반 편입 제안을 꺼냈던 로렌츠 교수는 정말로 방학 사이에 그에게 시험을 보러 오라는 권유를 보내왔고 리안은 그 제안을 받아들였다. 아무래도 제론에 대해 조사하려면 정규반 학생들이나 교수들과 가까워지는 편이 좋고, 그러려면 보충반보다는 정규반에 있는 게 유리할 테니까. 그리고 섀드가

더 기지에서 특훈을 받던 리안에게 당연히 편입 시험은 어려울 리가 없었다.

그렇게 해서 새롭게 정규반 학생이 된 리안은 이제부터 로렌츠 교수의 교수실로 가 편입생을 위한 간단한 설명을 듣도록 되어있었으므로, 보충반 학생들의 호기심 어린 눈길을 뒤로하고 동쪽 동으로 이동했다. 동쪽 승강기를 통해 Pf층으로 올라간 후 로렌츠 교수의 교수실을 찾아 노크하자 로렌츠 교수가 손수 문을 열어주었는데, 놀랍게도 방 안에는 이미 그가 잘 아는 또 다른 학생이 앉아있었다. 지난 학기에 '유란새드학교의 전설과 비밀' 동아리를 통해 어느 정도 친분을 쌓았던 티모시 레토였다.

"티모시!"

리안이 반갑게 그의 이름을 부르자 로렌츠 교수가 놀란 듯 둘을 돌아보았다.

"이미 아는 사이인 모양이군요? 그렇다면 더 수월하겠어요. 수업 들어가기 전에 여기 티모시 군이 학교를 돌아다니면서 정규반 학생이 알아야 할 장소들을 설명해 줄 거예요. 에론 군은 이미 한 학기 동안 보충반 학생으로 있었으니 대부분 알겠지만, 정규반 학생들만 사용하는 장소도 있어서요."

아마 티모시 역시 리안이 편입한 전공인 '그림자 방어술' 전공생이라 로렌츠 교수가 안내역을 맡긴 모양이었다. 전공에 대한 로렌츠 교수의 짧은 설명을 들은 후 리안은 티모시와 함께 교수실을 나섰다.

"에론, 보충반 시절에 서쪽 동은 대부분 다 가봤을 테니 동쪽 동 위주로 돌아볼까요?"

티모시는 동쪽 동에 위치한 강의실과 실험실을 차례로 보여 준 후에, 다시 승강기에 올라 'Lk'라고 적힌 버튼을 눌렀다. 이곳은 리안이 한 번도 가본 적 없는 층이었다. 눈 깜짝할 사이에 해당 층에 도착해 밖을 내다보니 사물함이 쭉 늘어서 있는 널찍한 공간이 눈에 들어왔다.

"유란섀드학교의 학생들에게는 한 사람당 하나씩 사물함이 부여돼요. 보충반 학생들에게까지 배정될 만큼 수가 많지는 않아서 정규반에게만 제공되긴 하지만요. 아무튼 에론도 이제 그림자 방어술 전공생이 되었으니 여기 이쪽에 있는 사물함을 쓰면 돼요."

티모시가 안내해 준 한쪽 구석에는 이미 '에론 레브런'이라는 그의 가명이 적힌 회색 사물함이 있었다. 전공별로 사물함이 분류돼 있는지 티모시의 사물함은 바로 그 옆이었다.

"그럼 이제 수업에 들어가 볼까요? 에론도 슬슬 첫 수업이죠?"

그런데 그들이 강의실을 찾아가기 위해 막 승강기에 앞에 선 순간, 승강기에서 케이틀린 톰슨이 걸어 나오더니 반갑게 손을 흔들며 길을 가로막았다.

"아니, 에론! 그렇지 않아도 티모시한테 들었어요. 보충반 학생이 정규반으로 편입이라니. 이렇게 재미있는 소식을 숨기고 있었던 거예요? 이건 학교 전체가 알아야 할 엄청난 일이에요!"

케이틀린은 티모시의 절친한 친구이자 유란섀드학교의 전설과 비밀 동아리의 회장이었다. 지난 학기 동안 동아리 활동을 함께했던 리안이 정규반으로 들어왔다는 사실이 무척 흥미로운지, 케이틀린은 재미있어하며 리안의 등을 퍽퍽 두들겼다. 자신의 손힘이 얼마나 센지 잘 모르는 모양이라고 생각하며 리안이 아픔에 작게 신음하는 사이, 다행히 티모시가 케이틀린을 저지하며 은근슬쩍 그를 다른 방향으로 이끌어 주었다.

"에론은 수업이 있으니 다음에 더 이야기해. 케이틀린, 너도 '고대 섀드학' 전공 수업이 곧 시작하지 않아?"

"아, 잠깐 고대 섀드어 사전 좀 챙기려고. 고대 섀드어로 되어 있는 전공 서적은 아직도 어렵다니까."

케이틀린이 불평하며 전공 서적을 들춰 보이는 사이 티모시가 손짓을 보냈고, 그 틈을 타 리안은 얼른 승강기 안으로 들어가 버튼을 눌렀다.

무사히 케이틀린의 수다를 피해 도망 나온 리안은 〈고대국가의 건축, 의복과 상징〉이라는 과목의 수업에 들어갔다. 로렌츠 교수가 편입 첫 학기이니 기초 전공 수업과 교양 수업을 섞어서 듣는 편이 적응하기 쉬울 거라고 조언했기에 별생각 없이 신청한 교양 과목이었다. 사실 리안은 제론의 행적에 대한 단서를 찾기 위해 유란섀드학교에 돌아온 것이었으므로 더 이상 수업에는 흥미가 없었는데, 뜻밖에도 프림 교수의 설명 속에서 의외의 정보를 발견할 수 있었다.

"…그리고 '페너미아'의 초대 지도자였던 '테사'는 정사면체 형상으로 깎아 만든 검은 돌덩이를 상징으로 사용했다고 해요. 여기에서 정사면체의 가장 윗부분에 위치한 꼭짓점은 지도자인 테사 자신을 의미하고, 바닥의 삼각형을 이루는 세 꼭짓점은 위계질서, 능력주의 그리고 전체주의를 의미한다고 하죠. 이렇게 상징물은 각 국가가 중요시하는 가치를 잘 드러내 주는 중대한 표지로서…."

강의를 대강 흘려들으며 자신만의 생각에 빠져있던 리안은 순간적으로 귀에 꽂힌 '테사'라는 이름에 움찔했다. 어디선가 들어본 듯한 낯익은 발음이었다. 대체 언제 그런 이름을 지나쳤을지 찬찬히 기억을 되짚어 보니, 제론의 방에 있던 보안 주술로 보호된 서랍을 떠올릴 수 있었다. 그 서랍의 보안 주술에 걸린 암호가 바로 테사였던 것이다.

'게다가 정사면체 형상을 상징으로 사용했다니….'

제론이 이전에 창업한 제로라는 회사는 정사면체 모양의 가정 관리 지능과 업무 관리 지능으로 유명했다. 혹시 그가 정사면체라는 형상을 고집했던 이유도 페너미아나 테사라는 존재와 관련이 있는 걸까?

페너미아에 대해 더 알아봐야겠다고 결정한 리안은 수업이 끝난 후 얼른 학교의 도서관으로 달려갔다. 그리고 페너미아를 주제로 다루는 책과 논문을 닥치는 대로 찾아 읽어 내려갔다.

흔히 자유로운 분위기가 창의력을 증폭시킨다고 알려진 것과 달리, 페너미아는 완벽하게 통제되는 사회에서도 기술과 마법이 크게 발전할 수 있음을 입증한 사례이다. 페너미아는 희대의 천재라 불렸던 '테사'라는 섀드와 그를 비롯한 몇 명의 강력한 섀드들이 세운 국가로, 이 국가는 '테사와 엘리트들'이라고 불리는 지도자 집단 아래에서 아주 빠른 속도로 문화적·기술적 발전을 이룩해 냈다.

가끔씩 등장하는 우연한 혁신으로 인해 발전해 온 다른 국가들과 달리, 페너미아에서는 지도층의 엄격한 통제하에 체계적인 마법 연구가 이루어졌다. 이 국가에는 "지도층은 두뇌요, 국민은 팔다리일 뿐"이라는 말이 널리 퍼져있었으며, 실제로도 페너미아에서 탄생한 새로운 발견 대다수는 뛰어난 지도층인 테사와 엘리트들의 머리에서 나온 것이라고 한다.

페너미아에 대한 이러한 역사적 기록은 이후 엘리트주의 혹은 전체주의

적 독재를 신봉하는 후세의 섀드들을 부추기는 역할을 했으나, 그 이후에는 페너미아와 같이 소수의 엘리트를 중심으로 성공을 이룬 집단은 거의 찾아볼 수 없었다. 더군다나 민주주의가 기조를 이루는 현대사회에서는 정서상 페너미아만큼 구성원을 엄격히 통제하는 정책이 불가능하다 보니 이러한 정치체제는 실패한 체제라는 의견이 지배적이다.


리안은 한 논문에서 '지도층은 두뇌요, 국민은 팔다리일 뿐'이라는 표현을 발견하자마자 조용히 탄성을 질렀다. 소수의 천재들이 자유의지를 박탈당한 다수 위에 군림하며 방향성을 제시하는 구조. 페너미아의 정치체제는 제론이 세상을 바라보는 관점과 완벽하게 동일했다. 아니, 애초에 제론이 가진 시각 자체가 페너미아에 대한 기록에서 영향을 받은 걸지도 몰랐다. 테사를 중요한 암호로 사용하고 주요 섀드-텍 기기를 모두 정사면체 형상으로 만든 것만 봐도 그가 페너미아에 얼마나 큰 애정을 가졌는지 알 수 있지 않은가.
'그런데 대부분의 책이나 논문에서는 페너미아의 정치체제가 현대에는 통하지 않는 실패한 체제라고 하던데, 제론은 이런 국가를 대체 왜 그렇게 마음에 두고 있었던 걸까?'
혼란스러운 마음으로 계속해서 페너미아와 관련한 다양한 글을 파고들던 리안은 한 사회학 논평에서 해답의 실마리를 찾아냈다.

소수의 지도자가 다수의 대중을 지배하는 피라미드 구조의 사회는 사실 무너지기 쉬운 구조라고 할 수 있다. 절대다수를 차지하는 대중 역시 아무런 생각이나 감정이 없는 존재가 아니므로, 그들의 자유의지를 억압하는 사회구조는 장기적으로 유지되기 힘들다. 이를 잘 보여주는 하나의 예가 고대국가인 '페너미아'인데, 페너미아 역시 건국자인 '테사'의 사망과 함께 체제가 붕괴되었다.

몇몇 설화에서는 테사가 대중의 자유의지를 완벽하게 통제하는 자신만의 비법을 가지고 있었으나 갑작스러운 죽음으로 후계자에게 비법을 전수하지 못해 국가가 붕괴된 것이라고 전한다. 하지만 필자는 애초부터 페너미아의 통치 방식이 장기적으로 존속 가능하지 않았다고 생각한다. 한 섀드가 다른 섀드의 자유의지를 완벽히 빼앗아 규제할 수 있는 방법이 있을 리가 없으므로….

"한 섀드가 다른 섀드의 자유의지를 완벽히 빼앗아 규제할 수 있는 방법…."

무심코 이 부분을 소리 내어 중얼거린 리안은 서서히 번져오는 깨달음에 깜짝 놀라 손으로 입을 틀어막았다. 제론의 목표가 바로 이것이 아닌가. 충실히 업무를 수행할 만큼 높은 수준의 지능은 갖췄지만, 아무런 자의식 없이 주인의 말에 그대로 복종하는 꼭두각시들을 만드는 것.

그림자는 사사로운 감정이나 생각 없이 절대적으로 주인의 명을 따른다. 그리고 그 위에 가짜 본체를 부여받아도 역시 그 본질은 바뀌지 않는다.

이제야 리안은 제론이 왜 '검은 지능체' 위에 본체를 부여하는 마법에 주목했는지 이해할 수 있었다. 제론은 그 자신의 이상향인 페너미아를 만들어 내고 싶었던 것이다. 그것도 진짜 페너미아처럼 금세 무너질 만한 구조가 아닌, 지속 가능한 구조로 말이다. 검은 지능체는 아주 똑똑하면서도 주인의 명령을 거역하지 않는, 지능을 가진 그림자이다. 그러니 이들에게 무엇이든 할 수 있는 단단한 몸이 생기기만 한다면 말을 아주 잘 듣는 완벽한 부하가 되지 않겠는가.

제론이 말하던 '그 세상'이 대체 무엇인지 완전히 깨달은 리안은 무심코 눈가를 찌푸렸다. 작년 여름에 200명이 넘는 사망자를 냈던 그림자 갈취 사건은 제론의 진정한 야망에 비하면 아무것도 아니었다. 제론의 이상향이 현실이 된다면 섀드사회에는 제론을 비롯한 소수의 엘리트와 자아를 갖지 못한 일꾼, 이렇게 딱 두 부류의 존재만 남게 되리라.

# 마르세유의 비밀 조직

오후 수업도 들어가지 않은 채 정신없이 몇 시간이고 페너미아에 대한 책만 잡고 있었던 리안은 문득 주머니에 넣어둔 섀블릿Shablet이 진동하는 소리에 정신을 차렸다.

6:00 pm. 최상층 식당에서.

— S

세린이 남긴 메시지였다. 벌써 6시까지 시간이 얼마 남지 않았기에, 리안은 특히 도움이 된 책들 몇 권을 대여한 후 서둘러 로스앤젤레스의 기지로 돌아갔다. 그리고 얼른 짐만 방 안에 던져둔 채 비밀 기지의 가장 높은 층에 있는 식당으로 올라갔다.

비밀 기지 내에는 식당이 세 개나 있는데, 섀드가더들이 비밀스러운 대화가 필요할 때 찾는 곳은 늘 최상층에 위치한 이 식당이었다. 이곳은 테이블 간 간격이 넓은 데다 모든 테이블에 '그림자 보호 버블'이 설치된 식당이기 때문이었다.

그림자 보호 버블은 특정 공간을 둘러싸는 반투명한 검은 막으로, 내외부의 소리를 완벽히 차단해 주는 마법 구조물이었다. 게다가 시각적인 보호 효과를 위해 버블 안에서는 바깥의 풍경이 그대로 선명하게 보이는 반면, 밖에서는 내부가 그림자 진 공간처럼 비치도록 설계돼 있었다.

그래서인지 세린은 테이블에 앉아서 기다리는 대신 식당 밖에 서 있었고, 리안이 도착하자 그들은 함께 음식을 받아 한 테이블에 자리를 잡았다. 리안도 이제는 이 독특한 식당 구조에 제법 익숙해진 상태였기에 아무렇지 않게 버블의 막을 통과할 수 있었다.

자리에 앉자마자 세린은 얼른 본론으로 들어갔다.

"지난 12월, 리안 군을 제론 일당에게서 구출했던 날을 기억하죠?"

목숨을 잃기 직전에 섀드가더들에 의해 극적으로 구조되었던 그날을 리안은 당연히 생생히 기억했다. 리안이 고개를 살짝 끄덕이자 세린은 바로 말을 이었다.

"그날 케인이라는 이름의 섀드와 싸울 때, 그의 그림자 조각이 조금 찢어져서 우리 손에 들어왔어요. 그리고 우리는 그 그림자 조각을 섀드 범죄 수사국에 등록된 그림자 정보와 대조해 봐야겠다고 생각했죠. 수사국은 세계 각국에서 벌어진 최근 50년 간의 범죄 기록을 의무적으로 보관해 두도록 되어있고, 범죄에 연루되었던 섀드들의 그림자 정보 역시 대부분 보관하거든요. 케인이 혹시 이전에도 범죄 활동에 연관된 적이 있었다면 그 정보가 제론 일당을 이해하는 데 도움이 될 거라 생각했어요."

세린이 이러한 이야기를 꺼낸 이유는 무언가 흥미로운 사실이 발견되었기 때문이리라 짐작한 리안은 식사를 이어가는 것도 잊은 채 숨죽여 뒷말을 기다렸다.

"세계 각국의 모든 기록을 순차적으로 대조하다 보니 조금 오래 걸리긴 했지만 기대 이상으로 꽤 흥미로운 사실을 발견했어요. 섀드 범죄 수사국에서 보관하던 그림자 정보 중 케인의 그림자 조각과 일치하는 것이 있더군요. 10년 전, 섀드가더들이 '마르세유의 비밀 조직Secret Society of Marseille'이라고 불리는 반체제적 조직의 꼬리를 잡아낸 적이 있는데, 그때 잠시 구속되었던 말단 조직원들 중 한 명이 케인이라는 게 밝혀졌어요."

"마르세유의 비밀 조직…이라는 것은 대체?"

리안은 쏟아지는 정보의 흐름을 따라가지 못한 채 고개를 갸웃했다.

"14년 전에서 10년 전 사이, 명망 높은 섀드들이 이유 없이 사라지는 사건이 연이어 일어났고, 그 연쇄 실종 사건의 배후로 추정되는 단체에 섀드가더들이 임의로 붙인 이름이 마르세유의 비밀 조직이에요. 10년 전, 마르세유에서 유명한 섀드 정치학자인 'B. 린드블라드'가 납치된 현장에서 섀드 세 명이 체포됐는데, 그게 이 조직의 꼬리에 근접했던 유일한 사건이다 보니 그런 이름이 붙게 되었죠. 그때 잡혔던 조직원 중 한 명이 바로 케인이었고요."

"그때 무슨 일이 있었던 건가요? 섀드들을 연쇄적으로 납치한 조직인데도 어떻게 케인이 아무 일 없었다는 듯 바깥세상을 활보할 수 있는 거죠?"

여러 섀드를 납치한 악명 높은 조직의 구성원으로 체포된 케인이 아무런 꼬리표도 없이 자유롭게 풀려났다니. 리안은 의아해하며 얼른 궁금한 점을 물었다.

"…섀드가더들이 풀어준 게 아니에요."

세린은 씁쓸하다는 듯 말을 이었다.

"그 세 명의 섀드는 잡힌 지 이틀 만에 사라졌다고 하더군요. 그들 중 한 명이 자신이 속한 조직에 대해 막 털어놓기 시작한 참이었는데, 시기적절하게도 잠시 눈을 뗀 틈을 타 바로 사라졌다고요. 마법을 봉인하는 장치로 구속된 상태였으니 아마 조직에 속한 다른 이가 그들을 탈출시킨 것이었겠죠."

세린을 따라 리안의 미간도 절로 찌푸려졌다.

"시기상 아마 조직에 대한 비밀이 누설될까 봐 급히 탈출시킨 게 아닐까 싶어요. 그렇게 감쪽같이 탈출시킬 방법을 알고 있었다면 첫날에 바로 빼돌릴 수도 있었을 텐데, 그들이 입을 다물던 동안은 굳이 탈출시키려 하지 않았으니까요. 애초에 그자들이 발견된 시점이 이미 B. 린드블라드가 사라진 후인 걸 보면 그들은 납치 후에 뒤처리 정도를 맡는 말단 조직원이었을 것 같아요. 조직은 꼬리를 자르고 그들을 버리려 했는데 뜻밖에도 비밀이 누설될 것 같으니 급하게 입을 막기 위해 데려간 거죠. 게다가 그때 세 명의 섀드를 직접 심문하던 섀드가더 역시 그날을 마지막으로 종적을 감춰서, 그 조직의 정체나 목적에 대해서는 전해지는 내용이 전혀 없어요."

"그런데 그 조직에 대해 밝혀낸 바가 전혀 없다면, 14년 전에서 10년 전 사이의 연쇄 실종 사건이 동일한 조직의 소행인지는 어떻게 안 거죠?"

어쩐지 앞뒤가 맞지 않는 듯해 리안은 얼른 질문을 던졌다. 세린은 여전히 어두운 표정으로 다시 입을 열었다.

"나도 모두 들은 내용일 뿐이지만, 동일한 조직이라고 판명했던 이유는 그들의 패턴 때문이었다고 해요. 광고라도 하려는 건지, 실종된 섀드의 집에서 늘 조그마한 검은색 정사면체가 발견되었거든요."

"검은색 정사면체…라고요?"

리안은 순간 놀라서 되물었지만, 세린은 리안이 주목한 부분이 무엇인지 알아채지 못한 듯 보였다. 물론 세린에게는 아직 페너미아에 대한 정보를 이야기하지 않았으니 당연한 일이었다. 리안은 제론의 이상향이 곧 페너미아라는 이야기를 꺼내야 할지 잠시 망설이다, 일단 세린의 말을 먼저 끝까지 들어봐야겠다고 판단해 잠자코 기다렸다.

"아마 일부러 시선을 끌려고 놓고 간 것 같아요. 그렇게 섀드 가더들을 도발해도 절대 잡힐 리가 없다는 자신감의 표현이었을지도 모르죠. 실제로 검은 정사면체를 제외하면 실종 현장에는 늘 어떠한 단서도 남아있지 않았다고 해요. 강압적으로 납치를 당한다면 으레 거칠게 반항하기 마련인데, 그런 장면을 목격했거나 시끄러운 소리를 들었다는 증언도 없었고요. 실종자 본인이 직접 제 발로 걸어 나갔을 리는 없으니 그 정도로 소리 소문 없이 성인 섀드를 납치할 만큼 강력한 마법을 행할 수 있는 조직이라는 뜻이겠죠."

이렇게 설명하며 세린은 한숨을 내쉬었다.

명망 높은 섀드들을 타깃으로 삼고 어떠한 흔적도 없이 그들을 납치할 수 있을 만큼 강한 힘을 가진 조직. 게다가 섀드가더들의 포위망을 뚫고 섀드 세 명을 탈출시키고 이들을 심문하던 섀드가더마저 조용히 처리했다…. 마르세유의 비밀 조직은 그 이름이 시사하는 것보다도 훨씬 더 비밀스러운 조직이었던 모양이었다. 다만, 세린이 들려준 이야기는 모두 10년 전이라는 먼 과거의 일이었다.

"10년 전, 마르세유에서의 사건 이후에는 그 조직의 움직임이 전혀 없었나요? 또다시 이름이 알려진 섀드들이 사라졌다거나….

리안의 질문에 세린은 고개를 저었다.

"수면 위로 드러난 사건은 없었다고 들었어요. 섀드가더들의 추격을 경험하고 나니 더 이상 사건을 벌이지 말아야겠다고 결심한 걸 수도 있고, 아니면 단순히 그 사건 이후로는 행동하는 방식을 완전히 바꿨을 수도 있죠. 이유가 무엇이든지, 앞선 사건들과 동일한 패턴의 사건은 그 이후로는 발생하지 않았어요. 그래서 그 조직에 대한 수사도 자연스럽게 소강상태에 접어들었다고 하더군요."

14년 전에서 10년 전 사이에 활동하다 사라진 비밀 조직. 그곳에 제론의 동료인 케인이 있었다. 하지만 그 사실이 제론과 관련되어 있다고 볼 수 있을까? 제론은 그때쯤 섀드-텍 기업인 제로를 창업하고 운영하는 데 몰두해 있었을 테니 시기적으로는 맞아떨어지지 않는다. 제론이 제로를 창업한 게 14년 전이고, 초반 3년에서 4년간은 제로에서 엘리트 중심의 조직 체제가 잘 작동하는 것처럼 보였다고 하니 굳이 다른 활동으로 눈을 돌릴 필요가 없지 않을까? 검은색 정사면체를 상징물처럼 사용했다는 점이 페너미아와 겹쳐 보여서 신경이 쓰이긴 하지만, 그 외에는 제론과 관련이 있어 보이는 점이 전혀 없었다….

그때, 세린의 목소리가 곰곰이 생각에 잠겨있던 리안을 깨웠다.

"떠오르는 게 있나요? 제론에 대해 무언가 관련이 있는 기억이 있다거나…."

리안의 기억 속에서 마르세유의 비밀 조직과 제론 일당을 연결할 실마리를 건져내길 기대하고 있는 듯했다.

"음… 14년 전에서 10년 전에 주로 활동하다 종적을 감춘 조직이라면 내가 알고 있는 제론의 행적과는 시기가 어긋나는 것 같긴 해요…."

리안은 천천히 고개를 저으며 이렇게 말하다, 문득 머릿속에 새로 떠오른 생각이 있어 질문을 던졌다.

"그런데 혹시, 마르세유의 비밀 조직은 유럽 쪽에서만 활동하던 조직이었나요?"

"조직의 본거지에 대해 알려진 내용은 없지만, 그 시기 조직에 의해 일어난 유명인 실종 사건은 꼭 유럽에만 국한된 건 아니었어요. 아, 그리고… 10년 전 마르세유에서 체포된 섀드 세 명을 잠깐이나마 봤다는 섀드가더에게서 들은 정보가 있는데, 그자들은 국적이 서로 다른 듯했다고 해요. 한 명은 영어를 모국어로 사용하는 섀드 같다고 했는데 아마 그게 케인을 의미하는 것 같고, 나머지 두 명은 영어가 서툴렀다고 했어요. 발음을 볼 때 한 명은 프랑스어 그리고 다른 한 명은 일본어에 익숙한 섀드인 것 같았다고 하더군요."

세린은 일단 설명부터 해준 후, 물을 한 모금 마시고 질문의 저의를 되물었다.

"갑자기 그건 왜요?"

"아무래도 기록이 지워진 비밀스러운 섀이덤을 제론이 세 개나 가지고 있었던 게 이상하다는 생각이 들어서요. 아무리 불법적으로 섀이덤을 무한정 만들어 낼 수 있다고 해도 제론은 아무 이유 없이 새 신분을 꾸며낼 사람은 아니에요. 한 박사와 J. H. 율릭스, 브룩스 교수는 모두 제론이 자신의 진짜 정체를 감추면서 활동하기 위해 만들어 낸 신분이었고, 각각의 신분으로 해야 하는 역할이 모두 달랐기 때문에 존재 이유가 분명했어요. 하지만 나머지 세 개의 신분은 조금 다르죠. 어차피 대외적으로 알려질 이름도 아닌 데다 연락 기록도 남지 않는 비밀 섀이덤이에요. 한 개로도 모든 역할을 충분히 수행할 수 있을 텐데 왜 굳이 세 개나 만든 걸까요?"

리안도 물컵을 들어 목을 축이고는 다시 말을 이었다.

"…그래서 세 개의 새이덤에 적힌 이름을 다시 떠올려 봤는데, 모두 다른 언어권의 성인 것 같더라고요. 아마 파웰은 영어권, 청은 한자 문화권, 노이만은 독일어 문화권 쪽인 것 같아요. 혹시 제론은 어떤 세계적인 조직에서 활동하고자 일부러 서로 다른 문화권의 신분 세 개를 만들어 둔 게 아닐까요?"

리안의 말이 향한 결론을 눈치챘는지 세린이 말을 이어받았다.

"만약 마르세유의 비밀 조직이 세계 여러 지역으로 뻗어있었다면, 그 조직에서 활동하려는 목적으로 만든 새이덤일 수도 있겠다는 말이군요. 무슨 이유에서든지 동시에 여러 지역의 조직원을 공략해야 할 필요가 있었다면 일부러 세 명의 서로 다른 인물을 창조해 활동했을 가능성도 있죠."

"맞아요. 물론 한 조직에서 동시에 세 명인 척 연기하며 활동할 만한 이유가 무엇이 있을지는 모르겠지만…."

리안은 자신의 말을 뒷받침할 만한 근거가 전혀 없다는 사실을 떠올리며 약간 자신 없는 어조로 말을 이었다. 그래서인지 세린도 신중하게 또 다른 가능성을 덧붙였다.

"아니면, 케인이 과거에 마르세유의 비밀 조직에서 활동했다해도 제론은 그와 관련이 없을 가능성도 있긴 하죠. 케인의 과거가 꼭 제론과 관련이 있으리란 보장은 없으니까요. 제론이 세 개의 신분을 창조한 데는 우리가 짐작하지 못한 또 다른 이유가 있을 수도 있고요."

물론 이 역시 아주 그럴듯한 가설이었다. 하지만 리안은 이 조직이 스스로의 정체성을 나타내는 표식으로 검은색 정사면체를 사용했다는 점이 못내 마음에 걸렸으므로 잠시 주저하다 다시 입을 열었다.

"물론 우연일 수도 있긴 하지만… 마음에 걸리는 부분이 하나 있어요."

세린은 천천히 샐러드를 입에 넣으며 말해보라는 듯 그를 빤히 보았다.

"혹시 페너미아라는 고대국가에 대해 알고 있나요?"

아무 맥락 없이 대뜸 질문부터 던지자 세린은 약간 의아하다는 표정이 되었지만, 그래도 이내 대답을 돌려주었다.

"잘은 모르지만 고대에 나름 번영했던 국가라고 알고 있어요. 엄격한 위계질서로 유명했다고 들었던 것 같은데…."

워낙 섀드세계의 역사가 길다 보니 세린도 고대국가 하나하나까지 세세하게 외우고 있지는 못한 모양이었다. 그래서 리안은 오늘 오후에 페너미아에 대해 읽은 내용을 간단히 설명해 주고, 페너미아의 상징물이 바로 정사면체 형상의 검은색 돌멩이였다는 점을 알려주었다.

"그리고 제론이 만든 가정 관리 지능 '젠' 시리즈와 업무 관리 지능 '센' 시리즈도 모두 정사면체 모양이었죠. 언제부터였는지는 모르겠지만 분명히 제론은 페너미아를 마음속 지향점으로 삼아온 것 같아요."

이어서 리안은 제론이 검은 지능체에 본체를 부여하는 마법을 통해 이루려는 목표가 페너미아와 같은 엘리트 중심 체제의 부활인 것 같다는 추측도 공유했다.

"그러다 보니 마르세유의 비밀 조직에서 검은 정사면체를 중요한 상징물로 이용했다는 점이 의미심장하게 느껴지더라고요. 만약 마르세유의 비밀 조직 역시 페너미아를 지향하는 단체였다면 제론과 아무 관련이 없다고 보긴 어려울 것 같아요."

리안의 말을 끝까지 모두 들은 세린은 일리가 있다는 듯 고개를 끄덕였다.

"일단 유명인 연쇄 납치 사건 외에 마르세유의 비밀 조직이 목표로 했던 지향점이 무엇인지 그리고 지금도 존재하는 조직일 가능성이 있는지 한번 꼼꼼하게 조사를 해봐야겠네요. 만약 제론의 뒤에 이런 거대한 조직이 숨어있는 거라면 수사의 초점을 넓힐 필요가 있을 것 같아요."

리안 역시 세린의 이 말에 동의했다. 세린의 말에 따르면 마르세유의 비밀 조직은 섀드가더들을 쉽게 따돌릴 수 있을만한 지략과 힘을 가진 집단이다. 이 거대하고 세계적인 세력이 여전히 제론 일당의 배후에 버티고 있다면 반드시 알아내 대비해야 한다. 과연 이 조직은 현재의 제론 일당과 아무런 관련이 없는 과거의 흔적일 뿐일까, 아니면 지금도 제론의 배후에 도사리고 있는 미지의 위협일까?

리안과 세린이 각자 생각을 정리하며 빠르게 식사를 마무리하던 중, 갑자기 세린이 테이블 위에 올려둔 섀블릿에서 진동음이 긴박하게 울려 퍼졌다. 평소에 자주 듣던 전화벨이 아닌 아주 빠르고 거친 소리에 리안은 깜짝 놀라 포크를 내려놓았다. 세린 역시 이에 즉각적인 반응을 보이며 자리에서 일어섰다.

"긴급 호출이에요."

# 그림자의 기억

세린을 호출한 이는 세린과 함께 팀을 이뤄 제론에 대한 수사를 맡고 있는 크리스티안이라는 섀드가더였다. 단단한 구릿빛 피부를 가진 라틴계 남성 섀드로, 리안도 이미 몇 번 만난 적 있어 이름을 기억하고 있었다.

세린의 권유로 리안도 함께 회의실로 들어갔는데, 크리스티안은 잠시 놀란 듯했으나 이내 침착하게 입을 열었다. 세린이 리안을 데려와야겠다고 생각했다면 응당 이유가 있으리라고 짐작한 모양이었다.

"솔즈베리 근처 저택에 파견한 조사원의 신호가 끊겼습니다. 그래서 찾아가 보니 외진 골목에서 목숨을 잃은 채 쓰러져 있더군요…."

10대 시절에 제론이 자주 방문했다던, 이전에 세린이 리안에게 보여줬던 사진 속 저택에 대한 이야기였다. 주위에 아무런 섀드건물이 없는데 제론이 자주 방문했다는 사실도 의아했는데, 이제는 그곳에 파견된 조사원이 죽어서 돌아왔다니…. 무언가 일이 이상하게 돌아가고 있었다.

리안이 심각한 얼굴로 방금 들은 정보를 소화하는 동안 크리스티안이 말을 이어갔다.

"그의 시신을 회수한 후 살펴봤는데, 그림자에 기억이 조금 주입되어 있더군요. 아마 그가 목숨을 잃기 직전에 마지막으로 이제까지 수사하며 얻은 기억들을 남겨둔 것 같습니다. 시간이 부족해서인지 양이 많지는 않지만… 그가 남긴 기억을 살펴보면 그 저택에 대해 더 알아낼 수 있지 않을까요?"

"그래서 나를 부른 거군요."

세린이 알겠다는 듯 고개를 끄덕였다. 그러고는 '그림자에 기억을 주입한다'는 낯선 개념에 어리둥절한 표정을 짓는 리안을 위해 설명을 보충해 주었다.

"섀드가더나 우리 조사원들이 수사 중 순직할 때 많이 쓰는 방법이에요. 자신의 그림자에 기억을 일부 주입해 두어서 다른 누군가가 이를 바탕으로 수사를 이어나갈 수 있도록 하는 거죠. 하지만 이 마법에는 제약이 있어서 그리 많은 기억을 전하기 쉽지 않고, 그림자에 주입된 기억을 받아서 볼 수 있는 이도 최대 두 명으로 제한돼 있어요."

설명을 듣고 리안도 알겠다는 듯 고개를 끄덕였다. 그리고 왠지 세린이 자신을 데려온 이유가 처음부터 이러한 상황을 염두에 두었기 때문이리라는 생각이 들었기에 잠자코 그녀의 다음 지시를 기다렸다. 예상대로 세린은 크리스티안을 향해 이렇게 말을 덧붙였다.

"크리스티안, 괜찮다면 그 기억을 나와 리안 군이 받아도 될까요? 혹시 리안 군만 알아볼 수 있는 제론에 대한 단서가 남아 있을지도 모르니까요."

제론에 대한 수사는 세린이 주도하고 있었으므로 크리스티안은 이 제안에 별다른 이의를 제기하지 않았다.

"그럴 거라 생각했습니다. 처음부터 이런 상황을 예상하고 리안 군을 데려온 겁니까?"

이 질문에 세린의 얼굴에는 씁쓸한 감정이 옅게 떠올랐다.

"바랐던 상황은 아니지만, 그럴 수도 있겠다… 정도의 생각은 하고 있었죠."


기억을 받는 절차를 준비하는 데는 시간이 약간 걸린다고 했기에 그동안 리안은 세린에게 곧 겪게 될 마법에 대한 설명을 들었다.

"그림자에 주입된 기억을 따라갈 때는 마치 우리가 그 기억의 주인이 지닌 그림자가 된 듯한 느낌이 들 거예요. 가장 중요한 기억들만 조각조각 선별해서 남겼을 테니 중간중간 기억이 끊긴 구간에서는 까만 어둠에 휩싸인 기분이 들 테고요. 하지만 기다리다 보면 금방 다시 다른 기억을 볼 수 있으니 당황할 필요 없어요. 기억은 딱 한 번만 볼 수 있으니 눈에 보이는 모든 것을 최대한 놓치지 않고 머릿속에 담아두어야 한다는 점, 잊지 말고요."

세린이 막 마지막 당부를 남겼을 때 크리스티안이 회의실로 찾아와 준비가 되었다고 알렸다. 크리스티안은 그들을 저택의 지하 공간 어딘가에 있는 또 다른 방으로 안내했는데, 그곳에는 두 명 정도 수용할 수 있을 크기의 유리 캡슐이 놓여있었고 옆에서 하얀 가운을 입은 섀드가 섀블릿과 유사한 기기에 무언가를 끄적이고 있었다.

"이 안에 들어가서 서주시면 됩니다."

자신을 수사국 산하의 연구원이라 밝힌 하얀 가운의 섀드가 안내했다. 세린이 먼저 망설임 없는 걸음으로 유리 캡슐 안에 들어가 섰고, 리안도 그 옆에 자리를 잡았다. 그리고 하얀 가운의 연구원이 마지막으로 캡슐의 문을 닫고 벽에 있는 버튼을 누르자, 캡슐 위에서부터 마치 살아있는 그림자의 기운처럼 보이는 검은 안개가 흘러 들어왔다.

"눈 감아요."

옆에서 들려온 세린의 속삭임에 따라 리안은 눈을 질끈 감았고, 잠시간의 어둠이 지난 후 그림자의 주인이 남긴 기억이 눈앞에 펼쳐지기 시작했다.

리안이 시야 속 광경이 곧 그림자 안의 기억이라는 걸 바로 알아챈 이유는 평소에 자신이 보던 세상과 지금 눈앞에 보이는 세상이 너무 달랐기 때문이었다. 지금은 마치 실제로 그림자에 녹아들어 버린 것처럼 발밑에서 세상을 올려다보는 각도로 모든 풍경이 펼쳐졌고 무엇보다도 모든 세상이 전부 흑백이었다.

그림자의 주인인 조사원이 남겨둔 첫 번째 기억은 사진 속 저택에 찾아갔던 때였다. 리안의 눈앞에 시든 잔디와 잡초가 회색빛으로 펼쳐지더니, 이내 겨울을 맞아 바싹 말라버린 담쟁이넝쿨이 감긴 회색 석조 건물이 나타났다. 한때 품위 있는 귀족의 저택으로 지어졌으나 시간이 흐르며 버려진 채 낡아간 것 같은 모습이었다.

저택 중앙에 있는 문 앞에 도착하자, 그림자 높이에 있는 리안의 시선 위로 조사원의 손이 지나가더니 문을 두드렸다. 하지만 몇 차례나 거듭 노크했음에도 저택 안에서는 아무런 반응도

나오지 않았다.

"윌튼 씨가 보내서 왔습니다!"

물속에서 듣는 소리처럼 먹먹하게 들려온 이 목소리는 아마 리안이 동화된 그림자의 주인인 조사원의 것인 듯했다. 그리고 '윌튼 씨'라는 인물이 저택 안의 누군가에게 중요한 인물이었는 지, 외침이 밖으로 새어나가자마자 문만 두드릴 때와는 달리 즉 각적으로 반응이 왔다.

얼마 지나지 않아 또각거리는 발소리가 점점 가까워지더니 문이 살짝 열렸다. 연필을 연상시키는, 아주 호리호리하고 키가 큰 중년 여성이 재빨리 문을 열고 걸어 나오더니 등 뒤에서 다 시 문을 빠르게 닫았다.

"윌튼 씨라면, 이 저택의 이전 소유주를 말씀하시는 건가요?"

여성의 목소리 역시 리안에게는 물이 얇게 덮인 막을 통과해 전달되는 것처럼 먹먹하게 들렸다.

"알고 계시는 그 윌튼 씨의 아드님이십니다. 제 의뢰인이신 윌튼 씨께서는 가족의 역사가 깃든 이 저택을 다시 매입하길 바 라고 계십니다. 혹시 원하시는 매각 조건이 있으신지요?"

조사원은 이 저택에 기거하는 비밀스러운 인물을 밖으로 끌 어내기 위해 거래 이력을 미리 파악해 온 모양이었다. 저택을 매입하려 하는 평범한 넌-새드non-Shad인 척 연기하며 이 저택의 용도에 대해 알아내려는 의도로 보였다.

"미안하지만 이 저택을 되팔 수는 없습니다. 18년 전, 거래 당시에는 저택을 추후 다시 매입할 계획이라는 말은 없지 않으셨습니까?"

"죄송하지만 과거에 이 저택을 매각하셨던 선대 월튼 씨와 제 의뢰인인 월튼 씨 사이에는 견해 차이가 있어서요. 가격을 당시보다 더 높게 쳐드린다 해도 거래 의사가 없으실까요?"

조사원은 의뢰인을 대신해 저택에 대한 거래를 추진하려는 중개인처럼 계속해서 밀어붙였다. 그러나 상대의 반응은 한결같이 '팔 수 없다'는 말뿐이었다. 이렇게 얼마간의 실랑이 끝에 결국 대화가 끝났고, 상대 여성이 다시 쌩하니 저택 안으로 들어가 버리는 것으로 첫 번째 기억은 종결되었다.

세린의 말대로 기억과 기억 사이에는 새카만 어둠이 찾아왔는데, 그래서 리안은 이 잠깐의 시간을 생각을 정리하는 데 사용했다. 별 내용이 없어 보이는 이 첫 번째 기억을 조사원이 굳이 남겨둔 이유는 이 저택이 바로 제론의 목적지라는 정보를 알리기 위해서라고 리안은 짐작했다. 아까 저택에서 나온 여성이 문을 아주 빠르게 열고 닫을 때, 문 뒤의 복도에 물처럼 흐르는 것 같은 반투명한 검은 장막이 일렁이는 광경을 봤기 때문이었다. 그야말로 한순간이었지만 리안은 보자마자 금방 알아차릴 수 있었다. 그건 분명 섀드들이 위험한 마법용품이나 트랜스포마스크 등을 감지하기 위해 사용하는 '보안 장막'이었다.

이 저택이 그림자화 상태로 숨겨져 있는 공간이 아니라는 이유로 섀드가더들은 섀드의 건물이 아니라고 판단했으나, 건물 안에 설치된 보안 장막은 이 건물을 사용하는 이가 섀드임을 나타내는 완벽한 증거였다. 게다가 얼마를 불러도 절대 저택을 팔 수 없다는 여성의 강경한 태도로 볼 때 이 건물은 단순한 주거 용도가 아닌, 무언가 다른 목적을 위해 중요하게 운영되는 장소임이 분명했다.

이렇게 리안이 첫 번째 기억에서 얻어낸 정보들을 막 정리할 때쯤, 주위를 휘감은 어둠이 차츰 사라지며 두 번째 기억이 이어서 펼쳐졌다. 이번 기억은 수수한 2층짜리 주택들이 쭉 늘어선 길목에서 시작되었고, 리안의 시선은 조사원의 그림자를 따라 거의 비슷하게 생긴 주택들 중 한 채로 향했다.

한 주택 앞에 도착한 조사원이 조심스럽게 문을 두드리자 안에서 꽤 나이가 있어 보이는 노신사가 얼굴을 내밀었다. 전체적으로 인자한 인상이었으나 눈빛만큼은 호기심으로 반짝이고 있었다.

"무슨 일이오?"

"죄송하지만 혹시 이 마을 옆에 있는 저택에 대해 알고 계십니까? 19세기 정도의 양식으로 보이는 오래된 저택 말입니다."

조사원이 정중하게 질문하자 노신사의 눈빛에 담긴 호기심이 더욱 짙어졌다.

"그건 왜 묻지?"

"저는 부동산 거래를 중개하는 사람입니다. 그 저택을 판매했던 분께서 다시 구매하길 원하시는데, 저택의 현 소유주께서는 판매 의사가 없다고 하셔서 말입니다. 겉에서 보기에는 지금 저택이 전혀 관리되고 있지 않은 것 같은데 판매하지도 않겠다고 하니, 대체 무슨 사정인지 확인해 봐야 할 것 같아서 여쭤봅니다."

이렇게 말하며 조사원은 작은 종이 카드 같은 것을 노신사에게 내밀었다. 그림자에 동화되어 있는 리안의 시각에서는 종이 위 글씨가 보이지 않았으나 아마 신뢰를 얻기 위한 가짜 명함이 아닐까 싶었다.

노신사는 명함을 한참 들여다보더니 작게 고개를 끄덕였다. 명함이 충분히 믿음직스럽다는 판단을 내린 모양이었다.

"나도 아는 바가 많지는 않지만, 그곳에 10대 정도 되어 보이는 학생들이 드나드는 걸 본 적 있네. 거기에 사는 건지, 아니면 가끔씩만 찾아가는 건지는 모르겠지만 어찌 되었든 몇 년간의 기억을 다 합치면 대여섯 명쯤 되는 학생들을 봤어. 나도 이 나이쯤 되니 할 일이 없어 주위나 기웃거리고 다니는 게 일이니 말이지."

노인의 증언은 꽤 흥미로웠다. 10대 정도의 학생들이 여럿 오가는 장소라니. 제론 역시 그 저택에 자주 방문했던 시기가 딱 그 나이쯤일 때이지 않았나.

"아, 그리고 보니 그 저택 정원에서 본 적 있는 남학생 한 명이 가끔 우리 동네까지 나오곤 하더군. 저쪽 주택에 사는 아리아라는 여자애를 만나러 왔던 것 같아."

노인이 방금 기억났다는 듯 정보를 덧붙였고, 이를 마지막으로 두 번째 기억도 끊어졌다.

세 번째 기억은 10대 정도로 보이는 한 남학생과 대면한 장면으로 시작되었는데, 아마 그가 앞서 노인이 언급한 바로 그 남학생인 모양이었다. 주위의 풍경이 두 번째 기억이 펼쳐졌던 마을과 동일했기 때문이었다.

"그 저택에서 무얼 하는 건지 정말 알려줄 수 없나요?"

조사원이 이미 몇 번이고 캐물어서인지 남학생의 표정에는 귀찮다는 기색이 역력했다.

"…그냥 똑똑하지만 오갈 곳 없는 학생들을 받아서 머물도록 해주는 곳이에요. 고아원 같은 자선 목적의 공간이라고 생각하시면 되겠네요. 이제 말씀드렸으니까 그만 보내주세요."

결국 남학생은 이 정도로 말을 줄이더니 쌩하니 떠나버렸다.

이것으로 세 번째 기억도 끝났고, 다시 까만 어둠이 눈앞을 가렸다.

이어서 어둠이 사라지며 새로운 기억에 자리를 내주었을 때 리안의 눈에 보인 건 첫 번째 기억 속에서 봤던, 연필 같은 인상의 날카롭고 호리호리한 여성이었다. 그리고 조사원의 주위를 떠다니는 날카로운 칼날의 그림자 몇 개가 눈에 들어왔다. 조사원의 그림자 속에 녹아들어 있는 리안의 시야 위로 핏자국처럼 보이는 얼룩이 군데군데 번져있는 걸 보니 이미 그는 몇 차례 공격을 당한 상황인 듯했다.

"당신 뭐야? 누가 보낸 거야?"

여성이 솜씨 좋게 칼날의 그림자를 부리며 날카롭게 물었다. 하지만 조사원이 나지막한 신음소리만 낼 뿐 아무 말도 하지 않자 여성은 다시 물었다.

"혹시 조직 때문에 우리를 캐고 다니는 건가?"

그리고 이 질문을 마지막으로 조사원이 남긴 기억은 끝났다. 눈앞에 까만 어둠이 마지막으로 한 차례 몰려오더니 이내 천천히 땅을 딛고 선 발의 감각이 돌아왔다. 완전히 현실로 돌아왔다는 느낌이 들자 리안은 두 눈을 떴고, 그가 들어가 있던 유리 캡슐의 내부 공간과 바로 옆에서 막 눈을 뜬 세린의 모습이 시야 안으로 들어왔다.

"제론의 목적지가 바로 저 저택이었다는 사실만큼은 분명하네요. 그런데 저 저택은 대체 어떤 공간이기에 그렇게 철저히 보호되고 있는 걸까요? 그리고 마지막에 나온 '조직'이라는 말은 대체….”

리안이 캡슐 밖으로 발을 내딛으며 묻자 세린이 신중한 목소리로 말을 받았다.

"음… 일단 우리가 방금 본 기억에서 알아낼 수 있는 건 그 저택이 똑똑한 섀드 학생들을 위한 고아원 같은 공간이라는 거예요. 물론 세 번째 기억에 등장한 남학생이 꼭 진실을 말했으리라는 법은 없지만, 10대 학생들이 드나드는 걸 봤다는 이웃 주민의 증언도 있었고 제론이 그곳을 주로 방문한 시기도 그 나이대 즈음이었으니까요.”

이에 리안은 동의의 표시로 고개를 끄덕였다.

"그리고 저택을 관리하는 이가 아마 아까 본 여성일 텐데, 단편적인 기억만 놓고 봤을 때에도 꽤 실력 있는 섀드인 것 같았어요. 저택을 드나든다는 학생들보다는 그 여성 쪽이 더 중요한 인물일 가능성이 높아 보이네요.”

세린은 이렇게 말을 덧붙이더니 조사를 더 해보고 알려주겠다며 크리스티안과 함께 떠났다.

그 후 세린이 리안을 다시 찾아온 건 다음 날 저녁, 리안이 유란섀드학교에서 돌아와 한창 마법을 훈련하고 있을 때쯤이었다. 지하에 있는 훈련실 중 한 곳을 사용하고 있었는데 어떻게 알았는지 세린은 곧바로 리안이 있는 곳으로 찾아왔다.

"어제 기억 속에서 본 여성의 정체를 알아낸 건가요?"

리안이 기대감에 찬 목소리로 묻자 세린은 일단 고개부터 내저었다.

"그 여성의 정체는 아직 크리스티안이 조사 중이에요."

그리고 리안이 실망하기도 전에 얼른 말을 덧붙였다.

"대신, 오늘은 그사이에 잠깐 확인해 볼만한 다른 정보가 들어와서 가지고 왔어요. 영국에서 제론의 10대 시절 흔적이 발견되었다는 점에 착안해 그 주위 지역을 중심으로 제론에 대해 더 조사하고 있었는데, 런던 외곽에 있는 한 중등 섀드 교육 기관에서 그의 이름이 발견되었다더군요."

꽤 흥미로운 정보였다. 리안이 눈을 반짝이는 사이 세린의 설명이 이어졌다.

"마침 지금 그 학교의 교장으로 계신 선생님이 그곳에서 거의 30년간 근무했다는 정보를 얻어서, 한번 그분을 찾아가 제론에 대해 질문하려 해요. 시기적으로 제론이 솔즈베리 근처의 저택을 방문하던 때보다 그 중등학교에 머문 기간이 더 먼저이니 어쩌면 그 비밀스러운 저택에 대한 정보도 얻을 수 있을지 모르죠."

"이번 수사에 나도 데려가 주는 건가요?"

리안의 근본적인 질문에 세린은 금방 고개를 끄덕였다.

"같이 가려고 해요. 리안 군도 제론에 대한 정보를 알고 싶잖아요. 내 입장에서도 사실 혼자 고민하는 것보다는 리안 군의 생각이 합쳐지면 더 좋기도 하고요."

리안을 단순한 참고인이 아닌 제대로 된 수사의 조력자로 생각해 주는 모양이었다. 나름대로 노력을 인정받은 것 같아 리안이 슬며시 미소를 짓는 사이 세린은 시계를 살짝 확인하고는 설명을 덧붙였다.

"런던과 시차가 있으니 이곳 시간으로 11시 정도에 출발할게요. 정체를 숨기기 위한 트랜스포마스크와 트랜스포수트를 방으로 보내뒀으니 착용하고 이따 만나요."


로스앤젤레스 시간으로 밤 11시 무렵, 리안과 세린은 모든 준비를 마친 후 목적지로 이동했다. 섀드가더의 정체는 기밀인지라 세린도 트랜스포마스크와 트랜스포수트를 이용해 완전히 새로운 얼굴과 체형으로 변신한 상태였다.

서로가 서로의 달라진 모습에 적응하지 못한 상태로 런던 외곽의 어느 한적한 주거 지역에 도착한 둘은 얼른 목적지를 향해 발걸음을 옮겼다. 그곳의 시간으로는 오전 7시가 막 지났기에 주위는 아직 어슴푸레한 새벽녘의 뿌연 공기에 휩싸여 있었다.

세린을 따라 어둑한 잿빛 거리를 가로질러 이동하다 보니 어느새 소박한 교회 건물이 눈앞에 나타났다. 그리고 이곳에 도착하자 세린은 주위에 지나다니는 사람이 없는지 확인하더니 교회의 벽면에 조심스레 '리섀딩 파우더Reshadding Powder'를 뿌렸다.

그러자 교회 벽면에 그림자 문이 모습을 드러냈고, 그 문을 차례로 통과하고 나자 둘은 어느새 낡은 회색 카펫이 깔린 좁은 복도에 서있었다. 그리고 좁고 긴 복도의 양 옆에는 책상이 쭉 들어서 있는 작은 방들이 연결되어 있었다. 어느 정도 구색은 갖추고 있었으나 학교라고 말하기에는 꽤 열악해 보이는 풍경이었다. 아직 학생들이 올 시간은 아니어서 그런지 복도나 교실은 모두 활기 하나 없이 차갑게 식어있었다.

복도의 가장 끝에는 교장실이 있었는데 세린이 미리 연락을 취해놔서인지 교장실만큼은 환하게 불이 밝혀져 있었다. 게다가 매서운 바깥 날씨에도 불구하고 그곳에는 난로가 따스하게 지펴져 있어서 더욱 밝고 포근하게 느껴졌다. 교장실 안에서 그들을 반겨준 인물은 방 안의 공기만큼이나 포근하고 인자한 인상의 중년 여성이었다.

"메기 크로스라고 해요. 이 학교의 교장을 맡고 있죠."

우아하게 미소 지으며 인사를 건네는 교장을 보며 리안은 어쩐지 그녀가 수사에 꽤나 협조적일 것 같다는 희망을 품었다.

"안녕하세요. 제가 미리 연락드렸던 밀러입니다. 섀드 범죄 수사국 소속의 조사원이죠. 이쪽은 제 동료이고요."

세린이 이렇게 설명하자 리안 역시 가볍게 목례를 해 보였다. 섀드가더들이 조사 때마다 매번 거짓 신분을 내세운다는 점에도 이제는 익숙해졌기 때문에 세린의 자연스러운 거짓말에도 리안은 전혀 놀라지 않았다.

"바쁘신 중에 시간 내주셔서 감사합니다. 아시다시피 저희 수사국의 수사 내용은 기밀이기 때문에 어쩔 수 없이 학교가 비어 있는 시간에 뵙기를 요청했습니다."

세린은 예의를 갖춰 정중하게 인사를 전한 후 바로 본론을 꺼냈다.

"미리 간단히 말씀드렸지만, 오늘 뵙고자 한 이유는 과거 선생님께서 재직 중이실 당시 이 학교에 있었던 한 학생 때문입니다. 자세한 내용은 말씀드릴 수 없지만 그 섀드는 저희가 조사 중인 중요한 사건과 밀접하게 연관된 인물입니다. 혹시 '제론 에브런'이라는 학생을 기억하고 계신가요? 18년 전 정도에 이 학교에 들어왔다는 기록을 봤습니다."

이 말에 교장은 잠시 허공을 응시하며 생각에 잠겼으나, 이내 도움이 되지 못해 미안하다는 듯 고개를 내저었다.

"음… 이름이나 얼굴은 어렴풋이 생각나는 것도 같지만, 아쉽게도 구체적으로 말씀드릴 만한 기억은 전혀 없네요. 오래전 일이기도 하고, 이 나이쯤 되니 기억이 가물가물해서….."

먼 과거의 일인지라 어쩌면 당연한 일이었다. 리안은 이대로 이 자리가 마무리되는 걸지 가늠하려 세린을 슬쩍 보았지만, 그녀는 침착하게 고개를 끄덕일 뿐이었다.

"오래된 일인 만큼 완벽하게 떠올리시기 어려울 거라 짐작은 했습니다. 혹시 실례가 되지 않는다면 '루시앙Lucien'이라는 마법 가루를 조금 사용해도 될까요? 쉽게 말하자면 기억 보조제인데, 흐려진 과거의 기억을 일시적으로 또렷하게 만들어 주는 효능을 가지고 있습니다."

이렇게 말하며 세린은 품 안에서 작은 검은색 주머니를 꺼냈다. 처음 들어보는 마법가루의 등장에 리안은 강한 호기심이 피어올랐으나, 수사국의 조사원으로 위장하고 있는 상황이었기에 이미 알고 있는 내용인 척 무표정을 유지해 냈다.

"호오, 그렇지 않아도 수사국에서는 일반인이 만들 수 없는 종류의 묘약들을 가지고 있다고 얼핏 들었는데 정말이었군요."

교장 역시 루시앙에 대해 들어본 적이 없었는지 흥미롭다는 눈빛으로 주머니를 응시했다.

"사용하셔도 괜찮습니다. 이런 새로운 마법을 맞닥뜨리게 되면 직접 경험하고 싶은 호기심이 피어나는지라, 저 역시 기대가 되는군요."

조사 중에도 소소한 즐거움을 느낄 수 있는 이런 여유는 연륜에서 비롯되는 건지 리안이 궁금해하는 사이, 세린은 주머니에서 가루를 조금 집어 교장의 그림자 앞으로 다가갔다.

"이 가루를 사용하면 그 즉시 일생 동안 겪으신 모든 일이 마치 필름에 기록된 이미지처럼 선명하게 보이실 겁니다. 그러면 앨범의 페이지를 넘기듯 과거의 일을 하나씩 넘겨, 제론 에브런과 관련한 기억들을 살펴봐 주세요. 이 정도의 양이면 5분가량 그 효과가 지속될 겁니다."

교장은 잠자코 고개를 끄덕였고, 세린은 그녀의 머리 부분 그림자에 마법가루를 고루 뿌렸다. 세린의 말대로 효과가 바로 나타났는지 교장은 즉시 놀랍다는 표정을 지었다. 그러고는 몹시 흥미로워하며 머릿속 장면들에 집중하기 위해 눈을 지그시 감았다.

"오… 정말 지나간 모든 일들이 마치 영화 속 장면들처럼 생생하게 보이는군요."

"18년 전의 기억에 집중해 주세요. 제론 에브런이라는 학생이 보이시나요? 기억에 있는 일들을 모두 말씀해 주세요."

교장은 세린의 안내에 따라 기억들을 빠르게 되감아 나가고 있는 듯했다. 감은 눈 안에서 눈동자가 좌우로 바쁘게 오가는 모습을 가만히 관찰하며 리안은 그녀의 기억 속에 중요한 퍼즐 조각이 잠들어 있길 기도했다.

"…제론 에브런. 아, 또렷하게 보입니다. 18년 전에 한 동료 교사가 데리고 온 학생이었네요. 학교도 다니지 않고 혼자 살고 있는 걸 우연히 목격해서 데리고 왔다고 했어요. 돈이 없다고 해서 학교에서 학비는 받지 않기로 했고, 다행히 첫 시험에서부터 1등을 해서 장학금을 받기 시작했습니다. 분명 학교를 다니지 않았다고 했는데 마법 실력이 단연 독보적이라 모두들 깜짝 놀란 거 같네요."

교장은 자신의 기억을 마치 다른 누군가가 보여준 화면 속 장면처럼 제삼자의 시선에서 묘사해 나갔다.

"하지만 저는 제론과 사적인 대화를 나눈 일은 전혀 없어서…. 단둘이 나눈 대화는 수업이나 시험에 대한 이야기밖에 없었네요. 제론은 나서서 먼저 말을 거는 타입도 아니었고… 딱히 다른 학생들과도 친하게 지내지 않은 것 같아요."

교장의 말이 이어졌지만 도움이 될만한 정보는 전혀 찾을 수 없었다. 제론은 10대 시절에도 그리 사교적인 학생은 아니었던 모양이었다. 리안의 마음속에 실망감이 조금씩 쌓여갈 무렵, 교장이 문득 아, 하고 탄성을 질렀다.

"조사하시는 사건과 관련이 있을지는 모르겠지만, 꽤 흥미로운 기억을 발견했습니다. 그다음 해, 그러니까 17년 전의 기억이에요. 학교에 제론을 찾아온 여성이 있었습니다. 그 당시의 교장 선생님에게 먼저 찾아와서 제론을 만나게 해달라고 했다네요. 제론의 특출난 재능에 대해 듣고 왔다고요. 저도 다른 선생님들한테 들은 정보인데, 그 여성의 이름은 다이앤 미첼이고 '미첼 이노베이션'이라는 기업을 운영한다고 했습니다. 30대 정도로밖에 보이지 않는 젊은 여자였는데… 본인이 후계자를 양성하고 있다고 설명했다는군요."

교장의 입에서 '다이앤 미첼'이라는 새로운 이름이 등장한 순간, 차분하게 수첩에 정보를 메모하고 있던 세린의 손이 잠시 멈췄다. 교장은 눈을 감은 채 기억을 관찰하고 있어 세린의 달라진 태도를 감지하지 못하는 듯했지만 리안은 이를 똑똑히 볼 수 있었다. 세린의 얼굴에 잠시 스친 당황의 감정은 분명 다이앤이라는 이름이 만들어 낸 파장이었다.

# 5.
## 다이앤 미첼

"…그래서 당시의 교장 선생님은 그 여성이 제론을 만날 수 있게 해주었고, 둘 사이에 무슨 대화가 오갔는지는 모르겠지만 결국 제론은 다이앤 미첼이라는 그 여자를 따라 떠났습니다."

눈을 감고 있던 교장은 세린의 동요를 알아차리지 못한 채 평온한 목소리로 설명을 이어나갔다.

"그 이후에 제론의 소식을 들은 기억은 없네요…."

이 말을 마지막으로 교장은 침묵 속에서 잠시 더 기억을 더듬어 보더니 이내 서서히 눈을 떴다.

"5분 제한이 끝났나 봅니다. 다시 지난주의 일도 명확히 기억나지 않는 원래의 기억력으로 돌아왔군요."

농담을 던지며 교장은 가볍게 웃어 보였다. 그래도 짧은 시간

동안이나마 기억이 생생히 되살아나는 마법을 경험했다는 사실이 제법 만족스러운 표정이었다. 그녀의 유쾌한 태도에 세린 역시 미소를 지었다.

"도움 주셔서 감사합니다. 루시앙은 금단 증상이 꽤 강해서 이를 한 번이라도 경험하면 다시 추억 속으로 돌아가고 싶어 괴로워하시는 분이 많은데, 선생님께서는 자제심이 대단하시군요."

"물론 행복했던 추억 속에 평생 머무르고 싶은 마음이 없는 사람은 없겠지요. 저 역시 잠깐이나마 저 주머니를 빼앗아 달아나고 싶은 마음이 들 정도였으니까요. 이 마법가루가 수사 목적 외에는 엄격히 금지되어 있는 것도 이해가 갑니다."

교장은 진담 섞인 농담을 던지며 다시 빙그레 웃음을 지어 보였다. 덕분에 조사는 화기애애한 분위기에서 마무리되었고, 세린이 죄송하지만 그림자 망각술로 조사 동안의 기억을 지워야 한다고 설명했을 때에도 교장은 흔쾌히 절차에 응해주었다. 그리고 학생들이 몰려올 시간 전에 떠나기 위해 세린과 리안은 급히 인사를 건네고 바깥으로 나왔다.

무사히 로스앤젤레스의 기지로 돌아온 후, 리안은 자신의 방으로 세린을 안내하고는 궁금했던 점을 물었다.

"아까 다이앤 미첼이라는 여성이 언급되었을 때 왜 당황한 거예요?"

"사실 이게 어떠한 연결고리가 될 수 있을지, 아니면 단순한 우연인지는 모르겠어요…."

세린의 투명한 녹갈색 눈동자가 혼란스럽다는 듯 미세하게 흔들렸다.

"내가 조사한 바에 따르면, 다이앤 미첼은 분명… 마르세유의 비밀 조직에 의해 종적을 감춘 첫 번째 인물이었어요."

"다이앤 미첼이, 그 조직이 납치했던 유명인 중 한 명이었다는 건가요?"

리안은 세린의 말을 자신이 잘 이해한 게 맞는지 확인하기 위해 재차 되물었다.

"맞아요. 14년 전부터 이름이 알려진 몇몇 섀드가 사라지기 시작했다고 말했었죠. 그리고 현장에 남겨져 있던 검은색 정사면체를 보고 그 사건들이 모두 동일한 단체, 그러니까 마르세유의 비밀 조직에서 벌인 일이라고 추정하게 되었다고요. 그중 첫 번째로 실종된 인물이 바로 미첼 이노베이션의 소유주였던 다이앤 미첼이라는 여성이라고 기록돼 있어요."

"흠… 그러니까 17년 전에 다이앤 미첼은 제론에게 관심을 보이며 학교에 찾아왔고, 그로부터 3년 후에는 마르세유의 비밀 조직에 의해 종적을 감췄다는 거군요. 그리고 그 이후 언젠가 제론이 그 조직에서 활동했을 가능성이 있고요."

리안은 차근히 정보를 정리하며 지끈거리는 머리를 살짝 짚었다. 어쩐지 단단히 꼬인 실타래를 마주하게 된 기분이었다.

"그런데 다이앤이 실종된 후에 미첼 이노베이션은 어떻게 되었나요?"

리안의 질문에 세린은 아쉽다는 듯 고개를 살짝 저었다.

"회사 이름을 바꾸고 다른 이가 CEO직을 이어받았다고 들었는데, 정확한 정보는 나도 잘 몰라요. 이제부터 확인해 봐야 할 것 같아요. 다이앤 미첼이 제론이나 그가 자주 방문했던 솔즈베리 근처의 저택과 관련이 있을지 없을지는 아직 모르겠지만….."

세린이 이렇게 말하며 막 방문 쪽으로 향하려는데, 갑자기 노크하는 소리가 들리더니 바깥쪽에서 누군가가 먼저 문을 열었다. 크리스티안이었다.

"여기 있다고 들어서 왔습니다."

이미 자정이 넘은 시간이라 그런지 크리스티안은 조금 지친 기색이었다. 그의 우람한 체격과 단단한 구릿빛 피부에서 느껴지던 활기와 생동감마저도 오늘만큼은 빛을 잃은 상태였다.

"조사원이 기억 속에 남겨두었다는 그 중년 여성의 정체를 알아냈어요."

이 말을 전하는 크리스티안의 말투에는 피로감이 낮게 깔려

있었지만, 반대로 리안과 세린은 기대감에 눈을 반짝였다.

"제인 브랜슨이라는 이름의 섀드인데, 과거에 꽤 유명한 사립학교를 운영했던 인물이더군요. 20년 전쯤, 섀드세계에 교육개혁이 일어난 후에는 중등 교육 기관의 수준이 평준화되었지만 그 전에는 시험을 봐서 학생을 뽑는 식의 사립학교가 성행했지 않습니까. 특히 영국이 사립학교가 많기로 유명했는데, 그중 가장 우수하다고 소문나 있던 학교가 바로 제인의 학교였습니다. 유럽 전역의 뛰어난 학생들이 다들 가고 싶어 하던 곳이라고 해요."

이렇게 말하며 크리스티안은 어디에선가 받아온 낡은 사진을 주머니에서 꺼내 보여주었다. 키가 크고 호리호리한, 뾰족한 인상의 여성이 호화로운 학교 건물 앞에서 찍은 사진이었다. 세월의 흐름을 보여주듯 사진은 꽤 빛이 바래있었지만 그래도 리안은 그 여성이 기억 속에서 봤던 중년 여성과 동일한 인물이라는 걸 금방 알아볼 수 있었다. 세린 역시 같은 생각인지 옆에서 고개를 끄덕였다.

"정확합니다. 생김새에 대한 정보만 가지고도 금방 찾아냈네요."

세린이 감탄하듯 말하자 크리스티안이 지쳐 보이는 얼굴 근육을 움직여 살짝 미소를 지었다.

"고생을 좀 했죠."

이 한마디만으로도 크리스티안이 얼마나 잠도 못 자고 수사에 매진했는지 느껴졌다.

"아무튼, 그렇게 유명한 학교를 운영했던 인물이 지금 어쩌다 솔즈베리 근처의 그 저택에 있는지 알아보기 위해 조사를 더 해 봤는데 말이죠. 교육 개혁 때 제인의 사립학교도 문을 닫았고, 그러면서 제인은 근처에 있는 한 공립학교의 교사로 보내졌다고 하더군요. 그리고 그곳을 떠난 게 18년 전인데, 제인이 떠나기 직전에 다이앤 미첼이라는 여자가 찾아왔었다고 합니다."

"다이앤 미첼!"

크리스티안의 설명에 리안과 세린이 거의 동시에 탄성을 내질렀다.

둘의 격렬한 반응에 크리스티안은 어리둥절한 표정이 되었고, 세린은 얼른 자초지종을 말해주었다. 방금 리안과 세린이 과거에 제론이 있었던 학교에 다녀왔고 그곳에서도 다이앤 미첼이라는 이름이 등장했다는, 우연이라고 하기에는 너무나 절묘한 그 이야기를 듣고 나자 크리스티안도 눈이 동그래졌다.

앞서 세린은 다이앤 미첼이라는 존재의 등장이 얼마나 의미 있는 단서일지 알 수 없다고 했다. 하지만 크리스티안이 얻어온 정보에서도 그 이름이 나온 이상 이제는 다이앤이 수사에 중요한 열쇠가 되리라는 걸 모두가 인정할 수밖에 없었다.

"…알고 보니 다이앤 역시 제인이 과거에 운영했던 사립학교 출신이라고 하더군요. 특히나 입학시험부터 졸업시험까지 내내 1위를 차지할 정도로 뛰어난 학생이었다는 걸 보면 여러 학생 중에서도 제인과 특별한 관계가 있었다고 볼 수 있을 것 같습니다."

크리스티안이 다이앤과 제인에 대한 정보를 더 풀자, 세린은 곧바로 알겠다는 듯 고개를 끄덕였다.

"그렇게 각별한 사이인 다이앤이 18년 전 제인을 찾아왔고, 바로 그 직후에 제인은 일을 그만두고 솔즈베리 부근의 저택으로 이동했다는 거군요. 그리고 제론을 데려간 사람도 다이앤이 었는데 결과적으로 제론은 그 후 바로 솔즈베리 부근의 저택을 자주 드나들기 시작했고요. 그러면 답이 나왔네요."

세린이 자신 있는 미소를 지으며 이렇게 말하자, 크리스티안 이 고개를 끄덕이며 말을 받았다.

"그 저택의 실소유주가 제인이 아니라 다이앤일 거라는 말이죠?"

리안도 이 추론에 완벽히 동의했으나, 여전히 풀리지 않는 궁금증이 있어 질문을 던졌다.

"그러면 조사원의 기억에 남아있던, 제인의 그 마지막 말은 대체 무슨 의미였을까요? '조직 때문에 정보를 캐고 다니는 거냐'고 했는데… 마르세유의 비밀 조직을 지칭한 걸까요?"

"음… 만약 다이앤이 그 저택에서 벌이던 일이 마르세유의 비밀 조직과 대치되는 일이었다면, 조직에서 다이앤을 납치하고 지금까지 계속해서 그곳을 정탐하고 있다는 가설도 말이 되긴 하죠."

"하지만 그렇다면 다이앤을 따라 저택으로 향했던 제론이 이후에 다이앤을 납치한 바로 그 조직에서 활동했으리라는 추론은 앞뒤가 잘 맞지 않아요. 제론이 가지고 있던 비밀스러운 새이딤 세 개가 마르세유의 비밀 조직에서 활동하기 위한 것이라는 가설은 버려야 할까요?"

세린과 리안은 석연한 해답을 찾아낼 수가 없어 옅은 한숨만 내뱉었다.

"일단 솔즈베리 근처의 수상한 저택이 무슨 용도로 사용되고 있는지 더 조사해 봅시다."

결국 세린은 이 정도로 결론을 지어야 했고, 리안과 크리스티안도 여기에 동의했다.

"…아, 그리고 아까 다녀온 학교에서 교장 선생님 이야기를 들으면서 생각한 건데요. 잘은 모르겠지만 그 저택의 주된 존재 이유는 어찌 되었든 똑똑한 섀드 학생들을 길러내기 위한 게 맞는 것 같아요."

자리가 마무리되기 전, 리안은 잠시 망설이다 이렇게 덧붙였다.

"일단 다이앤 본인이 '후계자를 양성하고 있다'고 설명했다는 점도 그렇고…. 제론은 그 학교를 다닐 때만 해도 가난했다고 했는데, 분명 한 박사라는 신분으로 제로를 창업하던 때는 투자를 일절 받지 않고 직접 자본을 조달했다고 들었거든요. 그렇다면 학교를 떠난 시점으로부터 제로를 창업하기 전까지, 그 중간 언젠가에 제론에게 자금을 확보할 만한 통로가 생겼다는 건데…. 그러면 당연히 부유한 상속인인 다이앤과 그 저택이 유력한 후보일 수밖에 없어요."

"정말로 재능 있는 고아들을 후원하기 위해 만든 시설이었다?"

세린이 리안의 말을 곰곰이 곱씹고 있는 듯한 표정으로 되물었다.

"물론 순수하게 후원 목적뿐이라면 수사국의 조사원을 죽이면서까지 철저하게 비밀을 지키려 하지는 않았겠지만요…."

리안이 살짝 자신 없다는 말투로 이렇게 덧붙였으나 세린은 그래도 이 의견에 가치가 있다고 생각하는 듯했다.

"재능 있는 이들을 후원하는 일과 비밀스러운 또 다른 임무를 함께 수행하는 것도 가능하죠. 어찌 되었든 그 저택에 대해 더 알아볼 필요가 있겠어요. 방법을 고민해 볼 테니 일단 오늘은 이 정도로 마무리합시다."

그렇게 해서 크리스티안과 세린이 방을 떠나고, 혼자 남겨진 리안은 잠을 청하기 위해 침대로 향했다. 하지만 벌써 깊은 밤인데도 호기심 때문인지 잠이 오질 않아, 불을 끄는 대신 기어이 섀블릿을 손에 쥐고 말았다.

리안은 먼저 다이앤 미첼에 대해 검색해 보았다. 그러나 아쉽게도 섀드 정보 네트워크상에는 내용이 많이 공개돼 있지는 않았다. 마르세유의 비밀 조직에 대한 내용은 섀드가더 사이에서만 공유되는 기밀 사항인지 다이앤의 근황에 대해서는 '14년 전 실종 처리되었다'라고만 적혀있었다. 그래도 실종 직전의 모습으로 추정되는 젊은 다이앤의 사진은 공개돼 있었는데, 진한 갈색 머리를 단정하게 틀어 올린 채 여유로운 미소를 짓는 모습이었다. 꽤 기업가다운 카리스마가 느껴지는 인상이라고 생각하며 리안은 이어서 미첼 이노베이션에 대해서도 찾아보았다.

미첼 이노베이션은 다이앤 미첼의 고조부인 스탠리 미첼이 세운 기업으로 섀드-텍 기기에 사용되는 핵심 소재와 부품을 개발하고 생산하는 업체라고 나와있었다. 게다가 본사가 위치한 영국 외에도 세계 각지에 사업장을 둔 큰 규모의 기업이라는 정보를 보니 다이앤이 물려받았을 부는 생각 이상으로 막대했을 듯했다. 하지만 리안을 놀라게 한 건 그다음 내용이었다.

"미첼 이노베이션은 14년 전, '페넘 이노베이션'으로 이름을 변경했으며 현재는 라일리 채프먼을 CEO로 두고 있다."

페넘 이노베이션Penum Innovation이라는 이름을 보자마자 리안은 바로 페너미아Penumia를 떠올릴 수밖에 없었다. 이름을 변경한 시점이 다이앤 미첼의 납치 전인지 후인지는 명확하지 않았지만, 회사가 미첼 일가의 소유가 아니게 되어서 이름을 바꾼 것뿐이라 해도 그 자리를 차지한 이름이 하필 '페넘'이라니. 물론 페넘에서 페너미아를 연상한 건 단순히 리안이 최근에 페너미아에 대해 너무 많이 생각했기 때문일 수도 있다. 하지만 만약 정말로 미첼 이노베이션과 페너미아가 어떠한 연관이 있는 거라면, 제론과 다이앤 미첼 그리고 마르세유의 비밀 조직 모두가 '페너미아'라는 키워드 아래에 묶이게 된다.

'대체 제론과 다이앤, 마르세유의 비밀 조직 사이에는 어떤 관계가 있는 걸까?'

10대 시절의 제론에게 손을 내밀었던 다이앤이라는 부유한 상속인 그리고 그녀를 납치했다고 알려진 조직과 그 조직에서 활동했던 케인을 측근으로 두던 제론. 정보가 더해질수록 오히려 꼬여있던 실타래가 풀리기는커녕 점점 더 엉키기만 하는 듯했다. 세린의 말대로 다이앤이 비밀스럽게 운영하던 그리고 제론이 10대 시절에 드나들던 솔즈베리 부근의 그 저택에 대해 더 알아보는 것밖에 실마리가 보이지 않았다.


　그로부터 이틀이 더 지난 토요일, 유란섀드학교로 돌아간 후부터는 특별 수업을 주말에 몰아서 받고 있기에 리안은 꽤 바쁜 하루를 보냈다. 그리고 저녁 시간을 활용해 다이앤의 저택과 10대 시절의 제론, 마르세유의 비밀 조직이라는 미지의 단체에 대해 곰곰이 생각하던 중, 때마침 세린이 리안을 한 회의실로 불렀다.

　"솔즈베리 부근의 저택에 대해 조사할 수 있는 방법을 고민해 봤는데, 아예 그곳의 일원으로 잠입해 들어가는 편이 오히려 가능성이 있겠다는 생각이 들었어요."

　그렇지 않아도 리안 역시 그곳에 대한 정보를 캐낼 효과적인 방법을 고민하고 있던 참이었기에 반가운 소식이었다.

　"그곳을 드나드는 건 10대 후반 정도의 학생들이라고 했으니, 우리 쪽에서도 비슷한 조건의 섀드로 변장해 잠입하자는 뜻이겠군요."

　리안의 말에 세린이 고개를 끄덕였다.

　"맞아요. 하지만 우리 쪽에서 먼저 그 저택에 접근한다면 당연히 의심을 살 수밖에 없으니, 역으로 저택의 관리인인 제인 브랜슨의 관심을 끌어내는 전략을 써야 할 것 같아요."

　지난번에 조사원이 사망한 사건도 있었으니 이번에는 훨씬 자연스러운 방법으로 접근해야 한다는 점에는 리안도 동의했다. 하지만….

"그런데 어떻게 제인의 관심을 끌 수가 있죠? 그 저택에서 무슨 일을 하는지는 세간에 전혀 알려져 있지 않으니 그곳에 들어올 학생을 공개적으로 모집할 리는 없을 테고…."

리안이 난감하다는 듯 눈가를 살짝 찌푸리자 세린이 공감을 표하며 말을 받았다.

"그게 어렵긴 해요. 리안 군의 말대로 공개적인 방식으로 학생을 찾을 수는 없으니 아마 제인이나 관련자 누군가가 학생들에게 알음알음 접근해서 데려온 걸 거예요. 예전에 다이앤이 제론에게 직접 찾아왔던 것처럼요."

리안도 동의하는 바였다. 그사이 세린의 말은 계속 이어졌다.

"그런데 문득, 제인이 이곳저곳 돌아다니며 모든 학생을 혼자 발굴했다고 보기에는 무리가 있겠다는 생각이 들더군요. 제인은 그 저택의 비밀을 지키기 위해 우리 조사원을 죽이기까지 했으니 아마 학생을 찾는 일로 저택을 계속 비우진 않았을 것 같아요. 자신의 신분을 그렇게 많은 곳에 노출하고 싶어 하지도 않았을 테고요."

일리 있는 의견이었기에 리안은 잠자코 귀를 기울였다.

"그래서 어쩌면 제인이 따로 정보원을 두고 있지 않을까… 하는 생각을 하게 됐고, 그러다 보니 제인의 출신이 떠오르더군요. 크리스티안이 조사한 바에 따르면 제인은 과거에 명망 있는 사립학교를 운영하던 인물이었잖아요. 그러니 그 당시부터 교육 분야에 능통한 인맥이 많았겠다 싶었죠."

이렇게 말하며 세린의 눈빛이 한순간 반짝였다. 그리고 이를 놓치지 않은 리안은 금방 상황을 이해하고 살짝 미소를 지었다.

"이미 제인의 정보원으로 추정되는 인물을 알아냈군요."

리안의 단언에 세린은 살짝 놀란 눈치였으나 이내 조용히 웃으며 대답했다.

"역시 눈치가 빠르네요. 맞아요, 과거에 제인의 학교에서 오래 함께했던 교사가 한 명 있는데 아무래도 그 사람이 정보원인 것 같아요. 그레이스 클라크라는 인물이죠. 제인의 학교가 폐교한 이후에는 따로 수입원이 없는 걸로 나오는데도 계속해서 호화로운 생활을 하고 있는 게 의아해서 눈에 띄었어요. 그리고 더 조사해 보니 10대 학생들을 대상으로 한 다양한 마법 대회를 구경하러 가거나 여러 고아원에 기부하러 찾아간 이력 등 수상한 구석이 많더군요."

교육계에 있지도 않은 사람이 굳이 학생을 대상으로 한 대회에 관심을 갖는 것도, 안정적인 수입도 없는데 고아원에 두루 기부하러 다닌다는 점도 확실히 이상하다. 리안이 머릿속으로 정보를 정리하는 사이 세린의 설명이 계속되었다.

"게다가 조금 더 확실한 증거도 하나 찾았어요. 지난번, 조사원의 기억 속에서 봤던 10대 학생 혹시 기억나나요? 똑똑한 학생을 위한 고아원 같은 곳이라고 대충 설명하고 떠난 남학생이요."

리안이 기억난다는 의미로 고개를 끄덕여 보이자 세린이 말을 이었다.

"그 학생이 어떻게 저택에 들어가게 되었는지 알아내면 제인이 학생을 발굴하는 방법에 대해 추측할 수 있을 것 같아서, 한편으로는 그에 대해서도 조사해 봤거든요. 그 학생이 마을에 가끔 만나러 갔다던 아리아라는 인간 여학생이 그의 이름을 알고 있어서 생각보다 쉽게 찾아낼 수 있었어요. 확인해 보니 그는 스코틀랜드 지역에서 열렸던 청소년 그림자 부림술 대회에서 우승한 이력이 있더라고요. 그리고 해당 대회의 방청석에 방금 말한 그레이스 클라크라는 인물이 있었고, 대회 이후에 그레이스가 그 남학생에게 다가가는 모습을 봤다는 증언도 확보했어요."

"그렇다면 거의 확실하겠군요!"

리안은 세린이 짧은 시간 동안 이렇게나 많은 정보를 알아냈다는 사실에 감탄하며 탄성을 질렀다.

"세상에는 생각보다 우연한 일이 많으니 물론 이 추측이 틀렸을 가능성도 있긴 하죠. 그래도 일단은 여기에 기대를 걸어보는 수밖에요."

세린은 최대한 보수적으로 이야기했으나 그래도 눈빛에는 확신이 담겨있었다. 섀드가더로서 자신의 수사 능력을 믿는 모양이었다. 그래서 리안 역시 그녀를 믿는다는 의미로 미소를 지어 보이며 얼른 물었다.

"그래서, 그레이스의 눈길을 끌기 위해 내가 뭘 하면 되죠?"

리안의 이 질문에 세린은 살짝 당황한 듯 눈을 두어 번 깜빡였다.

"…리안 군에게 일을 맡기려고 한다는 걸 어떻게 알았어요?"

"저택에 잠입하는 역할을 다른 사람에게 맡길 거였다면 아마 잠입 수사를 이미 어느 정도 진행한 후에야 내게 설명해 줬을 테니까요. 작전 초반에는 계획을 아는 이를 최소한으로 둬야 실패 위험이 적다고 했었잖아요. 그리고 다이앤이 제론을 찾아갈 때 그의 '특출난 재능'에 대해 언급한 걸 보면 아마 그 저택에 데려올 학생을 선정하는 기준은 마법적 재능일 거예요. 그러니 현세대 최강이라 할 수 있는 제론의 그림자를 지닌 나를 잠입 역할로 고르는 편이 성공 가능성이 높다고 생각할 것 같았어요."

그녀의 심리를 훤히 꿰뚫어 본 듯한 리안의 설명에 세린은 유쾌한 웃음을 터트렸다.

"이제 거의 리안 군이 섀드가더라고 해도 되겠는데요?"

세린은 옅게 미소를 지으며 말을 이었다.

"이미 다 간파당했으니 편하게 설명할게요. 예상한 대로, 우리는 저택에 잠입하는 역할을 리안 군이 해주길 바라고 있어요. 물론 나를 포함한 다른 섀드가더들도 당연히 저택의 10대 학생들을 넘어설 만큼의 실력은 있지만 우리는 잘 가다듬어진, 숙련된 힘을 가지고 있어서 제인이 이상한 낌새를 챌 가능성이 있죠. 하지만 리안 군은 제론의 강력한 그림자를 가지고 있으면서도 아직 그림자 마법을 오래 수련하지는 않았기 때문에 폭발적인 재능을 품은 원석의 느낌을 자연스럽게 낼 수 있을 거예요. 그리고 아마 제인이 그레이스를 통해 찾는 건 그런 원초적인 재능의 영역이지 않을까 싶어요."

리안은 일단 고개를 끄덕이면서도 한편으로는 걱정을 담아 질문을 던졌다.

"하지만 그런 원초적인 재능을 어떻게 하면 그레이스에게 자연스럽게 알릴 수 있을까요? 이제 와서 고아원에 잠입해 그레이스가 찾아오길 기다리는 건 시간이 너무 오래 걸릴 것 같고…, 조만간 예정되었던 학생 대회들도 모두 신청이 끝났고요. 그리고 너무 많은 섀드의 이목을 끌면 제론 일당의 눈에 띌 수도 있으니 최대한 조용하고 은밀하게 그레이스만 공략할 방법이 필요한데…."

하지만 리안의 걱정이 무색하게도, 세린은 특유의 자신감 넘치는 미소와 함께 녹갈색 눈을 반짝이며 쉽게 대답을 내놓았다.

"내가 생각해 둔 계획이 있어요."

# 6.
## 셰링턴거리

 

 

그다음 주 금요일. 리안은 10대 후반 정도로 보이는 새로운 얼굴을 장착한 채 정오쯤 로스앤젤레스의 기지를 떠났다. 리안의 목적지는 런던의 사우스 켄싱턴에 있는 어느 한적한 거리였는데, 현지 시각으로는 저녁 8시가 막 지난 시간이라 리안이 도착했을 때쯤 하늘은 이미 짙은 어둠에 싸여있었다. 리안은 어둠에 눈이 적응하도록 잠시 기다린 후 방금 자신이 도착한 거리를 천천히 둘러봤다. 그리고 미리 세린에게 안내받은 대로 코너를 돌아 건물 사이에 위치한 작은 공원으로 향했다.

"이쪽에서부터 하나, 둘, 셋…."

세린이 일러준 장소는 공원의 끝에서 다섯 번째에 위치한 나무였다. 이제 리안도 그림자 숨김 상태의 문에서 나오는 특정한 마법의 파동을 읽는 방법을 배웠기에, 침착하게 파동의 발원지를 찾아 그곳에 리섀딩 파우더를 뿌렸다.

이내 모습을 드러낸 문의 그림자 안으로 들어가자 리안의 눈앞에 드넓은 거리가 길게 펼쳐졌다. 아주 길고 거대한 기차역 같은 느낌으로, 양 끝에는 벽과 문이 그리고 그 사이에는 투명한 재질로 이루어진 돔 형태의 천장이 자리하고 있었다. 다만 천장이 매우 높고 하늘빛을 그대로 투과할 만큼 투명하다 보니, 거리의 양 끝에 벽과 문이 있다는 사실을 제외하면 단순히 고층 건물이 즐비한 어느 거리라고 봐도 무방할 정도였다. 문을 통과하자마자 바로 보이는 위치에는 친절하게도 '셰링턴거리'라는 검은색 표지판이 서 있었다.

대부분의 섀드건물은 각각 독립적으로 숨겨져 있지만 간혹 이런 식으로 거리 전체가 통째로 감춰진 경우도 있다고 했다. 리안은 지난 학기 〈섀드세계의 역사와 규칙〉 강의에서 이러한 거리의 역사에 대해 배운 적이 있었는데, 이런 형태는 '그림자거리'라고 불리며 역사가 오래된 유럽이나 아시아의 도시들에서 가끔 찾아볼 수 있다고 했다.

'최근에 지어지는 건물들은 처음부터 하나씩 독립적으로 감춰진 상태로 짓다 보니 섀드건물이 나란히 붙어있는 경우가 거의 없어요. 하지만 먼 옛

날에는 넌-섀드 인구가 많지 않아서 섀드건물도 지면 위에 나와있었고, 그렇다 보니 특정 구역에 섀드건물이 옹기종기 모여있는 경우도 많았죠. 섀드들이 건물을 그림자화해서 숨기기로 한 건 넌-섀드들이 산업혁명 이후 불어난 인구 때문에 땅을 잔뜩 차지하기 시작했을 때인데요. 아주 오래전에 형성된 섀드번화가의 경우 이때쯤 이미 한 거리에 모여있는 건물이 너무 많아서, 아예 거리 전체를 통째로 그림자화해 숨기는 게 낫다고 판단하게 됐죠. 다만 그림자화해서 숨기는 면적이 넓어질수록 유지비용이 기하급수적으로 증가하기 때문에 지나친 손실로 인해 아예 폐쇄된 거리도 있어요. 그래서 오늘날까지 남아있는 그림자 거리는 아주 극소수예요.'

기억 속의 강의 내용을 떠올리며 리안은 상상 이상으로 성대한 이 거리를 구석구석 눈에 담았다. '넓은 부지를 숨기는 데 드는 천문학적인 비용을 감당할 만큼 번화한 경우에만 그림자 거리가 운영된다'는 정보에 걸맞게, 이 거리의 양쪽에는 번쩍번쩍 빛이 나는 눈부신 고층 건물이 다닥다닥 늘어서 있었다. 건물과 건물 사이가 너무 가까워 고양이 한 마리 지나갈 틈도 없어 보이니, 거의 건물로 이루어진 벽이라고 불러도 과언이 아닐 정도였다.

셰링턴거리의 건물들은 아주 효율적으로 운영되고 있었는데, 1층에서 2층까지는 식당이나 상점이, 중간 정도의 층들에는 다양한 기업의 사무 공간이, 그리고 고층에는 고급 맨션이 들어서 있었다. 사무실이나 맨션은 대부분 런던 시내의 야경을 볼 수 있도록 거리 바깥쪽으로 통창이 자리 잡고 있었으나, 저층부의 가게들이 내뿜는 조명만으로도 거리 안쪽에서 보는 광경은 꽤나 화려했다.

자신도 모르게 멍하니 번화한 거리의 풍경을 바라보던 리안은 화기애애하게 웃으며 눈앞을 지나가는 한 가족 덕분에 정신을 차리고 손목에 차고 온 시계를 확인했다. 8시 15분. 세린이 미리 조사한 바에 따르면, 제인의 정보원인 그레이스 클라크는 금요일 저녁마다 셰링턴거리에 위치한 최고급 레스토랑에서 식사를 즐긴다고 했다. 그리고 대체로 9시 전후에 식사를 마무리한다고는 했으니 적어도 8시 반까지는 리안도 준비를 마쳐야 했다.

리안은 빠른 발걸음으로 셰링턴거리를 가로질러 세린이 일러주었던 한 서점으로 향했다. 새하얀 고층 건물의 1층에 있는 큰 서점인데, 이 거리의 역사만큼이나 오래된 서점이라더니 과연 분위기가 고풍스러운 곳이었다. 하지만 리안이 작전을 위해 대기할 장소로 이 서점이 선정된 이유는 당연히 우아한 건축 양식 때문은 아니었다. 세린이 이 서점을 고른 이유는 영업시간 동안 거대한 통창을 모두 열어두는 곳이라 거리에 남아있으면서도 책을 구경하는 척할 수 있어서였다.

리안은 미리 지시받은 대로 서점 밖에 서서 가판대에 정갈하게 놓인 책들을 쭉 살펴보았다. 아니, 살펴보는 척했다. 그리고 그중 아무 책이나 한 권 골라 지대한 관심이 있는 척 열정적으로 페이지를 넘기기 시작했다. 거리를 지나가는 다른 이들의 눈에는 그저 책을 아주 좋아하는 학생으로만 비쳐지도록.

그렇게 시간이 흘러 9시가 막 지났을 무렵, 거리 저 오른편에서 검은 털 코트에 검은 모자 차림을 한 중년 여성 한 명이 식당에서 걸어 나왔다. 세린이 미리 확인한 후 일러준 그레이스 클라크의 인상착의와 일치했다. 그레이스로 추정되는 그 여성은 뒤이어 문을 열고 나온 일행 한 명과 인사를 나누고는 정확히 리안이 서 있는 서점 방향으로 걸어오기 시작했다. 그녀의 일행은 반대 방향으로 향했기에 그레이스는 이제 혼자였다. 역시 세린이 미리 조사해 둔 정보와 완벽히 일치하는 동선이었다.

리안은 그레이스가 자신이 서 있는 서점 방향으로 걸어오고 있다는 사실을 곁눈질로만 살짝 확인한 후 다시 모르는 척 책으로 시선을 돌렸다. 그리고 리안이 읽고 있던 페이지를 막 다 읽고 다음 페이지로 넘어가려는 순간, 오른쪽에서 무시할 수 없을 만큼 큰 소리가 터져 나왔다.

리안은 서점에 있던 몇몇 섀드와 보조를 맞춰 깜짝 놀란 척 연기하며 고개를 돌렸다. 서점에서 그리 멀지 않은 곳에서 검은 털 코트를 입은 중년 여성, 그러니까 그레이스와 젊은 남자 섀드 두 명이 대치하고 있었다. 한 남자 섀드는 자신의 그림자를 끈처럼 길게 변형해 그레이스를 향해 휘두르고 있었고, 다른 한 명은 날카로운 주머니칼의 그림자를 여럿 흩뿌리며 그녀를 위협하고 있었다.

이게 바로 리안이 기다리던 순간이자, 세린이 미리 설계해 두었던 연극의 현장이었다. 셰링턴거리는 부유한 섀드들이 많이 모이는 곳이라 가끔 이런 식으로 행인을 공격해 금전을 털어가는 이들이 있다는 점에서 착안한 계획이었다. 게다가 그레이스는 값비싼 장신구를 주렁주렁 달고 다니는 스타일이었기에 공격의 대상이 되기에도 적합해서 이 상황을 의심하는 이는 거의 없을 듯했다.

그새 두 남자 섀드의 공격은 더 거칠어졌고, 그레이스는 어느 정도 방어를 하고 있었으나 아마 오래 버티지는 못할 듯 보였다. 미리 조사한 바에 따르면 사실 그레이스는 그림자의 힘 자체가 강한 인물은 아니기도 했고, 세린이 일부러 공격자 역할로 꽤 강한 힘을 가진 이들을 보냈기 때문이기도 했다. 그래서 리안은 그레이스가 적들에게 뚜렷한 열세에 몰리기까지 잠깐 기다렸다가 일부러 최대한 극적인 움직임을 취하며 싸움 현장에 끼어들었다.

리안은 순식간에 두 공격자가 휘두르던 모든 무기의 그림자들을 빼앗아 날려버린 후, 서점에 기대있던 사다리의 그림자를 움직여 공격자들의 머리 위로 떨어뜨렸다. 그리고 머리에 사다리를 맞은 채 기절한 공격자들의 그림자를 사다리에 묶어 그들이 깨어나도 쉽게 움직이지 못하도록 조치했다. 그러자 험악한 분위기에 겁을 먹고 가만히 지켜만 보고 있던 주위의 행인 몇몇이 탄성을 지르며 박수를 치기 시작했다.

방금 리안이 선보인, 다른 섀드가 부리고 있던 그림자를 도중에 빼앗아 부리는 마법은 압도적으로 힘의 차이가 클 때만 가능한 조작법이기에 대부분 섀드한테는 불가능한 일이었다. 게다가 그레이스를 공격하던 두 남자 섀드가 평균적인 섀드의 힘을 훌쩍 뛰어넘는 강한 자들이라는 걸 모두 두 눈으로 똑똑히 보지 않았던가. 그렇기에 그런 이들에게서 그림자를 빼앗아 부렸다는 점에서 이 자리에 있던 모두가 리안이 가진 대단한 위력을 눈채챘을 터였다. 그리고 '모두'에는 당연히 그레이스 클라크도 포함되어 있었다.

방금 벌어진 일이 리안의 힘을 과시하기 위한 연극임을 알 리 없는 그레이스는 다행히 꽤 깊은 인상을 받은 모양이었다. 그녀는 옷매무새를 정리하고 헝클어진 모자를 툭툭 털어서 다시 쓰더니 리안에게 악수를 청하듯 손을 내밀었다.

"고마워요."

"다치신 데가 없어서 다행입니다. 그럼 저는 책을 고르고 있던 참이라 이만….."

리안은 일부러 미련이 없다는 듯한 말을 흘리고 발걸음을 돌렸다. 그러자 기대대로 다행히 그레이스가 금방 미끼를 물었다.

"잠시만요, 혹시 내일 점심에 일정이 있나요?"

그레이스는 하루 뒤인 토요일에 같은 서점 앞에서 다시 만나자고 제안했고, 리안은 다음 날 점심시간에 맞춰 다시 셰링턴거리로 돌아왔다. 낮에 돌아온 셰링턴거리는 투명한 천장에서 햇빛이 그대로 투과되어 그런지 저녁보다 더 화사한 기운이 느껴졌다. 어제처럼 서점 앞에 선 리안이 런던의 겨울 날씨답지 않게 밝게 반짝이는 햇살을 즐기며 책을 읽고 있는데, 어느새 검은 털 코트 차림의 그레이스가 옆에 와 섰다. 다만 코트를 제외한 모든 옷과 장신구는 모두 새로운 스타일로 바뀌어 있었다. 과하다 싶을 정도로 화려한 그 모습에, 리안은 그녀가 어제와 같은 코트를 입은 이유는 그저 그가 쉽게 알아볼 수 있도록 하기 위한 것일지도 모르겠다고 속으로 생각했다.

"시간 내줘서 고마워요. 이름이… 콜린이라고 했죠?"

"네, 콜린 그랜트입니다."

콜린 그랜트는 리안이 미리 준비해 두었던 가명이었다. 어제 그레이스가 이름을 묻기에 세린이 미리 만들어 둔 가짜 신분을 댔는데, 역시나 어젯밤 바로 콜린 그랜트라는 인물에 대한 기록에 접속해 온 사설 정보 업체가 있었다고 했다. 그레이스는 비록 섀드로서의 힘이 강하지는 않더라도 확실히 제인의 정보원이 될 만큼 아주 꼼꼼한 인물이었다. 세린이 철저하게도 콜린이라는 인물에 관한 구체적인 정보들을 조작해 각종 기관의 정보망에 올려둔 게 다행이었다.

"콜린 군은 나이가 어떻게 되나요?"

그래서 그레이스가 식당으로 이동하는 길에 이렇게 질문했을 때, 리안은 속으로 우습다는 생각을 흘릴 수밖에 없었다. 이미 콜린이라는 가짜 신분의 신상에 대해 조사를 끝냈으면서 필사적으로 모른 척하는 그레이스의 태도가 왠지 웃기게 느껴졌기 때문이었다.

"17살입니다."

그 후에도 그레이스는 마치 콜린이라는 인물에 대해 아무것도 모른다는 듯 질문을 이어갔다.

"이 근처에 사나요? 부모님과 함께?"

"아뇨, 혼자 지내고 있어요. 부모님은 두 분 다 돌아가셨거든요."

아마 제인이 찾는 학생의 조건 중에는 '고아'라는 특성도 있으리라 짐작되었기 때문에, 콜린 그랜트의 부모님은 모두 어릴 때 사망한 것으로 처리돼 있었다. 물론 실제로도 리안 자신은 부모님을 모두 잃은 상황이었기에 사실 이건 거짓말도 아니었다.

그 외에도 소소한 질문이 조금 더 오간 후에 둘은 식당에 도착했고, 점심 식사가 본격적으로 시작되자 그레이스의 질문 방향이 완전히 달라졌다. 이제부터는 정보 업체를 통해 살 수 있는 신상 정보의 수준을 넘어, 그의 성격이나 가치관 같은 것들을 파악하려는 의도인 듯했다.

"콜린 군은 아까 학교를 다니지 않고 혼자 공부하고 있다고 했는데, 따로 이유가 있나요? 학교에 다닐 돈이 없어서라든가."

"솔직히 말씀드리자면, 학교 공부가 조금 시시한 수준이라 그렇습니다. 저는 제가 또래 섀드에 비해 강한 힘을 타고났다는 걸 잘 알고 있어요. 그래서 조금 건방져 보일 수도 있지만 저처럼 재능이 뛰어난 섀드는 일반적인 학교 교육으로는 성장할 수 없다고 생각했죠."

리안은 일부러 제론이 가진 우월주의적 시각을 그대로 답변에 담아냈다. 제론이 이미 다이앤의 선택을 받았던 이력이 있다는 점을 고려하면 아마 제론과 같은 가치관이 그레이스가 찾는 특성에 부합할 거라 추측했기 때문이다. 게다가 현재에 만족하지 못한다는 인상을 주어야 그레이스가 도와주는 척 손을 내밀 수 있을 테니, 일반적인 학교 교육이 불만스럽다는 말을 흘리는 편이 도움이 될 것 같았다. 그리고 그레이스의 입가에 희미한 미소가 떠오른 걸 보니 실제로 리안의 대답이 그녀를 만족시킨 모양이었다.

이런 식으로 한 시간 정도 식사를 빙자한 면접을 마친 후, 그레이스는 그와 같은 뛰어난 학생들이 기량을 펼치도록 후원해주는 시설이 있다면서 혹시 관심이 있냐고 넌지시 물어왔다. 그리고 리안이 최대한 오래 고민하는 척 시간을 끌다가 결국 호기심을 내비치자 그레이스는 그림자 이동에 사용할 수 있는 사진하나를 조용히 건네주었다. 그 사진에는 리안이 그레이스에게 접근한 목적인, 솔즈베리 부근의 저택이 담겨있었다.

"오늘 저녁 7시에 갈 수 있나요?"

이 말에 리안이 고개를 끄덕이자, 그레이스가 목소리를 한층 더 낮춰서 말을 이었다.

"가서 노크한 다음에 그레이스 클라크가 보냈다고 하면 돼요. 미리 말을 전해둘게요."


그렇게 해서 그날 저녁, 리안은 제론의 사진과 조사원이 남긴 기억 속에서만 봤던 바로 그 저택에 발을 들일 수 있게 되었다. 얼어붙은 잔디와 잡초 그리고 오랫동안 방치된 흉물스러운 분수가 을씨년스럽게 어우러진 어둑한 정원을 가로질러, 창백한 조명이 밝혀진 회색 석조 저택 앞에 도착한 리안은 망설임 없이 똑똑, 하고 문을 두드렸다.

"그레이스 클라크 님이 보내서 왔습니다."

이렇게 말하자마자 곧바로 안에서 인기척이 느껴지더니 문이 살짝 열렸다. 호리호리하고 키가 큰, 연필을 연상시키는 뾰족한 인상의 여성. 제인 브랜슨이었다.

제인은 바깥에 리안 외에 다른 이가 없다는 사실을 신중하게 확인하더니 그에게 얼른 들어오라고 손짓을 보냈다. 그리고 별다른 말 없이 먼저 문과 저택의 나머지 공간 사이를 가로막는 보안 장막을 통과해 반대편으로 나아갔다. 아마 리안에게도 보안 장막을 건너라는 의사의 표시인 듯했다. 정보원인 그레이스가 이미 사전 조사를 끝내고 보낸 인물임에도 제인은 아직 그를 완전히 믿기로 결정하지는 않은 모양이었다.

하지만 제인이 알지 못한 사실은, 이미 조사원의 기억 속에서 이 저택에 보안 장막이 설치돼 있다는 사실을 확인한 리안이 제론의 손으로 제작된 트랜스포마스크를 쓰고 왔다는 것이다. 그리고 이제까지 여러 차례 검증해 온 것처럼, 현시대 모든 섀드의 힘을 초월하는 제론의 마법이 깃든 이 마스크에 보안 장막은 어떠한 능력도 발휘하지 못했다. 리안이 무심한 얼굴로 자연스럽게 장막을 통과하자 제인은 비로소 호의적인 미소를 지어 보였다.

"반가워요. 콜린 그랜트라고 했죠?"

보안 장막 뒤에는 스산한 기운을 띠는 낡은 복도가 펼쳐져 있었는데, 제인은 그 복도 끝에 보이는 불빛 방향으로 리안을 안내하며 말을 이어갔다.

"간단히 설명을 들었겠지만, 이곳은 뛰어난 재능을 가진 젊은 섀드들을 후원하기 위해 지어진 공간이에요. 나는 이곳을 간단히 '엘리트 클럽'이라고 부르죠. 콜린처럼 평균적인 섀드의 능력치를 뛰어넘는, 하지만 아직 그 특별함에 걸맞은 기회를 부여받지 못한 학생들을 위해 마련된 곳이에요. 엘리트 클럽의 상위권 멤버가 된다면 원하는 건 뭐든지 다 할 수 있죠. 하고 싶은 공부나 연구를 아낌없이 지원해 줄 돈도, 네트워크도 있어요."

이렇게 설명한 뒤 제인은 마치 선심을 쓰는 듯한 말투로 물었다.

"어때요, 기회를 잡아보겠어요?"

그리고 리안이 조용히 고개를 끄덕이자 제인은 그럴 줄 알았다는 듯 어깨를 으쓱했다. 이렇게 좋은 조건을 거부할 리가 없으니 물어보나 마나 한 질문이었다고 생각하는 듯했다.

"좋아요. 그렇다면 이쪽으로."

제인은 낡은 복도의 끝에 위치한, 밝은 빛이 뿜어져 나오는 공간으로 리안을 안내했다. 어둑한 복도와 대조되는 환한 불빛을 머금은 그 공간은 아주 성대한 응접실이었는데, 저택의 다른 공간에서는 찾아볼 수 없었던 따뜻하고 화사한 기운이 풍겨져 나왔다. 밝은 조명이 곳곳에 걸려있었고 푹신한 의자와 작은 테이블도 군데군데 놓여있었다.

그리고 응접실에는 정확히 열 명의 섀드가 앉아있었다. 모두 10대 후반 정도로 보이는 데다, 조사원의 기억 속에서 봤던 남학생도 끼어있는 걸 보니 이들은 제인이 엘리트 클럽이라 소개한 이곳에 자리를 허락받은 학생들인 모양이었다. 학생들은 체스를 두거나 차를 마시면서 조용히 한담을 나누고 있었는데, 제인이 리안과 함께 등장하자 모든 이목이 그들에게 집중되었다.

"여러분, 이쪽은 콜린입니다. 우리의 새로운 멤버가 될 수 있는 후보이죠."

제인은 응접실을 채운 학생들에게 리안을 이렇게 소개했다. 그리고 리안이 '멤버가 될 수 있는 후보'라는 표현에 어리둥절해하는 사이 말을 이었다.

"콜린의 테스트를 시작하죠."

제인은 이렇게 말하더니 이어서 한 학생의 이름을 불렀다.

"토마?"

그러자 조사원의 기억 속에서 봤던 남학생이 못마땅하다는 듯한 표정을 지으며 앞으로 걸어 나왔다. 그의 이름이 바로 토마인 모양이었다. 토마가 싫은 티를 팍팍 내며 몸을 푸는 사이, 제인은 리안에게 몸을 돌려 설명을 해주었다.

"엘리트 클럽에 남을 수 있는 멤버는 열 명뿐이에요. 여기에서는 정기적으로 대결을 통해 멤버들의 순위를 정하고, 새로운 후보가 추가되면 열 번째 멤버와의 대결을 통해 누가 남을 자격이 있는지 결정하죠. 정기 대결에서 상위권인 5위 내에 들어야만 아까 이야기한 전폭적인 지원을 받을 수 있고요."

리안은 그제야 '멤버가 될 수 있는 후보'라는 말을 이해했다. 엘리트 클럽의 자리는 단순히 당사자의 선택만으로 주어지는 게 아니었던 것이다. 그리고 아마 토마가 리안과 마지막 자리를 놓고 대결해야 할 현재의 10위인 모양이었다.

"대결에 사용할 수 있는 마법에 제한은 없고, 상대를 먼저 그림자 정지 상태로 만들거나 기권을 받아내는 쪽이 이기는 거예요."

제인의 설명과 함께, 토마를 제외한 나머지 아홉 명의 멤버들은 응접실의 가운데 공간을 비워둔 채 벽 쪽으로 이동해 자리를 잡았다. 다들 이런 일에 익숙하다는 듯 무관심한 표정이었다. 오직 토마만이 불편한 심기를 감추지 않은 채 리안을 노려볼 뿐이었다.

모두가 물러서자 제인은 평온한 얼굴을 유지한 채 응접실 바닥을 오른발로 두 번 두드리고 알 수 없는 주문을 외웠다. 그러자 그녀의 그림자 중 일부가 확장되어 바닥을 가로지르더니 응접실의 정중앙에서부터 사방으로 퍼져나가며 큰 원을 만들어 냈다. 동시에 응접실 곳곳에 놓인 테이블과 의자는 모두 이 '그림자 경기장'의 바깥으로 밀려났다.

대결을 위한 준비가 완료되자 토마는 즉각 경기장 위의 오른쪽 구석으로 올라와 자리를 잡았는데, 신기하게도 경기장 위로 올라오자 토마의 그림자가 하얀색으로 변했다. 검은 경기장 위에서 그림자의 움직임이 두드러지도록 하는 어떤 마법이 걸려 있는 모양이었다.

리안 역시 조심스레 경기장 위로 발을 내딛었고, 그가 왼쪽 구석으로 와 토마를 마주하고 서자 제인이 다시 입을 열었다.

"자, 대결을 시작하세요."

이 말이 끝나자마자 토마는 즉시 그림자 부림술로 응접실 곳곳에 놓여있던 유리잔들을 들어 올리더니 리안을 향해 움직이기 시작했다. 그리고 허공에서 유리잔의 그림자끼리 강한 속도로 부딪히도록 정교하게 움직임을 조정했고, 유리잔들이 터져 무수한 유리 조각이 쏟아지자 그 조각들의 그림자를 키워 날카로운 유리 칼 같은 형상으로 만들었다.

거의 100여 개에 달하는 날카로운 칼날이 그를 향해 쏟아지는 형국이 되었으나, 리안은 전혀 당황하지 않았다. 그간 새드 가더 기지에서 단련을 받아온 터라 토마가 사용한 마법이 아무리 화려해 보여도 결국 그림자 부림술과 그림자 팽창 마법 정도라는 걸 금방 간파할 수 있었다. 리안은 더 이상 깊게 생각할 필요도 없이 옅은 미소를 지으며 자신을 향해 달려드는 커다란 유리 조각들을 쓱 둘러보며 주문을 외웠고, 그 즉시 유리 조각들은 간단히 하얀 꽃잎으로 변해 공기 중으로 흩어졌다.

자신의 공격이 너무나 쉽게 무력화되었다는 사실에 당황한 토마가 허둥거리는 사이, 리안은 흩날리는 꽃잎 사이를 사뿐히 걸어가 토마의 그림자를 정확히 밟았다. 그리고 압도적인 그림자의 힘을 가진 리안에게 그림자 정지 마법의 주문을 외워 토마를 멈추게 하는 것은 일도 아니었다. 승패가 결정되자마자 리안과 토마를 둘러싸고 있던 그림자 경기장은 즉각 소멸되었고, 제인이 나서서 토마에게 걸린 마법을 해제해 주었다.

"결정되었군요."

제인이 평온한 어조로 선언하자 토마는 아무 말 없이 입술만 꾹 깨물더니 위층으로 올라갔다. 그리고 그가 짐을 챙겨 내려온 후 홀로 어둑한 복도를 가로질러 사라지는 동안, 대결을 지켜보던 나머지 멤버들 중 그 누구도 토마에게 작별 인사조차 건네지 않았다. 그래도 얼마간 함께 지내온 사이일 텐데 퍽 이상한 분위기였다. 바로 몇 분 전까지만 해도 이 방에 함께 있던 토마라는 존재를 이제는 모두가 완벽히 잊어버린 것처럼 행동했다. 제인이 다시 응접실의 의자와 테이블을 제자리로 돌려놓자 멤버들은 그저 무심하게 자신이 앉았던 자리를 찾아 다시 앉을 뿐이었다.

　"엘리트 클럽에 온 걸 환영해요, 콜린."

　제인이 옅은 미소를 지으며 나지막한 환영의 말을 건넸다.

# 7.
## 엘리트 클럽

엘리트 클럽에 성공적으로 진입한 다음 날 아침, 리안은 그림자 보호 버블이 설치된 기지의 최상층 식당에서 세린을 만났다.

"엘리트 클럽이라는 곳은 생각과는 조금 다르더군요. 어떤 숨겨진 목적이 있는지는 모르겠지만, 적어도 표면적으로는 재능 있는 고아들을 후원해 주고 있는 것 같아요. 클럽의 상위권 멤버가 되면 아낌없는 지원을 받을 수 있다고 제인이 설명하기도 했고, 실제로 그 학생들은 풍부한 후원을 받고 있는 것처럼 보였어요."

리안의 설명에 세린은 의아하다는 듯 눈썹을 살짝 찌푸렸다.

"그런데 아무리 돈이 충분하다고 해도, 클럽의 멤버들을 왜 그렇게까지 지원해 주는 거죠? 재능 있는 학생들을 후원한다는 명분 아래에서 다른 비밀스러운 일을 벌이고 있을 거라 생각했는데, 만약 그렇다면 굳이 명분뿐인 후원 사업을 위해 그렇게 돈을 많이 쓰는 게 이해가 되지 않아요."

리안 역시 어제까지만 해도 같은 생각을 하고 있었기에 세린의 말에 금방 공감할 수 있었다.

"맞아요. 그래서 내 생각에는… 어쩌면 그곳의 최종 목적이 학생들을 양성하는 일과 관련이 있는 건 아닐까 싶어요. 애초에 엘리트 클럽이 존재하는 이유 자체가 뛰어난 인재를 길러내기 위한 것이라고 가정하면 학생들에게 많은 돈을 투자하는 것도 일리가 있죠. 그리고 그렇게 해서 육성된 인재들을 활용한 그다음 단계의 계획이 비밀스러운 부분이라고 하면 제인이 저택을 그리 열심히 보호하는 이유도 설명되고요."

설득력 있는 주장이라고 생각했는지 세린은 얼른 후속 질문을 던졌다.

"그렇게 생각하게 된 이유가 있나요?"

"그곳의 시스템이 조금 특이하다는 생각이 들어서요. 엘리트 클럽은 언제나 열 명의 멤버로 유지되고, 그중 가장 실력이 떨어지는 학생은 새로운 후보가 추가될 때마다 자신의 가치를 증명해야 해요. 그 대결에서 지면 바로 아웃이고요. 내가 토마라는 학생을 밀어내고 그 자리에 들어간 것처럼요. 그리고 그 안에서도 위계가 명확하게 그어져 있어요. 어제 갔던 그 건물에는 멤버들을 위한 열 개의 서로 다른 방이 있는데, 서열 순서대로 방의 크기나 쾌적한 정도가 달라진다고 하더군요. 확실히 내가 어제 배정받은 10위의 방이 가장 작고 낡은 방인 것 같았어요. 그리고 상위권 학생에게만 특별한 금전적 지원을 해준다는 건 아까 말했죠?"

세린이 주의 깊게 듣고 있다는 걸 확인하고 리안은 말을 더 이어갔다.

"이렇게 엘리트 클럽은 하나부터 열까지 완벽하게 서열에 따라 차별하는 구조로 이루어져 있어요. 마치 소속된 학생들에게 차별적인 가치관을 주입하기 위해 존재하는 곳처럼 말이죠. 그래서 학생들을 일부러 이런 시스템 아래에서 양성하는 게 아닐까 하는 생각이 든 거예요."

일리가 있다는 듯 세린이 고개를 끄덕였다.

"실력순으로 엄격하게 차별한다는 점이 제론의 엘리트주의적 사고와도 잘 맞아떨어지네요. 어쩌면 지금의 제론을 만드는 데 그곳에서의 경험이 큰 역할을 했을 수 있겠어요. 그런 곳에서 몇 년씩 지내다 보면 실력이 있는 이가 칭송받고 실력이 떨어지는 이가 무시당하는 게 곧 사회의 질서라고 착각하기 쉬울 테니까요."

리안도 같은 생각이었다. 어제 엘리트 클럽의 분위기를 느끼자마자 리안의 머릿속에도 바로 제론이 떠올랐다.

"맞아요. 하지만 그런 식으로 학생들을 엘리트주의적 사고로 인도하는 일이 무슨 의미가 있는지는 아직 모르겠어요. 아마 그렇게 해서 육성한 인재들을 데리고 무엇을 하느냐가 바로 그 저택이 품은 비밀인 것 같은데 말이죠…."

머릿속을 가득 메운 물음표의 압박에 리안이 심각한 표정을 짓자, 세린이 위로하듯 부드러운 말을 던졌다.

"아직 그곳에 막 발을 내딛었을 뿐이니 너무 조급해하지 말아요. 이제부터 더 알아보면 되죠. 나도 할 수 있는 범위 내에서 최대한 지원할 테니 필요한 게 있으면 말해요."

그래서 리안은 바쁜 마음을 애써 누그러뜨리며 일단 눈앞의 음식에 집중하기로 했다. 그리고 둘이 나란히 아침 식사를 마친 후 막 식당을 떠나려는데, 리안은 문득 궁금한 점이 떠올라 다시 세린 쪽으로 몸을 돌렸다.

"아, 그런데 엘리트 클럽은 왜 숨겨져 있는 건물이 아닌, 겉으로 드러나 있는 넌-섀드의 건물을 사용하는 걸까요?"

섀드건물은 대부분 그림자화 마법과 그림자 숨김 마법을 사용해 눈에 보이지 않게 숨겨두는 게 일반적이었기에 내내 이상하다고 생각했던 참이었다.

"음… 오히려 그곳의 존재를 감추고 싶어서 그런 게 아닐까요?"

존재를 감추기 위해 오히려 드러나 있는 건물을 사용했다? 언뜻 이해가 잘 가지 않았지만, 다행히 세린이 설명을 보충해 주었다.

"그림자 숨김 상태의 건물을 만들고 사용하려면 섀드보호부 Ministry of Shad Protection, MSP의 허가가 필요해요. 그리고 보호부에 등재된 건물은 우리 섀드가더의 정보망에도 들어오죠. 그러니 아마 섀드세계로부터 그 장소를 감추고 싶었던 게 아닐까 싶어요."

"아, 인간보다는 섀드의 눈을 피하는 게 더 중요한 목적이라는 말이군요."

리안은 이해했다는 의미로 고개를 끄덕여 보였다. 섀드세계의 시선을 피해 철저히 숨겨진 장소라고 생각하니, 그 안에 감춰져 있을 비밀이 더욱 무겁게 다가왔다.


그 이후부터 리안의 일과는 엘리트 클럽에 대한 조사를 중심으로 이루어졌다. 유란섀드학교에서는 의심을 사지 않을 만큼 최소한의 시간만 보내고 남는 시간에는 엘리트 클럽의 저택으로 가 학생들의 동향을 살피는 데 집중했다. 다행히 유란섀드학교에서는 정규반 편입 후 첫 학기라는 핑계로 수업을 많이 신청하지 않았기에 참여해야 하는 수업 자체도 많지 않았다. 그리고 미국 서부 지역과 영국의 시간대 사이에는 큰 차이가 있었으므로 유란섀드학교에서의 일과 때문에 엘리트 클럽의 조사를 방해받는 일도 없었다.

일단 리안이 엘리트 클럽이 숨기고 있는 비밀을 알아내고자 택한 방법은 학생들과 친분을 쌓는 것이었다. 물론 엘리트 클럽은 위계질서가 명확한 피라미드 구조의 공간이었기에 상위권 학생 몇몇은 대놓고 리안을 무시했지만, 그래도 하위권 학생들은 대체로 리안에게 호의적이었다. 리안이 토마와의 대결에서 보여준 강력한 힘에 이끌린 모양이었다.

"콜린, 너는 타고난 그림자의 힘 자체가 강한 것 같던데?"

"이제까지 새로 들어온 학생이 보여준 대결 중에 콜린의 대결이 가장 압도적이었긴 하지."

"너무 빨리 끝나서 놀랐다니까. 물론 토마가 최근에 계속 옆동네 넌-섀드 여자애한테 빠져서 마법 연습에 소홀했던 탓도 있지만."

리안은 응접실에서 하위권 학생 세 명과 대화를 나누고 있었는데, 갑자기 한 명이 토마의 이름을 꺼내자 분위기가 순식간에 얼어붙었다. 엘리트 클럽에서 밀려난 학생에 대한 대화는 금기에 가까운 일인지, 다른 두 학생이 토마를 언급한 헤이즐이라는 여학생에게 날카로운 눈초리를 보냈다. 그리고 헤이즐도 자신의 실수를 깨달았는지 당황하며 화제를 바꾸기 위해 허둥거렸다.

"아, 음, 그러고 보니… 콜린은 지금 열 번째 방에 머물고 있겠다. 어때? 너무 좁지는 않아?"

'열 번째 방'은 10위가 머무는 방을 칭하는 학생들의 표현이었다. 같은 맥락에서 1위의 방은 '첫 번째 방', 2위의 방은 '두 번째 방' 같은 이름으로 불렸다.

사실 리안은 실제로 이 저택에서 생활하지는 않았기 때문에 10위의 방이 얼마나 좁고 낡았는지는 신경 쓰지 않았지만, 그래도 장단을 맞춰주기 위해 이렇게 대답했다.

"뭐… 그럭저럭 괜찮아. 다음 대결에서 다른 방으로 옮기면 되지."

"맞아! 콜린이라면 금방 옮길 수 있을 거야."

헤이즐은 무심코 이렇게 대답했다가, 옆에 조용히 서있던 빌이라는 남학생을 보며 다시 앗, 하고 당황했다. 빌이 바로 리안의 윗 등수인 9위에 올라있는 학생이기 때문이었다. 헤이즐은 그래도 하위권 중 높은 편인 6위였기에 리안이 위로 올라간다는 게 나머지 학생들에게 무슨 의미일지 미처 고려하지 못한 듯했다.

"그… 첫 번째 방은 정말 근사하다더라. 사실상 3층 전체가 다 1위를 위한 공간이니 첫 번째 '방'이라고 부르기엔 어색하긴 하지만. 큰 거실에, 화장실이랑 부엌도 제대로 갖춰져 있고 방도 세 개나 있대."

헤이즐은 자신의 실수를 무마하기 위해 얼른 다른 이야기를 꺼냈다.

"맞아, 게다가 거실에 있는 벽난로 위에는 역대 1위의 이름도 다 남겨져 있어."

뜻밖에도 빌이 말을 받았다. 그는 이제까지의 대화 내내 감정을 종잡을 수 없는 무심한 표정을 짓고 있었기 때문에, 이 말이 화제를 바꾸려는 헤이즐을 도우려는 의도인지 아니면 그저 자신보다 높은 등수인 헤이즐이 모르는 사실을 아는 척할 수 있다는 점에서 흥미를 느낀 건지는 알 수 없었다.

"그 방에 가봤단 말이야?"

헤이즐도 빌이 1위의 방에 대해 잘 안다는 듯 말하는 게 이상했는지 눈썹을 찡그리며 물었다.

"응, 어떻게 생겼는지 궁금해서 저스틴에게 부탁했어. 딱히 싫어하지는 않던데? 내가 늘 9위에서 10위 사이에 머물고 있다는 걸 아니까 나를 경쟁자라고 생각하지도 않는 모양이지."

빌이 아무렇지 않게 대답하자 헤이즐은 잠깐 당황한 듯 보였으나 이내 납득했다는 표정을 지었다.

"하긴… 저스틴은 그런 귀족적인 느낌이 있긴 하지. 마치 우리와 아예 다른 세계 사람인 양 우리를 내려다보고, 어떨 땐 불쌓히 여기기까지 하는 것 같다니까. 차라리 다른 상위권 애들처럼 대놓고 무시하는 게 훨씬 나아. 적어도 걔네는 우리를 경쟁 상대라고 보는 거니까…."

이어지는 헤이즐의 푸념을 무시하며 리안은 혼자만의 생각으로 빠져들었다. 1위의 공간에 역대 1위의 이름이 모두 기록되어 있다는 정보 덕분에 새로운 아이디어가 떠올랐다. 그 이름들을 확인해서 이곳을 거쳐 간 이들이 지금 어디에서 무엇을 하고 있는지 알아내면, 엘리트 클럽이 무엇을 위해 존재하는 곳인지 감을 잡을 수 있지 않을까? 게다가 1위인 저스틴이 딱히 하위권 학생들을 경계하지 않는다는 정보도 아주 유용하게 사용할 수 있을 듯했다.

저스틴을 잘 공략해 1위의 공간에 한번 가봐야겠다고 결심한 이후부터, 리안은 자연스럽게 저스틴에게 부탁할 기회를 잡으려 이런저런 계획을 준비하기 시작했다. 하지만 그런 계획들을 시행하기는커녕 저스틴에게 다가가기조차 쉽지 않았는데, 애초에 저스틴이 방에서 잘 나오지를 않아 그에게 접근할 타이밍을 잡을 수가 없었기 때문이었다.


하지만 늘 그렇듯 기회는 언제 어디에서 찾아올지 모르는 법이었다. 어느 날, 리안에게 정말 뜬금없게도 저스틴과 단둘이 이야기할 기회가 찾아왔다.

그날, 별다른 성과 없이 지속되는 수사에 지친 리안은 모두가 잠든 새벽녘에 응접실 창가에 앉아 눈이 내리는 풍경을 멍하니 지켜보고 있었다. 사실 미국 서부 시간대를 기준으로 생활하고 있던 리안 입장에서는 영국이 새벽이라 해도 전혀 피곤할 시간은 아니었다. 오히려 이 시간에만 느낄 수 있는, 만물이 멈춘 듯한 고요하고 신비로운 분위기에 묘하게 치유되는 기분이었기에 리안은 가끔 이런 시간을 혼자 보내곤 했다.

하지만 그날은 저택에서 깨어있는 이가 리안뿐이 아니었다. 갑자기 위층에서 누군가가 살금살금 내려오는 발소리가 들리더니 저스틴의 얼굴이 어둠 속에서 쑥 나타난 것이다. 그렇지 않아도 새하얗던 피부가 창가에서 스미는 달빛을 받아 더욱 창백하게 빛나자 거의 유령처럼 보일 정도였기에 리안은 놀라서 벌떡 일어났다. 저스틴 역시 이 야심한 시간에 다른 학생이 깨어있으리라 예상하지 못했는지 약간 당황한 얼굴이 되었다.

"…콜린이라고 했나? 여기서 뭐 해?"

저스틴은 리안의 이름이 금방 기억나지 않았는지 약간 망설이다가 물었다. 리안이야말로 저스틴이 깊은 새벽에 은밀하게 아래층으로 내려온 이유가 무엇일지 궁금했으나 일단 모른 척하기로 했다. 지금이야말로 저스틴을 잘 구슬려 1위의 방에 들어갈 기회라는 생각이 스쳤기 때문이었다.

"방이 조금 답답해서. 잠이 안 와서 바깥 풍경이라도 볼까 하고 나와있었어. 내 방은 창문이 아주 작거든."

리안은 일부러 불쌍하게 대답했다.

"아, 그러고 보니 1위는 3층을 사용한다고 했지? 3층에서 눈 오는 풍경을 보는 건 어때? 거실에 벽난로도 따로 있다고 들었는데…."

이렇게 아련한 말을 잔뜩 남기고 나서야 리안은 문득 생각났다는 듯 은근슬쩍 질문을 덧붙였다.

"그런데 너는 지금 이 시간에 여기서 뭐 해?"

"그냥… 나도 잠이 안 와서."

저스틴은 머뭇거리다 대충 리안과 비슷한 대답을 중얼거렸다. 그리고는 더 이상의 질문을 막기 위해서인지 황급히 리안을 방으로 초대했다.

"그렇게 궁금하다면 3층에 올라와서 눈 오는 걸 보고 갈래?"

정확히 의도한 대로 상황이 흘러가자 리안은 속으로 쾌재를 불렀다. 그러면서도 겉으로는 최대한 담담한 표정을 유지하며 간결하게 대답했다.

"그러면 좋지. 고마워."

과연 저스틴은 소문대로 다른 상위권 학생들과는 전혀 달랐다. 저스틴은 이곳에 오자마자 곧바로 1위를 차지한 후 그 자리에서 내려온 적이 없다고 했는데, 그래서인지 굳이 다른 학생들을 견제할 필요조차 느끼지 못하는 듯 시종일관 무관심한 태도로 일관했다. 지금 리안을 방으로 초대한 것도 호의적인 제스처라기보다는 딱히 그가 신경 쓰이지 않기 때문인 듯했다. 그저 자신이 야심한 시간에 1층으로 내려온 이유를 밝히고 싶지 않았기에 리안에게 3층을 구경시켜 주는 정도의 선행을 베풀어 무마하겠다는 의도로 보였다. 어찌 되었든 1위의 공간을 확인하고 싶었던 리안의 입장에서는 잘된 일이었다.

헤이즐의 말처럼 1위의 공간은 확실히 '방'이라는 표현으로 뭉뚱그리기에는 지나치게 크고 화려했다. 3층에 올라가자마자 눈앞에 큰 거실이 펼쳐졌고, 그 옆으로 널찍한 방도 세 개나 연결돼 있었다. 아마 저스틴은 방 하나는 침실, 하나는 서재 그리고 나머지 하나는 연구실처럼 사용하는 모양이었다. 하지만 저스틴은 리안에게 방까지 구석구석 보여줄 생각은 없는지 얼른 달려가 열려있던 방문을 모두 닫아버렸다.

서재에는 책꽂이와 책밖에 없어 보이는데도 비밀스러운 공간처럼 꽁꽁 숨기는 게 오히려 더 이상하다는 생각이 들었지만, 일단 리안의 최우선 목표는 거실 벽에 남아있다는 역대 1위의 이름을 확인하는 것이었으므로 신경 쓰지 않기로 했다.

대신, 리안은 정말 순수하게 눈이 내리는 밤 풍경을 구경하고 싶어서 이곳에 온 것처럼 보이기 위해 탄성을 지르며 빠르게 창가로 달려갔다. 그리고 얼마간 바깥 경치를 감상하는 척 시간을 보낸 후에야 문득 생각났다는 듯 거실 한 편에 있는 벽난로 쪽으로 시선을 던졌다.

벽난로에는 겨울의 추위를 잊게 하는 따뜻한 불빛이 밝혀져 있었다. 하지만 그보다 리안이 관심이 있는 건 당연히 그 위에 마련된 명예로운 공간이었다. 벽난로 위의 검은 벽에는 은빛으로 여러 이름이 쭉 새겨져 있었고 저스틴의 이름이 마지막을 장식하고 있었다.

"오… 엘리트 클럽의 역대 1위가 기록되어 있는 거구나."

리안은 벽에 새겨진 이름들을 바라보고 있는 게 단순한 호기심에서 비롯된 행동이라는 인식을 주기 위해 신기하다는 듯 감탄하는 목소리를 꾸며냈다. 그러면서도 눈으로는 재빨리 이름들을 훑으며 머릿속에 차곡차곡 저장해 두었다.

제론 에브런이라는 글씨는 바로 두 번째에 새겨져 있었는데, 당연히 제론은 1위를 차지할 수밖에 없는 실력자이므로 리안은 그리 크게 놀라지 않았다. 그보다도 리안의 눈을 더 사로잡은 건 가장 첫 번째에 적힌 이름인 '라일리 채프먼'이었다.

"엘리트 클럽이 마르세유의 비밀 조직과 관련이 있다는 증거를 찾았다고요?"

몇 시간 후, 기지로 잠시 돌아온 리안의 보고를 들은 세린은 놀라서 눈을 크게 떴다.

"그 정도로 확신이 있는 건 아니에요. 그저⋯ 무시할 수 없을 만한 연결 고리를 찾았다, 정도인 거죠."

세린의 단정적인 말에 오히려 놀란 리안은 서둘러 표현을 완곡하게 수정했다. 그리고 얼른 더 상세한 설명을 내놓았다.

"마르세유의 비밀 조직에 의해 납치된 섀드 중에는 큰 기업의 경영자도 꽤 있었다고 했죠. 미첼 이노베이션의 수장이었던 다이앤 미첼처럼요. 그런데 어제 엘리트 클럽의 역대 1위에 대해 조사하다 보니 아주 이상한 사실이 눈에 들어왔어요. 조직이 납치했다고 알려진 이들이 이끌던 기업에서 차기 경영인이 된 인물이 모두 엘리트 클럽 출신이더라고요."

세린이 진지한 얼굴로 경청하는 사이 리안은 말을 이어갔다.

"다이앤 미첼이 사라진 후 미첼 이노베이션의 CEO 자리에 오른 인물은 라일리 채프먼이라는 여성이었는데, 그녀가 바로 엘리트 클럽의 첫 1위였다고 기록되어 있더군요. 게다가 녹턴루트를 이어받은 딜런 테빌이나 아이젠바흐의 현 CEO인 요나스 비에르크라는 인물도 모두 엘리트 클럽의 1위 출신이었어요. 반드시 납치 사건 직후에 임명된 건 아니더라도, 현재 기준으로 봤을 때는 마르세유의 비밀 조직에 의해 납치된 이들의 기업 중 엘리트 클럽 출신 섀드가 CEO 자리에 있지 않은 기업은 없는 것 같아요."

세린은 고민하듯 눈썹을 살짝 찌푸리며 천천히 입을 열었다.

"확실히 무시할 수 없는 정보군요. 그런데 대체 이 정보를 어떻게 연결해야 할까요? 다이앤 미첼이 엘리트 클럽을 시작한 장본인이라는 사실을 배제하면, '엘리트 클럽이 마르세유의 비밀 조직과 긴밀히 연결돼 있어 조직이 제거한 이들의 자리를 엘리트 클럽 출신들이 채웠다'고 해석할 수도 있겠지만…."

"그렇게 해석하기에는 엘리트 클럽을 만든 다이앤 미첼이 정작 마르세유의 비밀 조직이 납치한 이들 중 하나라는 사실이 걸리죠."

리안 역시 똑같은 부분에서 혼란을 겪고 있었기에 세린의 말을 금방 이해할 수 있었다.

"무언가 결정적인 퍼즐 조각을 우리가 놓치고 있는 것 같군요."

세린이 고개를 끄덕이며 나지막한 목소리로 말했다.

다음 날 오후, 리안은 제인이 저택을 비우기만을 기다리며 응접실에 앉아 차를 홀짝이고 있었다. 엘리트 클럽과 마르세유의 비밀 조직에 대해 놓치고 있는 정보가 무엇일지 탐색할 방법을 찾아 부지런히 머리를 굴리던 중, 지난번 새벽녘에 만났을 때 보인 저스틴의 이상한 행동부터 짚고 넘어가야겠다는 생각이 들었기 때문이었다.

이전에는 우선 1위의 공간을 확인하겠다는 목표가 더 중요해 굳이 캐묻지 않았지만, 저스틴이 모두가 잠든 틈을 타 살금살금 1층으로 내려왔으면서 제대로 이유를 밝히지 않은 점은 아무리 생각해도 수상했다. 그리고 1층에는 응접실이나 부엌 같은 공용 공간을 제외하면 제인의 침실과 사무실밖에 없으므로 리안은 저스틴의 목표가 제인의 사무실이었으리라고 추측했다. 새벽녘이었으니 제인이 잠들어 있는 침실보다는 사무실 쪽을 노렸을 거라는 가설에 무게가 실린 것이다. 이게 바로 그가 제인이 자리를 비우는 순간을 호시탐탐 노리고 있는 이유였다.

다행히 제인은 한 시간 내외의 짧은 외출 정도는 꽤 자주 하는 편이었기에, 그날도 오후 4시쯤 되자 코트를 집어 들고 저택을 나서는 모습을 목격할 수 있었다. 그리고 마침 1층에는 다른 학생이 아무도 없었으므로 리안은 저택 문이 굳게 닫히자마자 살금살금 걸어 제인의 사무실 쪽으로 향했다. 제인은 짧을 때는 거의 30분 만에 저택으로 돌아오는 경우도 있었기에 민첩하게 움직여야 했다.

제인의 사무실 앞에 도착한 리안은 문고리 위에 살짝 손을 얹어보았다. 그러자 놀랍게도 문고리는 아무 저항 없이 스르륵 돌아갔다. 당연히 잠겨있다고 생각해 별 기대 없이 시도했던 터라 리안은 오히려 놀랐다. 이곳의 학생들을 너무나 굳게 믿는 나머지 아무런 장치 없이 떠난 걸까 싶기도 했지만, 리안이 이제까지 봐온 제인의 성향은 신중하고 의심이 많은 편에 더 가까웠으므로 그 가설은 그리 신빙성이 있지 않았다.

하지만 사무실 안에 들어서자 리안은 왜 제인이 문을 무방비 상태로 열어두었는지 이해할 수 있었다. 놀라울 정도로 간소한 제인의 사무실에는 책상과 의자 그리고 서랍장 하나밖에 놓여 있지 않았기 때문이었다. 게다가 책상 위는 그 흔한 노트나 볼펜 하나조차 없이 완벽히 깨끗했고 서랍장은 그림자 보안 주술을 걸어뒀는지 절대 열리지 않았다. 제인이 문을 굳이 잠그지 않은 이유는 그저 그럴 필요까지도 없기 때문인 모양이라고 생각하며 리안은 실망한 채 발걸음을 돌렸다.

그런데 막 사무실을 떠나려던 리안의 눈에 불현듯 서랍장 위에 놓인 반짝이는 무언가가 들어왔다. 다시 돌아가 자세히 들여다보니 그건 끊어진 목걸이였다. 중간쯤에 있는 체인이 끊어져 있는 은빛 목걸이를 보자 리안의 머릿속에 문득 방금 전 저택을 나서던 제인의 모습이 떠올랐다. 그녀는 평소에 늘 은빛의 얇은 체인 목걸이를 걸고 다녔는데, 분명 오늘은 목에 아무것도 걸려 있지 않았다.

목걸이가 끊어져 이곳에 두고 간 것뿐이리라고 짐작하며 이일을 대수롭지 않게 넘기려다, 문득 목걸이 끝에 어떤 장식이 달려있는지 본 적 없다는 생각이 리안의 머릿속을 스쳤다. 제인이 은빛 목걸이를 걸고 다닌다는 사실만 알고 있었을 뿐, 목걸이의 끝 부분은 늘 옷 안쪽으로 숨겨져 있었기에 확인한 적이 없었다. 그리고 체인이 끊어지면서 장식도 스르르 흘러내렸는지 지금 서랍장 위에 있는 목걸이 줄에는 장식이 걸려있지 않았다. 그래서 리안은 순간적으로 떠오른 호기심을 참지 못하고 어딘가에 떨어져 있을지 모르는 장식을 찾기 위해 사무실 바닥을 샅샅이 살피기 시작했다.

그러다 마침내 리안의 눈에 반짝이는 작은 물체가 포착된 곳은 책상 근처의 구석이었다. 목걸이에 걸려있던 장식이 분명한 그 은빛 물체를 집어든 순간, 리안은 약간 당황할 수밖에 없었다. 그 장식은 선명한 정사면체의 형상을 띠고 있었고, 거기다 정사면체의 바닥 부분에는 'P'라는 글자가 새겨져 있었다.

몇 시간 후, 리안은 텅 빈 응접실에서 제인과 정사면체 형상의 목걸이를 떠올리며 생각에 잠겨있었다.

'제인이 늘 차고 다니던 목걸이가 확실한데…. 아마 그 정사면체 모양의 장식은 페너미아를 상징하는 거겠지? 그렇다면 이 클럽은 마르세유의 비밀 조직과 무조건 관련이 있다고 봐야 하는 걸까?'

그렇게 혼자 생각에 빠져있던 리안은 갑자기 자신을 툭 치는 누군가의 손길에 놀라 옆을 돌아봤다. 6위인 헤이즐이었다. 헤이즐은 김이 모락모락 나는 생선튀김이 몇 조각 담긴 그릇을 들고 있었다.

"먹을래? 방금 부엌에서 만들어 온 거야."

물론 이때 '만들었다'는 표현은 그저 '그림자에서 음식을 생성했다'는 뜻이었다. 엘리트 클럽의 1층 부엌에는 제론의 집에 있던 것과 비슷한 쿡북이 있어서 학생들은 그 안에 저장된 그림자를 이용해 음식을 만들어 먹곤 했다.

"무슨 걱정이라도 있어?"

리안이 심각한 표정으로 멍하니 창밖을 바라보고 있던 이유가 궁금한 모양이었다. 그는 자신의 맞은편에 앉아 생선튀김을 먹고 있는 헤이즐에게 어떤 변명을 내놔야 할지 고민하다, 문득이 상황을 기회 삼아 엘리트 클럽에 대한 정보를 캐내면 어떨까하는 생각을 떠올렸다.

꽤 즉흥적인 발상이었지만 곱씹을수록 나쁘지 않을 것도 같았다. 헤이즐은 하위권에만 머물러 있긴 했지만 그래도 퇴출 위기를 겪을 만큼 실력이 없지는 않아서 나름대로 엘리트 클럽에꽤 오래 있었고, 무엇보다 그녀의 가장 큰 장점은 수다를 좋아하는 데다 성격이 단순하다는 점이었다. 그렇기에 아마 리안이엘리트 클럽에 대해 적당히 캐물어도 딱히 의심하지 않고 자신의 정보력을 뽐내는 데 집중할 거란 생각이 들었다.

리안은 자연스럽게 생선튀김을 함께 집어먹기 시작하며 헤이즐의 질문에 대한 대답으로 오히려 역질문을 던졌다.

"아, 그냥 엘리트 클럽에서의 내 미래에 대해 생각하고 있었어. 궁금한 게 있는데, 이곳을 떠난 학생들은 보통 어디로 가?"

리안의 기대대로 헤이즐은 질문의 의도를 되묻거나 하는 일 없이 생선 튀김을 우물거리며 가볍게 대답했다.

"음… 하위권 학생들은 새로 들어온 학생에게 밀려 쫓겨나거나, 운 좋게 계속 살아남더라도 결국은 자기의 한계를 깨닫고 제 발로 떠나는 경우가 많아. 상위권으로 올라가지 못하면 어차피 이곳에서는 이룰 수 있는 게 없으니까. 하지만 상위권으로 치고 올라가 자리를 지킬 수만 있다면 훨씬 상황이 좋아지지. 상위권 학생들은 지원을 받으면서 원하는 분야를 실컷 공부하다가 제인의 알선으로 좋은 일자리를 얻어 떠나는 경우가 많다고 들었어."

리안은 별다른 의도 없이 던진 질문이라는 인상을 주기 위해 최선을 다해 표정을 관리하고 있었지만, '제인이 일자리를 알선한다'는 표현에는 주목할 수밖에 없었다. 그래도 다행히 헤이즐은 마음속 부러움과 소망을 재잘재잘 쏟아내느라 리안의 눈빛에 담긴 흥미를 알아채지 못한 듯했다.

"상위권 중에서도 제인의 눈에 든 학생들은 젊은 나이에 큰 기업의 임원 자리에 오르기도 하고, 결국 CEO 자리까지 차지하는 경우도 꽤 있었다더라고. 얼마나 좋을까! 나도 한 단계만 올라가면 상위권에 속하는데 말이지…."

"와 정말? 그렇게까지 지원을 많이 해주기도 하는구나. 상위권으로 올라가기만 하면 그 후의 미래는 보장되는 거나 다름없겠네."

리안은 헤이즐이 그 역시 엘리트 클럽에서의 미래를 궁금해하는 학생일 뿐이라 여기도록 재빨리 그녀의 말에 동조했다.

"게다가 그게 다가 아니야. 거의 전설처럼 전해 내려오는 이야기가 있는데, 극초기 멤버 중 한 명은 오히려 본인이 새로운 회사를 세우고 싶다고 요구해서 엄청난 자본금을 받아냈다고 하더라고."

리안의 맞장구에 기분이 좋아졌는지 헤이즐은 얼른 알고 있는 이야기를 더 풀었다.

"물론 그런 케이스는 두 번 다시 없었다고 듣긴 했지만…. 그 멤버의 선례가 딱히 잘 풀리지 않아서인지, 아니면 그만큼 이례적인 일을 허용해 줄만큼 대단한 학생이 그 이후에 나타나지 않아서인지는 알 수 없지. 아무튼 그렇게까지도 지원을 해줄 수 있는 곳이라는 거야, 여기는."

헤이즐은 단순한 가십거리에 대해 이야기하듯 명랑하게 말을 이어갔지만, 리안은 가만히 흘려들을 수만은 없었다. 새로운 회사를 세울 만큼의 자금을 지원받은 극초기 멤버…. 헤이즐이 언급한 그 전설적인 이야기의 주인공은 바로 제론이 분명했다. 정황상 제론이 제로를 창업할 때 조달한 자금은 엘리트 클럽을 통해 얻어냈을 가능성이 높았으므로.

"그 멤버의 선례가 딱히 잘 풀리지 않아서… 라는 추측은 어디에서 나온 거야?"

리안이 조심스럽게 되물었다.

"아, 그냥 그렇게 수군대는 애들이 있었던 것뿐이야. 넌 아직 못 들었을 수도 있지만 엘리트 클럽에서는 1년에 한 번씩 상위권 졸업생들을 모아 홈커밍 행사를 열거든? 그런데 그 졸업생은 소문만 무성하지 아무도 봤다는 사람이 없대. 그러다 보니 그만큼 큰 지원을 받아서 대단한 성과를 거뒀다면 홈커밍 때 당연히 참여하지 않았겠냐, 일이 잘 풀리지 않아서 숨은 게 아니겠냐, 같은 말이 나온 거지. 그리고 예전에 누가 그 초기 멤버에 대해 제인에게 물어본 적이 있는데 그때 제인이 표정을 싹 바꾸면서 말을 피했다고 하더라고."

리안은 홈커밍 행사에 대해 처음 들었지만, 비밀스러운 성향의 제론이 그런 자리에 참여하지 않는다는 사실 자체는 그리 의아할 건 없어 보였다. 하지만 제인이 제론에 대한 이야기를 피했다는 정보는 꽤 의미심장하게 느껴졌다. 제론은 한 박사라는 신분으로 제로를 창업한 후, 6년이 지난 시점에 검은 지능체에 본체를 부여하는 마법에 대해 듣고 홀연히 회사를 떠났다. 만약 제로의 창업이 엘리트 클럽의 관리하에 이루어진 일이었다면, 제론의 단독 행동이 제인 입장에서는 당연히 배신이나 다름없게 느껴졌을 수 있다.

'그런데 헤이즐의 말대로라면 제인이 상위권 멤버들의 미래를 모두 정해주고 있었다는 건데, 그 이유가 뭘까?'

리안은 머릿속으로 사회 곳곳의 요직을 차지하고 있는 엘리트 클럽 출신 인재들과 그들 사이를 얼기설기 엮는 그물망을 떠올렸다. 상위권 학생들의 일자리를 제인이 직접 알선한다는 정보나, 홈커밍 행사 같은 자리로 그들을 꾸준히 한데 모아 관리한다는 정보를 연결해 생각한다면 엘리트 클럽은 배출한 인재들을 어떠한 목적을 위해 통제하고 있는 게 분명했다. 표면적으로 제인이 관리하고 있는 그 인재망의 배후에는 누가 있는 걸까? 제인이 마르세유의 비밀 조직을 위해 일하고 있다고 하면 설명이 깔끔하게 떨어지지만, 그렇게 가정하면 엘리트 클럽을 창설하고 제인을 데려온 다이앤이 정작 그 조직에 납치됐다는 사실이 계속 마음에 걸렸다.

'아니면 혹시… 엘리트 클럽 창설 후 언젠가 제인이 다이앤을 배신하고 조직과 손을 잡았다거나?'

문득 머릿속에 떠오른 새로운 가능성에 리안의 맥박이 점점 빨라졌다. 오히려 이렇게 가정하면 더 많은 것들이 쉽게 설명된다. 오래 전부터 페너미아를 추종하던 제인이 주도적으로 엘리트 클럽을 통솔하면서 제론을 비롯한 학생들 역시 그 영향을 강하게 받았고, 같은 사상을 공유하는 마르세유의 비밀 조직과 손을 잡은 제인은 그 후 계획에서 다이앤을 완전히 배제하기 위해 납치 사건을 꾸몄다…. 이렇게 혼자 상상의 나래를 펼치던 리안은 자신의 생각을 확인받기 위해 다시 헤이즐에게 넌지시 질문을 던졌다.

"그런데 말이야, 제인이 직접 상위권 학생들에게 좋은 일자리를 주선해 준다고 했는데 제인은 그런 막강한 권한을 대체 어디서 얻은 걸까? 엘리트 클럽의 배후에 제인 말고도 다른 대단한 인물이 있는 건지… 혹시 알아?"

하지만 헤이즐도 이번만큼은 해줄 말이 없는 듯했다.

"글쎄, 어찌 됐든 우리가 만날 수 있는 관리자는 제인뿐이니까. 상위권 학생들에게 예산을 얼마나 쓸지, 누구에게 얼마나 좋은 일자리를 줄지 결정할 수 있는 권한이 제인에게 있다고 믿는 게 단순하겠지."

"…그래. 결국 이곳에서는 제인에게 잘 보이는 게 가장 중요하겠네."

결국 리안은 엘리트 클럽의 학생다운 결론으로 이야기를 끝마쳤다. 이만하면 헤이즐에게서 캐낼 수 있는 정보는 거의 다 알아냈다는 느낌이 들었기 때문이었다.

그 후 리안은 새롭게 떠오른 '제인이 다이앤을 배신하고 조직과 손을 잡았다'는 가설을 기반으로 추리를 더 전개하기로 마음먹었으나, 이 방향으로 생각을 펼쳐나가려니 제론의 이후 행보가 영 설명되지 않았다.

'헤이즐의 설명을 조합하면 아마 제론은 제로를 떠난 시점부터 제인의 통제에서 벗어난 것 같은데…. 그렇다면 세 개나 되는 신분을 만든 이유가 마르세유의 비밀 조직 때문이라는 가설은 버려야 할까? 그런데 그러면 조직에서 활동했던 케인이 하필 제론의 측근이 된 일은 어떻게 설명해야 하지?'

리안은 지끈거리는 머리를 안고 엘리트 클럽의 다른 학생들과도 대화해 봤지만 헤이즐이 말해준 내용을 넘어서는 정도의 정보를 쥐고 있는 이는 없었다. 그리고 제인은 10위일 뿐인 리안과는 따로 대화를 하는 법이 없었으므로 그녀에게서 정보를 캐내기란 불가능해 보였다. 아예 방향을 틀어서 제론이 뉴욕의 집에 남겨두었던 물건들도 한 번씩 조사해 봤지만, 거기에서도 이렇다 할 설명을 찾을 수는 없었다.

그래서 리안은 결국 잠시 머리를 식힐 겸 유란섀드학교로 수사의 초점을 옮겼다. 어찌 되었든 리안이 엘리트 클럽을 파고들던 이유도 궁극적으로는 현재의 제론을 찾아내기 위해서이므로 조사가 잘 풀리지 않을 때는 꼭 한쪽만 고집할 필요는 없겠다는 생각이었다.

그러던 어느 월요일, 평범한 여느 때처럼 유란섀드학교에 도착한 리안은 오늘따라 분위기가 조금 다르다는 사실을 눈치챘다. 평소에도 아침에는 늘 활기찬 기운이 어려있긴 했지만 오늘의 떠들썩함은 평소와는 달랐다. 리안이 이러한 위화감의 이유를 알아낸 건 동쪽 승강기 앞에 막 도착했을 때였다.

"…없어졌대."

"진짜?"

"응, 도둑이 든 것 같다던데?"

학생들의 숨죽인 속삭임이 이곳저곳에서 퍼져나가고 있었다. 리안은 때마침 심각한 얼굴로 승강기에서 내린 케이틀린과 티모시를 붙잡고 질문했다.

"뭐가 없어졌다는 건지 들었어요?"

"아….."

티모시가 곤란하다는 표정을 짓는 사이, 케이틀린이 먼저 선수를 쳤다.

"초상화예요. 총장실에 걸려있던 유란 셴의 초상화."

초상화라는 말을 듣자마자 리안의 심장이 쿵, 하고 내려앉았다.

"케이틀린, 교수님이 소문내지 말라고 하셨잖아."

"소문은 원래 막으려고 해도 퍼지는 거야. 어차피 이미 온 학교가 아는 것 같은데, 뭐."

티모시와 잠시 티격태격하더니 케이틀린은 다시 리안 쪽으로 몸을 돌려 설명을 더해주었다.

"그레이엄 총장님이 주말에 콘퍼런스 일정으로 학교를 떠나 계셨는데, 그 틈에 도둑이 든 것 같대요. 그런데 총장실에 잠입할 수 있는 정도의 실력자라면 더 비싼 물건에도 손을 댈 수 있었을 텐데 왜 굳이 초상화 하나만 훔쳐간 건지…."

케이틀린은 범인의 의도를 전혀 모르겠다는 눈치였지만 리안은 초상화를 노릴만한 이유를 대충 짐작할 수 있었다. 리안은 지난 학기에 총장실에서 초상화를 처음 봤을 때 느꼈던 기묘한 마법의 힘을 똑똑히 기억하고 있었다. 마음을 이끄는 아주 이상하고도 신비로운 힘이었는데, 아마 그 초상화에는 감히 짐작하기도 어려운 복잡한 마법이 단단히 걸려있는 게 아닐까 싶었다.

그리고 리안은 그 마법이 '그림자의 숲'과 관련이 있지 않을까 하고 막연히 짐작하고 있었다. 제론이 목표로 하는 마법의 핵심 재료인 '샤티아텐'은 아스카일의 후손들이 대대로 지켜온 그림자의 숲이라는 곳에 숨겨져 있다고 했는데, 소문대로 정말 유란 셴이 아스카일의 후손이며 유란섀드학교 어딘가에 그림자의 숲에 대한 단서를 남겨두었다면 가장 유력한 건 아마 그 초상화였다. 그래서 리안도 이번 학기에 학교로 돌아온 이후 총장실에 갈 수 있는 기회를 호시탐탐 노리고 있었는데, 누군가 그보다 먼저 초상화를 빼돌린 것이다.

'혹시 제론 일당이 벌인 일일까? 하지만 제론은 브룩스 교수로 이 학교에 재직하고 있을 때 그리고 채 교수는 지난 학기에 얼마든지 초상화에 접근할 수 있었으니 지금 이 시점에 이렇게 눈에 띄는 방식으로 움직일 이유가 없는데….'

리안이 혼자만의 생각에 깊이 빠져있는 동안, 케이틀린과 티모시도 나름대로 초상화 도난 사건에 대해 이런저런 대화를 주고받았다. 그러다 석연치 않은 부분이 있었는지 케이틀린이 갑자기 리안을 향해 몸을 돌렸다.

"에론 생각은 어때요?"

"네? 무슨 생각이요?"

갑작스러운 질문의 화살에 놀라 리안이 대답하지 못하고 허둥거리자 케이틀린이 다시 그 내용을 친절하게 읊어주었다.

"유란 셴의 초상화만큼 오래된 물건이면 경매가가 어느 정도나 될 것 같은지 말이에요. 언뜻 평범해 보여도 오래 보관하다 보면 역사적인 가치가 더해져 비싸게 팔리는 물건도 많잖아요."

"아… 그런 쪽은 전혀 몰라서. 하지만 유란 셴이라는 이름만으로도 어느 정도 비싸게 사려는 사람이 있을 것 같긴 한데요?"

리안은 일단 케이틀린에게 대충 동조하며 경매에 대한 이야기를 마무리 짓고는, 자연스럽게 범인에 대한 이야기로 화제를 전환했다.

"그런데 범인을 찾을 수 있을까요? 초상화 정도 크기의 물건을 가지고 나가는 사람이 있었다면 눈에 띄었겠지만, 어느 정도 실력 있는 섀드라면 당연히 물건의 그림자를 압축해서 크기를 작게 줄이거나 아예 물건을 그림자화해서 본체를 숨기는 방법을 쓸 거 아니에요. 그런 식으로 초상화를 작게 줄이거나 아예 그림자화해서 꽁꽁 숨기고 나갔으면 범인을 찾을 방법이 전혀 없지 않을까요?"

범인에 대한 학생들의 추리를 들어두면 도움이 되지 않을까 하는 생각에서 꺼낸 말이었는데, 뜻밖에도 케이틀린은 이 말을 아주 자신 있는 말투로 받아쳤다.

"범인은 그림자 압축 마법이나 그림자화 마법으로 초상화를 숨길 수 없었을 거예요."

"왜 그렇게 생각해요?"

케이틀린의 지나치게 단정적인 말투에 놀란 리안이 묻자, 그녀는 여유 넘치는 미소를 지었다.

"내가 또 유란섀드학교의 전설과 비밀 동아리 회장이잖아요.

유란 셴의 초상화에 대한 소문도 다 알아뒀죠. 유란 셴의 초상화는 그림자 압축이나 팽창 같은 크기 조절 마법이나 그림자화 마법 같은 건 통하지 않는다고 들었어요. 어떤 방법으로든 초상화의 원래 형태를 바꿔놓을 수 있는 마법은 다 사용할 수 없다나 봐요. 그 제약은 과거에 유란 셴 본인이 걸어둔 건데, 마법을 건 당사자만 해제할 수 있는 강력한 주문이 걸려있어서 이제는 아무도 거스를 수가 없대요."

이렇게까지 확신을 가지고 이야기하는 걸 보니 케이틀린은 아마 이 정보를 꽤 믿을만한 출처에서 얻어낸 모양이었다. 리안은 뜻밖의 수확에 기뻐하며 얼마 후 케이틀린과 티모시가 수업에 들어간 틈을 타 학교 밖 호숫가로 슬그머니 빠져나갔다.

이번 학기에도 유란섀드학교가 위치한 호숫가에는 섀드 범죄수사국 소속의 조사원이 파견되어 있었다. 유란섀드학교를 자주 드나드는 리안을 보호하려는 목적과 혹시 모를 제론 일당의 방문을 대비하기 위한 조치였다. 두 명의 조사원이 교대로 스물네 시간 내내 학교 입구를 감시하도록 되어있었으므로, 리안은 은밀히 조사원을 찾아가 주말 사이에 초상화를 운반한 이가 있었는지 한번 물어보았다.

"그 정도로 큰 물건을 들고 빠져나간 인물은 없었습니다. 이곳의 교수나 학생들 외에 다른 수상한 인물이 지나가지도 않았고요."

　이어서 조사원은 함께 교대 근무를 하는 또 다른 조사원에게도 연락을 취해 그 누구도 초상화만큼 큰 물건을 운반한 적이 없다는 사실을 다시 한번 확인해 주었다.

　이후 감사 인사를 한 후 학교 안으로 돌아온 리안은 이번에는 조용히 학교의 각 층을 한 번씩 돌아보기로 했다. 혹시 초상화가 여전히 학교 어딘가에 숨겨져 있을지도 모르겠다는 생각이 들었기 때문이었다.

　지난 학기, 총장실에 함께 있었던 그레이엄 교수나 로렌츠 교수가 멍하니 초상화를 바라보는 리안의 모습을 보고도 별다른 말을 하지 않았던 걸 보면, 초상화에서 느껴지는 그 이상한 기운을 모두가 감지할 수 있는 건 아니라는 뜻일 터였다. 그러니 초상화가 학교 어딘가에 은밀히 보관되어 있는데도 다른 섀드들이 눈치채지 못했을 가능성도 충분히 있었다. 그리고 만약 정말로 초상화가 학교에 숨겨져 있다면 리안만큼은 알아챌 수 있을 것이다. 리안이 지난 학기에 느꼈던 그 신비로운 기운은 도저히 무시할 수 없을 만큼 강력했으므로.

　하지만 학교 안의 거의 모든 공간을 살펴봤는데도 별다른 느낌이 드는 곳은 없었다. 기숙사 방이나 수업 중인 교실처럼 들어갈 수 없는 공간도 최대한 문에 바짝 붙어서 신중하게 기운을 느껴봤지만, 어떤 장소에서도 이상한 힘이 새어 나오는 느낌은 받지 못했다. 그러니 유란새드학교 안에 아직 초상화가 남아있으리란 가설은 폐기하는 편이 좋을 것 같았다.

'초상화만큼 큰 물건을 들고 나간 사람도 없고, 그렇다고 학교 안에 숨겨둔 것도 아니고…. 혹시 케이틀린이 말한 초상화의 제약이 틀린 정보인 건 아닐까? 아니면 제약이 있는 건 맞지만 도둑은 제론처럼 그 제약을 뛰어넘을 수 있는 인물이라든가….'

이렇게 생각의 나래를 펼치며 학교 안을 배회하던 리안은 문득 '제론'과 '제약'이라는 단어의 조합에 떠오르는 바가 있어 황급히 발걸음을 돌렸다. 그리고 동쪽 승강기를 통해 교수실이 모여있는 Pf층으로 몰래 올라갔다. 다행히 한창 수업이 진행될 시간이라 대부분의 교수실에는 '부재중' 표시 아래에 검은 불빛이 밝혀져 있었다.

리안은 살금살금 발소리를 죽인 채 복도에 깔린 검은색 카펫을 가로질렀다. 복도 끝에는 브룩스 교수라는 신분으로 제론이 먼저 그리고 그다음 채 교수가 이어받아 사용했던 교수실이 있었는데, 이곳이 바로 리안의 목적지였다.

유란새드학교에는 내부에서 그림자 이동을 할 수 없도록 강한 제약이 걸려있는데, 제론이 과거에 사용했던 이 교수실만큼은 그 제약에서 자유로운 상태였다. 지난 학기, 채 교수 역시 제론이 제약을 깨둔 이곳을 활용해 리안을 납치하지 않았던가. 그러니 만약 초상화 사건의 범인이 이 공간에 대해 알고 있었다면 큰 초상화를 들고 학교 밖으로 직접 나갈 필요도, 초상화의 제약을 깨기 위해 노력할 필요도 없이 간단히 초상화를 훔쳐 떠날 수 있었을 것이다.

하지만 이 교수실은 지난 학기 이후 섀드가더들이 사건과 관련된 주요 공간으로 지정해 폐쇄해 둔 상태였다. 리안은 이전 학기에만 해도 채 교수의 이름이 새겨져 있던 그러나 이제는 누구의 이름도 걸리지 않은 문으로 조심스레 손을 살짝 내밀어 보았다. 하지만 문의 표면에 닿기도 전에 리안의 손은 미지의 힘에 의해 쑥 밀려 나왔다. 섀드가더들이 걸어두었다는 보호마법인 모양이었다. 교수실 안으로 누가 들어갈 수도, 반대로 교수실에서 누가 나올 수도 없도록 보호마법이 문 전체를 단단히 막고 있었다.

그래서 리안은 한두 번만 더 문에 손을 뻗어 보호마법의 흔적을 확인한 후 이번 가설 역시 접어두기로 결심했다. 섀드가더의 마법이 여전히 같은 자리에 남아있다는 말은 이 교수실로 들어가거나 나온 이가 없다는 뜻일 테니.

그런데 막 몸을 돌려 봉쇄된 교수실 앞을 떠나려는 순간, 복도 저 끝에서 승강기가 도착하더니 로렌츠 교수가 걸어 나왔다.

원래대로라면 로렌츠 교수는 한창 수업 중일 시간인데, 놓고 온 도구나 자료가 있는 모양이었다.

"에론 군? 거기 끝에 있는 교수실은 지난 학기 이후에 막아둔 곳인데, 그 앞에서 뭐 해요?"

안타깝게도 시력이 아주 좋은 로렌츠 교수는 금방 리안을 알아보고는 난감한 질문을 던졌다.

"교수님, 안녕하세요…."

리안은 우선 생각할 시간을 벌기 위해 정중하게 인사부터 건 넸다. 그리고 로렌츠 교수가 이 수상한 대치 상황 중에도 학생 의 인사를 받아주는 따뜻한 면모를 보여주는 사이, 리안은 재빨 리 맞은편 교수실에 적힌 이름을 힐끔 확인하고는 임기응변을 짜냈다.

"그… 여기 프림 교수님이 계신지 보려고 왔는데, 안 계셔서 돌아가려던 길이에요. 그런데 실수로 사물함 열쇠를 떨어뜨렸 는데 그게 이쪽 교수실 앞으로 날아갔지 뭐예요. 그래서 주우려 던 참이었어요."

리안은 이렇게 말하며 선량한 웃음을 흘려 보였다. 그러면서 재빨리 열쇠를 주머니에서 슬쩍 떨어뜨린 후, 보지도 않고 폐쇄된 교수실의 문 쪽을 향해 그림자 이동술로 대충 이동시켰다.

"아, 프림 교수님은 오늘 콘퍼런스 참석차 자리를 비우셨어요."

다행히 로렌츠 교수는 리안이 등 뒤에서 몰래 벌인 공작을 목격하지 못했는지 미소를 지으며 친절하게 정보를 제공해 주었다.

"그렇군요. 감사합니다. 〈고대국가의 건축, 의복과 상징〉 수업 때문에 여쭤볼 게 있었는데, 내일 다시 와봐야겠네요. 그럼 저는 열쇠만 주워서 이만 가보겠습니다."

리안은 의심을 사지 않았다는 사실에 다행스러운 한숨을 살짝 내쉬며 얼른 로렌츠 교수에게 감사 인사를 전했다. 그리고 열쇠를 줍기 위해 돌아섰는데, 시선이 문 앞에 떨어진 열쇠로 향한 순간 이상한 점을 발견했다. 보지도 않고 대충 움직여 놨던 열쇠가 정확히 문 바로 앞에 닿아있었던 것이다.

'보호 마법 때문에 이렇게 문 가까이 접근할 수가 없을 텐데?'

리안은 일단 의심을 사지 않기 위해 재빨리 열쇠를 주운 후 Pf층을 떠났다가, 로렌츠 교수가 강의실로 들어가는 모습을 확인하고 다시 폐쇄된 교수실 앞으로 돌아왔다. 그리고 천천히 문 가장 아래쪽에 손을 가져다 댔다. 아니나 다를까, 리안의 손은 아무런 제약 없이 쑥 들어가 문의 표면에 닿았다. 신중하게 그 주변까지 더듬어 본 리안은 바닥 바로 위의 공간에 한 뼘 정도

만큼 보호마법이 풀려있다는 사실을 눈치챌 수 있었다.

당연히 섀드가더들이 아래쪽 공간에 보호마법을 거는 일을 빼먹었다고 볼 수는 없으므로 누군가가 의도적으로 마법을 깨뜨린 게 분명했다. 그리고 보호마법이 걸려있지 않은 공간의 길이나 높이를 측정해 보니, 섀드 한 명이 그림자화해 지나가기에도, 초상화를 틈으로 밀어 넣기에도 딱 적당한 정도로 보였다.

누군가 이 교수실 앞에 걸린 보호마법을 일부 깨뜨린 후 몰래 침입했고 초상화를 훔친 후 다시 이곳을 통해 빠져나갔다는 가설이 다시 유력하게 떠올랐다. 리안은 직접 검증해 보기 위해 자기 자신을 그림자화한 후, 그림자만 남은 몸체를 보호마법이 깨진 구간을 지나 문 밑으로 밀어 넣었다. 그렇게 문 안으로 들어간 리안은 즉시 자신의 감이 옳았음을 확신했다. 그 안에는 방의 규모를 짐작하게 하는 골격 구조만 남아있을 뿐, 교수실 자체는 온데간데없었다.


그 길로 로스앤젤레스의 기지로 돌아간 리안은 바로 세린을 찾아갔다.

"혹시 지난 12월에 제론 일당이 '검은 저택'을 떠난 후 누군가가 그곳을 계속 감시하고 있었나요?"

검은 저택은 지난 연말에 섀드가더들이 제론 일당으로부터 리안을 구출했던 저택을 의미했다. 유리로 만들어진 단 하나의 방을 제외한 모든 공간이 검은 대리석으로 이루어져 있었기에 붙은 별칭이었다. 그리고 리안이 이런 질문을 던진 이유는 그곳이 바로 지난 12월에 채 교수가 교수실을 통째로 이동시켰던 장소였기 때문이었다. 그 당시 저택과 교수실을 수색했던 섀드가 더들은 두 장소가 이미 강하게 연결되어 있었기에 방 전체를 옮기는 마법도 가능했던 것이라고 설명했다. 그러므로 리안은 초상화 도난 사건의 범인이 이번에 교수실을 이동시킨 장소도 마찬가지로 검은 저택일 거라 거의 확신하고 있었다.

"처음 그 저택을 찾아낸 후 한 달간은 계속 조사원을 보내 감시했는데, 이제는 일주일에 한 번 정도만 순찰을 돌고 있어요."

예상대로 최근에는 검은 저택을 지속적으로 감시하지 않았다는 답변이 돌아왔다.

"혹시 마지막으로 살펴본 때가 언제였나요?"

"3일 전이요. 그때까지만 해도 누군가 접근한 흔적은 전혀 없었다고 했어요."

검은 저택을 살핀 마지막 날짜를 확인하고 나니 리안은 더욱더 자신의 추리에 확신을 품을 수 있었다. 최근 조사원의 방문 간격은 일주일 정도였고, 또 마지막으로 살핀 때가 3일 전이라고 하니 아마 지난 주말이 그 저택에 숨어들기 딱 좋은 시기였을 것이다. 그래서 리안은 세린에게 초상화 도난 사건부터 그가 검은 저택을 주목하게 된 과정까지 상세하게 설명해 주었다.

리안의 이야기를 모두 듣고 나자 세린 역시 그의 추론이 일리가 있다고 인정했고, 아마 검은 저택과 교수실 사이의 연결 고리를 이용해 학교에 잠입한 이라면 제론의 측근일 테니 제론을 잡기 위해서라도 빠르게 찾아내야겠다고 투지를 불태웠다. 그리고 검은 저택에 남아있을 흔적을 조사하기 위해 얼른 팀을 모아 현장으로 떠났다.

그 후 초상화 사건의 전말이 밝혀지기까지는 그리 오랜 시간이 걸리지 않았다. 리안의 말대로 검은 저택에는 누군가가 침입해 유란섀드학교를 오간 흔적이 남아있었고, 놀랍게도 학교에 침입해 초상화를 훔쳐간 이는 제론의 측근인 케인으로 밝혀졌다.

"검은 저택에 남아있던 흔적을 역추적해서 케인을 찾아냈는데, 초상화는 이미 어딘가에 숨겨둔 모양이라 아직 찾지 못했어요. 그런데 이상하게도 이번 일에 제론은 관련이 없는 모양이더군요. 케인을 찾아낸 후 일단 체포하기 전에 며칠간 미행하면서 제론에게 돌아가지 않는지 지켜봤는데 제론이나 그 측근 중 누구와도 접촉하지 않았어요."

토요일 아침, 케인이 수감되어 있는 방으로 리안을 데려가며 세린이 빠르게 설명했다.

"그렇다면 이 일은 케인의 단독 행동이었다고 봐야 할까요? 어쩐지, 제론이 연관되었다고 보기엔 조금 어설픈 느낌이긴 했어요."

리안이 이렇게 말하자 세린 역시 동의한다는 듯 고개를 끄덕였다.

"나도 그렇게 생각해요. 이제까지의 행동을 볼 때 제론은 훨씬 신중하고 조심스러운 성격인 것 같았으니까요. 아무튼 자초지종을 알기 위해 케인을 체포해 데려왔으니 심문해서 정보를 캐내보죠."

대화를 나누는 사이 둘은 어느새 케인이 수감된 방 앞에 도착했다. 세린은 바로 방 안으로 들어가는 대신 살짝 노크를 했고, 그러자 안에서 젊은 남성 섀드가더가 나왔다. 문을 아주 조금만 열고 나온 후 다시 등 뒤에서 재빨리 문을 닫는 모습을 보니, 일부러 방 안의 풍경을 세린과 리안에게 보여주지 않으려는 건가 싶었다. 아니면 그 반대로, 바깥의 풍경을 방 안에 있는 자에게 보이지 않으려 한 것이거나.

"깊은 환각 상태로 만들었어요. 아마 지금쯤 현실과 초현실이 뒤섞여 몽롱한 상태일 겁니다."

이 말에 세린이 살짝 미소를 보였다.

"좋아요. 리안 군이 한번 대화를 시도해 보죠."

이 말에 리안은 왜 세린이 자신을 데려왔는지 눈치챌 수 있었다. 사실 단순한 심문 자리라면 경험이 풍부한 새드가더가 주도하는 편이 훨씬 효과적일 테니 굳이 자신을 데려온 게 의아하다고 생각하던 참이었다. 물어볼 필요도 없이 세린의 의도를 확신했기에, 리안은 쓰고 있는 트랜스포마스크를 벗고 제론의 얼굴을 내비쳤다.

"이 얼굴로 환각 상태에 빠진 케인에게서 정보를 얻어내라는 거죠?"

"맞아요. 강한 그림자 환각술에 빠진 대상은 무엇이 현실인지 제대로 구분할 수 없기 때문에, 지금 리안 군이 그 얼굴로 나타나면 케인은 자신이 진짜 제론과 대화하고 있다고 착각할 가능성이 있어요. 물론 그렇지 않을 확률도 있지만 그래도 한번 시도해 볼만하죠. 어떤 방식으로 심문해도 케인의 입을 열 수가 없었거든요."

그래서 리안은 최대한 진짜 제론을 흉내 내 얼음장 같은 날카로운 표정을 지으며 방 안으로 들어섰다. 세린과 다른 새드가더는 그림자화 마법으로 본체를 숨긴 채 따라 들어왔다. 아마 환각 상태의 케인에게 리안, 그러니까 제론의 얼굴만 보이도록 해야 효과를 극대화할 수 있다고 생각한 모양이었다.

케인은 초점을 잃은 눈으로 방 가운데에 있는 의자에 앉아있었다. 아니, 반짝이는 흑색 끈이 그와 의자를 함께 휘감고 있었으므로 의자에 '강제로 앉혀져 있었다'고 하는 게 더 적합할지도 몰랐다. 리안이 그의 앞으로 다가가자, 혼란에 빠져있던 케인의 표정이 살짝 누그러지더니 시선이 리안의 얼굴에 고정되었다. 케인이 그 얼굴을 알아볼 수 있도록 새드가더가 환각술의 강도를 약간 낮춘 모양이었다.

"제론… 님?"

케인은 당혹감과 두려움을 내비치며 제론의 이름을 불렀다. 의도대로 리안을 제론으로 인식한 모양이었다.

"케인, 이번 일은 정말 멍청하게 처리했더군."

리안은 제론을 연상시키는 냉담한 말투로 첫마디를 신중하게 내뱉었다. 사실, 싸늘한 분위기를 연출하기 위해서 따로 제론 흉내를 낼 필요도 없었다. 어머니를 직접 죽인 장본인인 케인을 보는 순간 자연스럽게 뾰족한 살기가 스며 나왔기 때문이었다. 리안에게서 전해지는 날카로운 기운 덕분인지 케인은 이내 두려워하며 끈으로 휘감겨 있는 두 손을 덜덜 떨기 시작했다. 리안을 완벽히 제론으로 인식하고 있는 듯했다. 이 틈을 타 리안은 정보를 캐내기 위해 얼른 질문을 던졌다.

"왜 초상화를 노린 거지?"

"그, 그건…. 제론 님이 저에게 앞으로의 계획에 대해 알려주지 않으니…. 저 나름대로 우리의 계획을 완성할 단서를 찾고자…."

케인은 진짜 제론을 대하듯 변명 어린 비굴한 말투로 대답했다. 정말로 제론이 케인을 계획에서 완전히 배제시켰고, 이번 일은 케인의 단독 행동인 것뿐일까? 리안은 일이 어떻게 된 것인지 혼란스러워져 잠시 표정 관리를 잊었다가, 아차 싶어 얼른 다시 차가운 표정과 말투로 질문을 이어갔다.

"초상화로 무얼 하려고 했나?"

케인은 질문에 답하기 위해 입을 열었다가, 순간 맑은 정신을 되찾았는지 눈빛이 또렷해졌다. 손의 떨림도 사라진 후였다. 그리고 무언가를 깨달았다는 듯 리안의 눈을 똑바로 바라보았다.

"너는… 제론이 아니군."

순간적으로 리안의 얼굴을 스친 어리둥절한 표정을 알아챈 걸까? 아니면 단순히 환각술이 약해진 틈을 타 온전한 정신을 되찾아오는 데 성공한 것일까? 리안이 뜻밖의 상황에 당황해 이어갈 말을 찾지 못하고 있는데, 갑자기 케인의 얼굴빛이 고통스럽게 일그러졌다. 그리고 공기가 부족한 사람처럼 점점 숨이 가빠지더니, 못 참겠다는 듯 괴로워하며 토하듯 말을 뱉어냈다.

"샤티아텐! 샤티아텐을 찾으려고…."

갑작스러운 국면의 전환에 리안은 더욱 당황했다. 자신이 제

론이 아니라는 걸 깨달았으면서도 케인이 갑자기 사실을 실토
하기로 한 이유가 무엇일지 전혀 종잡을 수가 없었다.

리안이 말문을 잃은 채 케인을 멍하니 바라보는 사이, 무슨
마법을 썼는지 귓가에 느닷없이 세린의 속삭임이 전해져 왔다.

'질문을 더 이어가 봐요.'

그래서 리안은 일단 세린이 시키는 대로 순순히 대화를 이어
갔다.

"유란 셴의 초상화를 통해 샤티아텐을 찾을 수 있으리라 생각
했다는 말인가요?"

"그래. 샤티아텐이라는 물질이 그 마법의 핵심이 분명한데 제
론이 알려주지 않으니… 내 손으로 그걸 찾으려고 했다. 몇 달
전, 제론과 로렌이 샤티아텐에 대해 쑥덕거리는 걸 살짝 엿들은
적이 있었는데, 그때 분명 '유란섀드학교' 그리고 '초상화' 같은
단어들이 스쳐 지나갔거든. 그래서 유란 셴의 초상화를 손에 넣
으면 샤티아텐과 관련된 단서를 얻을 수 있으리라고 짐작했지."

케인은 대답하고 싶지 않다는 고집스러운 눈빛으로 리안을
쏘아보면서도 어쩔 수 없다는 듯 정보를 술술 내뱉기 시작했다.
그리고 이 말들이 너무나 진실하게 느껴져 리안은 당황스러운
마음에서 벗어날 수가 없었다. 제론이 자신의 계획을 케인에게
온전히 공유하지 않았다는 사실은 리안도 알고 있었기 때문이

었다.

"당신이 제론 몰래 혼자 행동하고 있었던 거라면, 지금 제론은 어디에서 무엇을 하고 있죠? 채 교수⋯ 아니, 로렌이나 아르망은요?"

이유는 알 수 없으나 케인이 어떠한 미지의 압력에 의해 진실을 말하고 있다는 걸 확신한 리안은 제론 일당의 근황을 파악하기 위해 다시 질문을 던졌다.

"그건 나도 몰라. 나는 제론의 마법 레시피를 훔쳐 보려다가 들켜서 쫓겨난 상태거든. 어차피 인간의 몸에 갇혀있는 신세라 마법을 구현하지도 못하면서 까다롭게 굴기는⋯."

자신을 쫓아냈다는 사실에 화가 난 건지 아니면 인간이 된 상태에서도 기세등등한 제론이 마음에 들지 않아서인지, 케인은 마지못해 대답을 이어가며 이를 꽉 깨물었다. 그리고 이 역시 진실인 듯했다. 케인이 이렇게 뻔히 흔적이 남는 방식으로 혼자 유란 셴의 초상화를 훔치러 온 걸 보면, 이 시점에 그는 확실히 제론과 함께 움직이고 있지 않았다. 그래서 리안은 다른 질문을 던졌다.

"그렇다면 초상화는 어디에 숨겼죠?"

"검은 저택 근처의 숲에 숨겨뒀어. 저택에서 걸어서 20분 정도 떨어진 나무 밑에⋯."

이 대답을 마지막으로 세린의 지시에 따라 심문은 일단 중단되었다. 보이지 않는 힘에 의해 고문이라도 당하는 사람처럼, 질문을 이어갈 때마다 케인의 안색이 창백해지고 있었기 때문이었다. 서늘한 방 안에서 혼자 땀을 비 오듯 쏟아내고 있다는 점도 심상치 않았다.

"케인에게서 알아내야 할 정보가 많으니 잠시 쉬었다 다시 시작하죠. 마침 점심시간이기도 하고요."

세린과 함께 최상층 식당에서 점심 식사를 하는 동안 리안은 케인이 왜 원하지 않으면서도 그에게 대답할 수밖에 없었는지 그 이유를 알 수 있었다.

"대답을 하지 않으려 할 때 그에게 나타난 반응을 보니 어떠한 그림자 서약에 묶여있는 것 같더군요. 그림자 서약은 그림자와 그림자 간에 이루어지는 것이라서, 지금은 제론의 그림자를 가진 리안 군이 그 서약의 대상인 모양이에요."

"제론의 그림자에 무조건적으로 진실을 답해야 한다는 서약이 되어있는 걸까요…?"

진실을 답하지 않으면 고통스럽게 죽어가는 서약이라니. 그 가능성에 대해 생각하는 것만으로도 리안은 끔찍한 기분을 지울 수 없었다.

"그런 것 같아요. 그 외에 다른 조항이 더 있을 가능성도 있고요."

"그런데 케인은 그렇게까지 제론에게 맹목적으로 충성하는 것 같지는 않았는데, 왜 이런 불공정한 서약에 동의했을까요? 오히려 이제까지 느낀 인상으로는 제론의 측근 중에 가장 반항적인 인물 같았는데 말이죠."

실제로 케인은 제론이 인간의 몸에 갇힌 틈을 타 몰래 혼자만의 계획을 세울 만큼 독선적인 인물인 듯했기에, 리안은 그가 이런 서약을 맺은 이유를 이해할 수가 없었다.

"이건 내 추측일 뿐이지만… 타고난 마법적 재능이 약하기 때문 아닐까요?"

리안이 어리둥절한 표정을 짓자 세린이 설명을 이어갔다.

"그렇지 않아도 이상하다고 생각했거든요. 아르망이라는 섀드에 대해서는 잘 모르지만, 적어도 채 교수나 제론과 비교해 볼 때 케인의 그림자에 담긴 힘은 많이 부족해요. 뭐, 대부분의 섀드에 비해서는 높은 편이긴 하지만요. 그래서 케인이 이 정도의 능력으로 어떻게 제론의 최측근이 될 수 있었는지 의문이었던 거죠."

"케인은 제론 주위의 다른 섀드에 비해 재능이 부족했기 때문에, 불공평한 서약을 통해 측근 자리를 얻어낸 게 아닐까 하는 추측이군요?"

"맞아요. 아무리 높은 재능을 우선시하는 제론이라도 자신에게 진실만을 말하겠노라 맹세한 자가 있다면 그를 옆에 둘 수밖에 없을 테니까요."

이 이상으로 상황을 잘 설명하는 추리는 없었으므로 리안은 동의하며 고개를 끄덕였다. 세린의 말대로 케인이 강한 그림자의 힘을 타고나지 못했고, 그럼에도 강한 권력욕을 가지고 있었다면 제론과 이렇게나 불공정한 서약을 맺었다는 사실도 이해가 간다.

그리고 그림자 서약 때문에 제론이 케인을 곁에 뒀던 것이라면 리안의 몸에 갇힌 후, 제론이 케인을 믿지 못하고 밀어내기 시작한 점도 설명된다. 진실을 말하겠다는 서약 아래에 묶여있지 않다면 케인은 제론 입장에서 그리 매력적인 동료가 아닐 테니까. 꼭 실력적인 부분 때문이 아니더라도 지난 12월, 검은 저택에서 케인과 제론이 대립하던 광경을 리안 역시 보지 않았던가. 이번에도 마법 레시피를 훔쳐 보다 쫓겨난 거라 하니 케인은 아마 이제까지 계속해서 인간이 된 제론을 배신할 기회만 엿보고 있었을 가능성이 크다.


점심 식사를 마친 후, 심문을 재개하기 위해 돌아온 리안은 케인의 상태가 기대 이상으로 안정되었다는 긍정적인 소식을 접했다. 듣자 하니 그사이에 섀드가더 기지에 상주하고 있는 의사를 불러와 단기간에 효과를 낼 수 있는 치료법을 사용한 모양이었다.

그래서인지 오후의 심문은 오전보다 한층 순조롭게 흘러갔는데, 이는 사실 케인이 조금 더 협조적인 태도를 보인 덕분이기도 했다. 어차피 제론에게도 버림받은 상황인 데다 섀드가더들에게서 도망칠 길도 없으니, 그림자 서약에 저항하려 할 때 생기는 고통이라도 최대한 피하는 편이 현명하겠다고 자신과 타협한 모양이었다.

"지난 12월 이후부터 당신이 제론에게 쫓겨난 시점까지, 제론이 누구와 무엇을 하며 지냈는지 최대한 상세하게 알려주세요."

"제론이 중요한 정보는 늘 로렌, 그러니까 네가 채 교수라고 부르는 그 여자와만 상의해서 나도 자세히는 몰라. 하지만 아마 지금까지도 제론이 가장 중요하게 여기는 건 섀드의 힘을 되찾는 일일 거야. 제론은 본체를 가진 꼭두각시 그림자를 다스려 세상을 이끄는 일을 본인만 할 수 있다고 믿고 있으니까. 그래서 처음에는 네가 가진 그림자를 다시 손에 넣을 기회를 엿봤는데, 섀드가더들의 보호망을 뚫기가 쉽지 않아서 그 계획은 일단 포기한 것 같았어. 그리고 그다음에는 새로운 방법을 찾으려고 도움을 줄만한 연구자를 찾아다니는 것 같더군⋯."

제론이 섀드의 힘을 되찾는다는 건 생각만 해도 간담이 서늘해지는 일이었기에, 리안은 곧바로 관련된 정보를 꼬치꼬치 캐물었다.

"제론이 만나고 다닌 인물들이 누구인지 알고 있나요?"

"나는 몰라. 제론이 나를 데리고 다니질 않았다니까? 늘 로렌만 싸고돌고 나는 병풍 취급이나 하고…. 심지어 아르망은 나보다도 제론을 늦게 만났는데 그놈한테만 더 많은 정보를 주고 말이야…."

케인은 대답하다 보니 자꾸만 자신을 무시하던 제론의 태도가 생각나 화가 치밀었는지, 어느새 자신이 처한 상황도 잊어버린 채 구시렁거리며 사견을 덧붙이고 있었다. 그래서 리안은 다시 본론으로 이야기를 돌려놓기 위해 말을 끊어야 했다.

"그다음에는요?"

"내가 제론 옆을 떠나기 직전에 들은 내용인데, 결국 섀드의 힘을 되찾을 방법을 찾아냈다고 했어."

이 말에 리안의 심장이 두려움으로 더욱 조여들기 시작했다.

"그게 어떤 방법인가요?"

케인은 이 부분만큼은 대답하고 싶지 않다는 듯 미간을 찌푸렸지만, 어쩔 수 없이 아는 정보를 털어놓을 수밖에 없었다.

"로렌이랑 수군거리는 걸 언뜻언뜻 들은 거라 자세한 내용은 몰라. 하지만… 내가 들은 바로는 어찌 됐든 조직과 관련돼 있다고 했어."

"…조직이요?"

뜻밖의 대목에서 '조직'이라는 단어가 등장하자 리안은 눈을
크게 떴다.

"방금 말한 조직이 당신이 10년 전 마르세유에서 체포됐을 때 몸담고 있던 그 조직인가요?"

이어진 리안의 질문에 순간 케인의 눈이 동그래졌다.

"내가 그때 마르세유에서 잡혔던 사실을 어떻게 알지?"

그러나 놀라 있을 시간도 없이, 아직 리안의 질문에 답을 하지 않은 탓에 케인은 금세 얼굴이 창백해지더니 대답을 힘겹게 토해냈다.

"…맞아! 그 조직이야."

"그 조직이랑, 제론이 섀드의 힘을 되찾을 방법이 어떤 식으로 관련 있다는 거죠?"

리안이 다시 추궁하듯 묻자 케인은 황급히 고개를 내저었다.

"그건 나도 정말 몰라. 맹세할 수 있어. 아니, 애초에 내가 지금 거짓말을 할 수 없는 상황이란 걸 뻔히 알잖아!"

케인이 정말로 아무것도 모른다는 게 느껴졌기에, 리안은 한숨을 내쉬면서 다른 질문으로 방향을 틀었다. 제론이 섀드의 힘을 되찾기 위해 준비하는 일이 무엇인지 케인을 통해 바로 알아낼 수 있다면 좋았겠지만, 케인이 줄 수 있는 직접적인 정보가 없다면 어떻게든 우회해서라도 추리해 내야 했다.

"알았어요. 그러면 대신 조직에 대해 설명해 주세요. 일단 조직의 구조부터 시작하죠."

조직에 대한 이야기로 심문이 흘러가는 걸 피하고 싶었던 건지, 케인은 작게 불만스러운 한숨을 내쉬었다. 하지만 그러면서도 리안이 가진 제론의 그림자에 복종하기 위해 차근차근 설명을 꺼냈다.

"내가 조직에서 그리 높은 위치는 아니라서 속속들이 알고 있지는 않지만, 일단 조직의 중심에는 '테사'라고 불리는 리더가 있어. 그리고 테사와 함께 중요한 결정을 맡은 수뇌부 인물들을 묶어서 '테사리움'이라고 부르지. 테사리움에는 늘 열 명이 속해있다고 들었는데, 딱 누구라고 고정돼 있는 건 아니고 가끔씩 바뀌는 것 같았어. 그리고 테사리움 외에도 간부급이라 불리는 이들이 서른 명 정도 더 있는데 그쪽도 자주 바뀐다더군. 실력순으로 들어가거나 나가는 구조라고 했던 것 같은데… 뭐, 자세히는 몰라. 그렇게 위까지 내가 올라가 본 적이 있어야 알지."

10년 전의 납치 사건 당시에 케인이 말단 조직원으로서 납치 이후의 뒤처리를 맡았다는 사실은 리안도 알고 있었으나, 어쩐지 케인은 그 이후에도 조직에서 쭉 낮은 자리에만 머물러 있던 모양이었다.

'혹시 케인이 가진 그림자의 힘이 그리 강하지 않아서 위로 올라가지 못한 걸까?'

리안이 이렇게 생각한 이유는 케인이 설명한 조직의 모습이 역시나 실력에 따른 위계질서를 강조하는 페너미아의 사회구조와 너무나 닮아있었기 때문이다. 게다가 테사라는 이름은 명백히 페너미아의 지도자에서 따온 이름이었다. 아마 테사리움이라는 명칭도 '테사가 있는 곳'이라는 뜻일 거라 유추하며 리안은 머릿속으로 조직의 구조를 그려보았다.

생각할수록 마르세유의 비밀 조직은 놀라울 정도로 엘리트 클럽과 구조가 닮아있었다. 테사라는 리더 아래 정확히 열 명의 테사리움 멤버를 두고 있는 구조나, 멤버를 결정하는 방식이 실력순이라는 점에서 모두 엘리트 클럽의 그림자가 아른거렸다.

'역시 제인이 다이앤을 배신하고 마르세유의 비밀 조직을 위해 일하고 있다는 추측이 맞는 걸까? 그렇다면 다이앤 미첼이

시작했던 엘리트 클럽의 초창기 구조는 지금과 달랐으려나⋯.'

이렇게 자꾸 꼬리에 꼬리를 물고 생각이 펼쳐지자 리안은 잡념을 가라앉히기 위해 고개를 한 번 털어버리고 다시 눈앞의 심문으로 집중력을 옮겨왔다.

"그러면 그 조직의 목표는 뭐죠?"

"섀드세계를 장악해서 엘리트주의 사회를 만드는 거야. 섀드 사회의 지도자인 '섀이던트Shaedent'의 위치를 차지하고, 내각과 의회까지 손에 넣어서 원하는 방향으로 사회구조를 바꿔놓으려는 거지."

케인은 꽤 간단하다는 듯 설명했으나 리안은 이 계획을 그리 쉽게 이해할 수가 없었다.

"그런데 섀이던트와 의회의 자리는 선거를 통해 이루어지는데 대체 어떻게 그 자리를 차지하려는 거죠? 아무리 조직의 규모가 크다고 해도 엘리트주의에 동조하지 않는 대중이 여전히 절대다수일 텐데요."

"세세한 계획은 나도 잘 모르지. 대충, 사회에 위기의식을 조성해 대중들이 현재 체제를 의심하도록 하는 방향이라는 정도만 알아."

이제 케인은 모른다고 대답하면서도 꽤 당당한 태도가 되었다. 그가 거짓말을 하는 것도 아니니, 모르는 내용을 편하게 모른다고 인정해도 리안 입장에서 어찌할 바가 없다는 걸 깨달았기 때문인 듯했다. 그래서 리안은 그저 케인의 태도를 무시한 채 질문을 계속해서 조정해 가며 최대한 많은 정보를 캐내기 위해 노력하는 수밖에 없었다.

"그렇다면 14년 전에서 10년 전에 연쇄 납치 사건을 일으켰던 이유도 사회에 불안감을 조성하려는 시도였나요? 그리고 왜 어느 순간 멈추고 수면 밑에서 활동하기 시작한 거죠?"

"딱히 사회의 질서를 뒤흔들겠다는 목적은 아니었던 것 같고… 납치를 그만두기로 결정한 이유도 몰라. 나는 뒤처리에만 투입되었을 뿐이거든. 그냥 해야 할 일이 끝났으니 자연스럽게 멈췄다는 느낌이었던 것 같은데…."

조직의 전체적인 방향성에 대해 케인은 정말로 아는 게 많지 않아 보였으므로 리안은 다시 질문을 선회했다.

"제론은 그 조직과 어떤 관계이죠?"

사실 이것이야말로 리안이 가장 궁금하던 부분이었다. 다시 질문에 제론의 이름이 등장하자 케인은 불편한 기색을 내비치며 우물쭈물 입을 열었다.

"제론은… 3년 전 정도에 조직으로 들어왔어. 내가 주로 활동하던 북미 지역에서 조직 활동을 시작했던 터라 나도 금방 그를 알게 됐지. 사실 누가 봐도 상당한 실력자라 눈에 잘 띄었거든.

그때 제론은 본명 대신 레온 파웰이라는 이름을 사용했는데, 테사리움이 준비하는 점층적인 방식의 권력 교체는 불가능하다고 주장해서 '급진파'라고 불렸어. 자유의지를 가진 대중들은 그리 쉽게 선동과 세뇌에 휩쓸리지 않을 거라던가… 그런 의견이었지. 나도 이 조직의 계획이 지나치게 낭만적이라 생각했던 참이었기에 금방 그를 따라 급진파 움직임에 동조했고."

파웰은 제론의 비밀스러운 섀이텀에 새겨진 이름 중 하나였다. 결국 파웰, 청, 노이만은 마르세유의 비밀 조직에서 활동하기 위해 창조한 신분이 맞았던 것이다.

이제야 리안은 제론과 마르세유의 비밀 조직 사이의 관계를 이해할 수 있었다. 제론이 조직과 어떤 식으로든 연결돼 있다는 생각은 계속 들었으나 그렇다고 해서 그가 조직의 일부라고 보기에는 이상한 점이 많아 리안은 내내 의문을 품고 있었다. 방금 케인에게서 들은 이야기만 생각해 봐도, 조직이 품은 온건한 개혁 방법은 사회를 완전히 뒤집어 자유의지가 없는 일꾼들로만 채우겠다는 제론의 과격한 발상과는 전혀 다르지 않은가.

그러니 '제론이 조직에서 활동하긴 했지만 그렇다고 해서 뜻을 완전히 함께하지는 않았다'는 설명을 듣자 리안은 답답했던 부분이 해소되는 상쾌한 기분을 느낄 수밖에 없었다. 제론은 그저 엘리트주의라는 유사한 목표를 가진 이 조직을 입맛에 맞게 이용했을 뿐인 모양이었다. 조직을 위해 활동한 게 아니라 오히려 이용하려는 목적이었으니 신분을 세 개로 나누어 조직에 쾌속하게 침투한 것도 이해가 간다.

그렇다면 제론이 섀드의 힘을 되찾기 위해 계획하고 있다는 방법 역시 조직의 주류 세력보다는 그 당시에 형성된 급진파 세력과 연관이 있을까? 리안은 제론을 중심으로 형성됐다는 급진파 세력을 파악하기 위해 다시 질문을 던졌다.

"그 당시 제론을 따라 급진파 움직임에 참여한 이들은 당신 외에 또 누가 있었나요?"

하지만 이 질문에 깔린 의도를 눈치챘는지 케인은 딱 잘라 이야기했다.

"그때 나와 함께 급진파를 이뤘던 조직원들은 지금 조직에 전혀 남아있지 않아. 우리는 대부분 제론이 가진 강한 힘만 믿고 가담했던 건데, 정작 제론은 고작 1년 정도 후에 조직을 떠났거든. 나야 발 빠르게 제론의 측근 자리를 꿰찬 덕분에 제론과 함께 갈 수 있었지만, 다른 급진파 조직원들은 모두 테사리움에 의해 축출되었다고 들었어. 솔직히 테사리움 입장에서는 당연히 자신들을 따르지 않겠다고 선언하는 이들을 가만히 둘 수는 없었겠지."

과연 일리가 있는 말이었다. 조직의 주류를 따르지 않겠다고 소란을 일으키는 무리가 있다면 조직의 간부들이 그냥 두고만 볼 리가 없다.

하지만 리안은 제론이 급진파 움직임을 일으킨 이유가 그렇게 대놓고 자신을 추종하겠다 말하는 이들을 얻기 위한 건 아니었으리라고 추측했다. 오히려 목소리만 큰 자들보다 실속 있는 인재들은 뒤에 숨어있을 때가 많으니까. 아마 제론이 비밀스럽게 사용했던 세 개의 섀이덤에 기록 삭제 마법을 걸어두었던 이유도, 그 안에 들켜서는 안 되는 연락 이력이 있기 때문이 아닐까? 그리고 그 기록을 숨기려 했던 대상이 혹시 조직의 간부들이었다면….

"보이는 방식으로 제론을 따르지 않았더라도, 암암리에 조용히 제론과 소통했던 이들이 있지 않았을까요?"

리안이 정확한 포인트를 짚었는지 케인은 마지못해 다시 입을 열었다.

"…그야 그렇지. 몰래 제론에게 연락해서 뜻을 함께하고 싶다고 이야기한 이들도 꽤 많았던 모양이야. 솔직히 나만 해도 제론이라면 힘이나 지략, 모든 면에서 테사를 넘어설지도 모른다고 생각했으니 누군들 제론에게 관심이 없었겠어. 그리고 그때 음지에서만 비밀스럽게 연락했던 이들은 테사리움이 급진파를 솎아냈을 때도 자리를 지키고 있었겠지."

리안은 그 뒤를 이어 케인의 입에서 제론을 따르던 조직원들의 이름이 나오길 기대했으나, 안타깝게도 이야기는 리안의 바람대로 흘러가지 않았다.

"하지만 나는 그렇게 숨어서 연락해 온 이들이 누구인지는 몰라. 당시에 제론은 북미뿐 아니라 유럽이나 동아시아 지역에서도 동시에 활동했는데, 그때 유럽 지역에서 활동하던 신분으로 아르망을 영입했다고는 들었어. 그렇지만 그게 내가 아는 전부야. 아마 로렌은 제론을 돕고 있는 이들을 다 알 텐데, 나한테는 알려준 적이 없어. 나를 만나러 올 때도 늘 제론과 로렌 둘이서만 왔고, 아르망도 작년에 제론이 인간이 되어버린 탓에 처음 소개받은 거거든."

리안이 짐작했던 대로 아마 제론이 유럽에서 활동할 당시의 이름이 노이만, 동아시아 지역에서 활동할 때의 이름이 청인 모양이었다. 하지만 그 외에 제론의 조직 활동과 관련해 케인에게서 더 알아낼 수 있는 정보는 없어 보였다.

그래도 이번 심문을 통해 리안은 왜 케인이 그토록 많은 정보에서 배제되어 있었는지만큼은 이해할 수 있었다. 제론은 사실상 케인을 로렌, 그러니까 채 교수만큼의 측근으로 생각한 적이 없었던 것이다. 그리고 측근 중의 측근인 채 교수 외에는 다른 동료들이 서로의 존재를 모르도록 한 점도 꽤나 제론다운 신중한 조치라고 느껴졌다. 아마 작년에 아르망과 케인을 한자리에 둘 수밖에 없었던 이유도 케인의 위장 실험실이 시카고에 있고, 공교롭게도 인간의 몸에 갇힌 제론이 깨어난 곳이 마침 시카고였기 때문은 아닐까?

리안이 이런 생각에 빠져있는 사이 귓가에 세린의 속삭임이 전해져 왔다.

'조직에 잠입할 수 있는 방법에 대해 물어봐 줘요.'

세린은 최대한 리안의 심문을 방해하지 않기 위해 구석에 앉아있었는데, 가끔 꼭 필요한 질문이 있다고 판단하면 이런 식으로 지시 사항을 보내오곤 했다.

섀드의 힘을 되찾기 위한 제론의 계획이 조직과 관련돼 있다는 말과, 제론이 3년 전에서 2년 전 사이에 조직에서 동료를 구하고 다녔다는 말을 조합한 결과, 세린은 아무래도 직접 조직에 잠입해 수사하는 편이 빠르겠다는 판단을 내린 모양이었다.

"조직에 들어가는 방법에 대해서 알려주세요."

리안은 얼른 세린의 지시를 케인에게 전달했으나 이번에도 케인의 대답은 그리 깔끔하지 않았다.

"나야 10년 전에 들어간 거라서 새로운 조직원들이 어떤 경로를 거쳐 오는 건지는 잘 몰라. 당시에는 조직이 그리 오래되지 않아서 나는 비교적 쉽게 들어왔거든. 아마 조직에 가입하는 방법이 딱 하나로 정해져 있지는 않을 텐데…. 기존 조직원이 데리고 올 때가 많았던 것 같기도 하고? 그렇다고 해서 조직원 아무나 지인을 데려올 수 있는 건 아니고, 조직에서 어느 정도 높은 위치에 오른 경우만 그런 권한을 가지고 있지."

케인의 대답은 장황했지만 그리 실속은 없었다. 결국 그의 대답을 요약해 보면, 높은 위치에 있는 내부자가 데리고 들어오는 방법 말고는 가능성이 별로 없다는 뜻이었다. 그러니 섀드가더들이 이제 와서 조직에 잠입할 방법은 거의 없을 듯했다.

리안은 잠입 외에 다른 방법이 없을지 고민하다가, 문득 좋은 생각이 나 다른 방향으로 질문을 던졌다.

"당신은 북미 지역을 중심으로 조직 활동을 하다 제론을 만났다고 했는데, 그렇다면 북미 지역의 조직원들이 교류할 수 있는 거점이 어딘가에 있었던 건가요? 조직원들이 많이 모이는 장소를 알고 있다면 알려줘요."

이 말에 케인의 얼굴이 일그러졌다. 케인이 정확히 알고 있는, 그렇기에 정보를 내놓아야만 하는 부분을 리안이 제대로 겨냥한 모양이었다. 하지만 아무리 조직에 대한 정보를 지키고 싶다 해도 충성심보다는 그림자 서약이 주는 고통이 더 강했으므로, 결국 케인은 제론의 그림자를 가진 리안에게 순순히 대답을 내놓아야 했다.

그렇게 해서 바로 그날 밤, 리안과 세린은 험준한 로키산맥 한복판에 있는 깊은 산속에 도착했다. 어두운 밤중인 데다 주위가 온통 눈으로 하얗게 덮여있어 처음에는 케인이 말한 장소를 찾아내기가 쉽지 않았다. 하지만 차츰 어둠에 적응되자 얼마 떨어지지 않은 곳에 놓인 새하얀 건물을 발견할 수 있었다.

케인이 마지못해 알려준 그 장소는 북미 지역의 조직원들이 중요한 사항을 논의하기 위해 주로 모이는 주요 거점 중 한 곳이라고 했다. 아무래도 세계적으로 넓게 퍼져있는 조직이다 보니 이런 식으로 지역별 거점을 마련해 둔 모양이었다.

리안과 세린은 최대한 높은 지대로 올라간 후 두껍게 눈이 쌓인 나무 뒤에 몸을 숨기고 눈밭에 파묻히듯 놓여있는 그 건물을 내려다보았다. 건물은 구를 반으로 잘라 엎어두고 한쪽에 아치형 입구를 연결한 이글루 같은 모양이었다. 티끌 한 점 없이 하얗게 칠해진 표면 때문인지, 납작한 구조 때문인지 얼핏 보면 주위의 두터운 눈밭과 구분이 잘 되지 않았다. 아마 헬리콥터나 비행기를 타고 이 위를 날아가는 이가 있다 해도 아래에 건물이 놓여있다는 사실을 짐작조차 못할 것이다.

"역시 추적을 피하기 위해 그림자 숨김 상태의 장소 대신 겉으로 드러나 있는 장소를 사용하는군요."

세린의 속삭임에 리안도 조용히 고개를 끄덕였다. 그리고 리안이 건물을 가만히 관찰하는 동안 세린은 분주하게 무언가를 준비하기 시작했다.

그대로 나무 뒤에 모습을 숨긴 상태에서 세린은 자신의 눈 부위 그림자를 조심스럽게 도려낸 후, 주머니에서 어떤 마법가루를 꺼내 그 위에 뿌렸다. 그러고는 그림자 부림술을 사용해 눈 그림자를 이글루 형상의 건물 가까이로 이동시켰다. 그다음 그들이 몸을 숨긴 나무의 그림자 위로 다른 마법약을 뿌리며 주문을 중얼거리자, 세린이 움직여 둔 눈 부위 그림자가 담아내는 광경이 나무 그림자 위로 펼쳐졌다. 마치 건물 주위를 찍고 있는 카메라의 영상이 그대로 그들의 눈앞에 송출되고 있는 것 같았다.

세린과 리안은 일단 이글루 모양의 그 건물을 맨눈으로 내려다보고 있다가, 사람의 형상이 나타나면 나무 그림자 위로 연동된 화면을 통해 그 인물의 얼굴을 자세히 들여다보았다. 하지만 아직까지는 건물 앞을 오가는 인물이 거의 없었고, 그 한두 명마저도 딱히 알려진 얼굴이 아니었기에 얻을 수 있는 정보는 전혀 없었다. 케인은 조직원들이 보통 깊은 밤중에 많이 모인다고 증언했지만, 그렇다고 해서 매일 중요한 모임이 예정되어 있을 리는 없으니 오늘이 하필 허탕을 치는 날인 걸지도 몰랐다.

그렇게 거의 두 시간 동안 별다른 소득 없이 가만히 지켜만 보고 있었더니 리안은 슬슬 지쳐서 꾸벅꾸벅 졸기 시작했다. 그사이에도 세린은 힘든 기색 없이 혼자 주의 깊게 건물을 살펴보고 있었는데, 어느 순간 갑자기 리안을 빠르게 툭툭 쳐서 깨웠다.

"사람들이 모여들기 시작했어요."

세린의 속삭임에 리안은 잠이 순식간에 달아나는 걸 느꼈다. 다시 눈밭의 건물을 내려다보니, 과연 세린의 말대로 그 주위로 몇몇 섀드들이 속속 나타나고 있었다. 세린은 건물 가까이에 걸어둔 자신의 눈 그림자의 위치를 조금씩 조정해 가며 모여든 조직원들의 얼굴을 하나씩 자세히 들여다보았다. 그렇게 조직원의 얼굴을 모두 주의 깊게 살피던 세린은 문득 다른 섀드들 틈새로 나타난 한 인물의 얼굴을 확인하더니 그대로 굳어버렸다.

"저 사람… 10년 전 마르세유에서 납치되었다고 알려진 B. 린드블라드예요."

# 서재의 비밀 공간

세린의 말에 리안도 재빨리 그의 얼굴을 확인했다. 희끗희끗한 머리와 수염 그리고 깔끔한 하얀 양복 차림을 한 중년 남자. 리안도 마르세유의 비밀 조직이 납치한 유명인 목록을 익혀둘 때 본 적 있는 얼굴이었다.

"…아!"

그리고 그 사실이 무엇을 의미하는지 깨달은 리안은 약간 뒤늦게 작은 탄성을 질렀다. 방금 이글루처럼 생긴 건물 안으로 들어간 그 남자는 누가 봐도 조직에 의해 납치당한 피해자처럼 보이지는 않았다. 오히려 다른 조직원들과 화기애애하게 대화를 나누며 들어가는 모습은 마치 오랜 동료처럼 보였다.

"납치가… 진짜 납치가 아니었군요."

리안이 이렇게 속삭이자 세린이 가만히 고개를 끄덕였다.

"모두 조직에서 벌인 연극이었던 모양이에요. 그 정도로 이름이 알려진 거물들이라면 움직임 하나하나가 세간의 주목을 받을 수밖에 없으니 일부러 실종된 척 납치극을 꾸몄나 봐요. 일반적인 조직원들과 달리 이들은 실종 처리 같은 다소 과격한 방식으로라도 공식 석상에서 발을 빼지 않으면 조직 활동에 제약이 붙을 테니까요. 아마 그래서 일부러 실종의 본질을 흐리고 연쇄 납치 사건이라는 인상을 주기 위해 검은 정사면체를 계속 놓고 다녔던 걸 거예요. 케인 같은 말단 조직원을 뒤처리반으로 투입한 이유도 외부인이 그 집에 들락거렸다는 흔적을 역으로 남기기 위한 조치였을 가능성이 높고요."

"그렇다면 케인은 납치 사건이 실제로는 납치가 아니었음을 뻔히 알았을 텐데…. 아, 내가 그 부분을 콕 집어 물어보지 않아서 알려주지 않은 거군요. 납치 사건의 진위에 대해 물어봤어야 했는데."

케인이 이렇게나 중요한 정보를 쏙 빼두고 있었는데 그걸 간파하지 못하다니. 제론의 그림자와 맺은 서약 때문에 케인은 리안에게 진실을 답할 수밖에 없지만, 그렇다고 해서 굳이 묻지 않은 부분까지 친절하게 부연할 의무가 있는 건 아니었다. 리안은 케인이 은근하게 정보를 숨길 수 있다는 가능성을 눈치채지 못한 자신을 책망하지 않을 수 없었다.

"괜찮아요, 그래도 이렇게 알게 되었으니 다행이죠."

리안의 표정을 읽었는지 세린이 얼른 위로의 말을 건넸다.

"그보다 납치 사건이 모두 가짜였다고 가정하면… 조직에 대해 우리가 세워뒀던 가정들을 다시 점검해 볼 필요가 있겠어요."

이어진 세린의 말에 리안은 자책하던 것도 잊고 놀라서 중얼거렸다.

"아, 그렇다면 다이앤 미첼도…."

세린이 다시 고개를 끄덕였다.

"계속 마음에 걸리던 점이 다이앤 미첼과 조직 사이의 관계에 관한 부분이었잖아요. 다이앤은 조직이 납치한 인물이니 조직과 적대적인 관계일 수밖에 없다고 가정했는데, 사실 그 반대였다면…."

"다이앤을 포함해, 조직이 납치했다고 알려진 유명인들이 모두 사실은 조직의 일원이라는 말이고…. 그렇다면 애초부터 이 모든 계획이 다이앤의 손에서 시작된 것이겠군요! 다이앤은 조직이 납치했다고 알려진 첫 번째 인물이자 엘리트 클럽의 창립자이니까요."

리안은 자신이 완전히 잘못된 방향으로 생각하고 있었다는 걸 깨달았다. 제인이 다이앤을 배신하고 마르세유의 비밀 조직과 손을 잡은 게 아니라, 처음부터 지금까지 제인은 계속 다이앤을 따르고 있었을 뿐이었다. 내내 조직이 다이앤을 납치했다는 정보를 부정할 수 없는 사실이라고 고정해 둔 채 생각하고 있었기에 이 가능성은 전혀 떠올리지 못했다. 하지만 '조직이 연쇄 납치 사건을 벌인 진짜 이유'라는, 그들이 놓치고 있던 단 한 조각의 퍼즐을 손에 넣고 나자 모든 일이 완전히 새로운 각도로 보이기 시작했다.

"내 생각에도 다이앤이 바로 테사라고 불리는 조직의 수장일 것 같아요. 마르세유의 비밀 조직도 엘리트 클럽도, 섀드사회에서 자기 자신의 존재를 지워버린 납치극도… 모두 그녀의 계획이었다고 보는 게 가장 자연스러우니까요."

세린 역시 조심스럽게 그러나 어느 정도의 확신을 품은 목소리로 동의했다.

"그렇다면 엘리트 클럽은 애초부터 조직에서 필요한 인재를 양성하기 위해 만든 기관이었겠군요. 아무 연고가 없는 고아인데다 실력까지 뛰어나다면 그런 비밀 조직에서 이용하기 딱 좋을 테니까요."

머릿속에서 엉켜있던 매듭을 차근히 풀어나가는 듯 리안이 말했다.

"맞아요. 그러니 가짜 납치극을 일으키고 음지로 숨은 조직원들의 기업을 모두 엘리트 클럽 출신 섀드가 이어받은 건 아마 그 기업들을 조직의 영향력 아래에 남겨두기 위한 조치였을 거예요. 케인의 말에 의하면 조직은 사회에 위기의식을 조성하는 방식으로 권력을 탈취하려고 한다고 했으니, 주요 기업에 자신들의 사람을 앉혀둘 필요가 있었겠죠. 기업에 영향력을 뻗어 시장을 어지럽게 하는 방법도 사회를 흔들어 놓을 수 있는 조치 중 하나니까요."

세린도 말을 덧붙였고, 이에 리안은 공감하며 고개를 끄덕였다. 이제야 비로소 전체적인 그림이 눈앞에 떠오르는 듯했다. 하지만 그렇다고 해서 리안의 머릿속에 있는 궁금증이 모두 사라진 건 아니었다.

"그런데 만약 다이앤 미첼이 마르세유의 비밀 조직을 만든 인물이자 여전히 그 배후에 앉아있는 존재라면, 조직에 대한 제론의 온도가 잘 이해되지 않아요. 10대 시절에 혼자 남겨져 있던 제론을 엘리트 클럽으로 데려간 장본인이 바로 다이앤이었잖아요. 게다가 엘리트 클럽을 떠날 때 제론에게 막대한 자금을 지원해 준 이도 다이앤이었을 텐데, 왜 제론은 그 후에 다이앤을 따라 조직에서 활동하지 않았을까요? 나중에 뒤늦게 조직에 들어가긴 했지만 오히려 급진파 움직임을 일으켜 조직을 휘저어 놓기만 하고 금방 떠났다고 했잖아요."

리안이 의아해하는 부분을 세린은 바로 알아챘다.

"자신의 재능을 알아봐 주고 대접해 준 다이앤 미첼을 제론이 따르지 않았다는 점이 이상하다는 거죠?"

그리고 이어서 신중한 말투로 그녀 나름대로의 추측을 내놓았다.

"음… 내 생각에는 아마 제론도 처음부터 조직과 뜻이 다르진 않았을 것 같아요. 특히나 주변의 영향을 많이 받을만한 10대 시절에 그를 도와준 존재이니, 다이앤 미첼의 사상에 영향을 받지 않을 수 없었겠죠. 그러니 생각이 변했다면 그건 엘리트 클럽을 떠난 이후가 아닐까요? 사실 지금 시점에서 봐도, 마르세유의 비밀 조직이 품은 생각과 제론이 품은 생각은 거의 종이 한 장 차이로 아주 비슷해요. 둘 다 엘리트주의를 깊이 추앙하는데 그저 이에 도달하기 위한 방법이 다른 것뿐이니까요."

이 말을 곱씹어 보던 리안의 머릿속에 작년에 제로를 찾아갔을 때 들었던 이야기가 떠올랐다.

"그러고 보니 제로의 예전 시스템은 오히려 지금 조직이 가지고 있는 사회에 대한 생각과 유사했던 것 같아요. 몇몇 엘리트를 리더로 내세우되 나머지 다수의 직원들이 팔다리 역할을 맡아 떠받치는 구조였다고 들었거든요. 그런데 그런 구조가 몇 년 후 무너지면서 제로에 대한 제론의 애착도 줄어들었다고 하니까… 어쩌면 이때부터 제론의 생각이 달라진 걸 수도 있겠네요. 직접 경험해 보니 각자의 자유 의지를 가진 대중을 상대로는 조직이 지향하는 구조가 통하지 않을 거라고 확신하게 된 거죠."

일리가 있다고 생각했는지 세린도 고개를 끄덕였다.

"그게 가장 합리적인 추리일 것 같아요. 그나저나 이제 엘리트 클럽이 조직과 깊이 연결돼 있다는 걸 알아냈으니, 제론을 찾아내기 위해서라도 리안 군이 엘리트 클럽에서 정보를 더 모아주면 좋겠네요. 케인의 말에 따르면 제론이 섀드의 힘을 되찾기 위해 준비하고 있는 방법도 조직과 관련돼 있다고 하니까, 늦든 빠르든 제론과 관련된 소식이 조직 내에 퍼질 가능성이 있을 것 같아요."

"엘리트 클럽을 통해 역으로 조직에 대한 정보를 모으다 보면 제론 일당에 닿을 가능성이 있겠다는 말이죠?"

확실히 마르세유의 비밀 조직에 직접 침투하기 어려운 지금 상황에서는 엘리트 클럽을 통한 간접적인 조사가 최선이라는 생각이 들었으므로, 리안도 금방 세린의 말에 동의했다.


그렇게 앞으로의 수사 방향성에 대해 토의하며 밤이 마무리된 후, 다음 날 다시 엘리트 클럽으로 돌아간 리안은 마침 저스틴이 방을 비웠다는 소식을 접하게 되었다. 한 달에 한 번 있는 제인과의 저녁 식사 때문이라고 했다. 엘리트 클럽은 실력에 따라 명확한 차별이 존재하는 곳답게 1위에게만 주어지는 혜택이 몇 가지 있었는데, 그중 하나가 제인과의 개인적인 식사 시간이었다. 한 달에 한 번 있는 그 시간마다 1위 학생은 최고급 레스토랑에서 식사를 대접받으며 제인에게 개인적인 요구 사항을 말할 수 있다며 헤이즐은 부러운 듯 중얼거렸다.

물론 리안은 딱히 고급 레스토랑에서의 식사에는 관심이 없었지만 그래도 저스틴이 저택을 떠났다는 소식만큼은 아주 반가웠다. 엘리트 클럽에서 어디부터, 어떻게 조사해야 마르세유의 비밀 조직에 대해 알아낼 수 있을지 전혀 감을 잡을 수 없는 지금, 저스틴이 감추고 있는 비밀이야말로 수사의 좋은 시작점이 될 수 있겠다고 생각하던 참이었기 때문이다. 그래서 학생들이 모두 자기 방으로 흩어진 틈을 타 자연스럽게 저스틴의 방에 잠입하기 위한 계획을 세웠다.

일단 리안은 저택 바깥으로 나가 저스틴이 이용하고 있는 3층 공간을 올려다보았다. 역시나 모든 창문이 암막 커튼으로 꼼꼼하게 가려져 있었다. 대부분 섀드가 그렇듯, 저스틴도 외출할 때면 혹시 모를 침입을 막기 위해 암막 커튼으로 빛을 차단해 두는 모양이었다. 빛이 없으니 그림자 마법을 이용한 침입은 불가능해 보였기에 리안은 그냥 단순하게 접근하기로 했다. 바로 전통적인 인간 방식대로 머리핀을 사용해 잠긴 문을 따기로 한 것이었다.

리안은 머리핀으로 잠긴 문을 열어내는 방면에서 딱히 숙련자라고 할 수는 없었으나 다행히 엘리트 클럽이 사용하는 저택은 아주 오래된 건물이었기 때문에 어설픈 손놀림으로도 금방 문을 열 수 있었다. 문에 달려있는 낡은 잠금장치는 결코 튼튼한 수준이라고 볼 수 없었기 때문이었다. 하지만 섀드들이 대체로 그렇듯 저스틴 역시 그림자 마법에만 너무 신경을 쓴 나머지 오히려 이런 인간적인 방식의 침입에는 대비해 두지 않았고, 덕분에 리안은 생각보다 수월하게 3층 공간에 침입할 수 있었다.

저스틴의 공간에 숨어든 후, 리안은 일단 자신의 감을 따라 서재로 사용되는 방부터 살펴보기로 했다. 거실의 경우 아무렇지 않게 다른 학생들에게 구경시켜 주는 걸 보면 비밀스러운 무언가를 숨겨뒀을 리가 없을 테고, 아마 지난번에 저스틴이 문을 열심히 걸어 잠그던 세 개의 방 중 어딘가에 해답이 있을 듯했다. 그리고 특히나 저스틴이 침실보다도 먼저 서재의 문부터 잽싸게 닫아버렸다는 사실을 떠올리니 왠지 서재가 가장 수상하게 느껴졌다.

서재로 향한 리안은 한쪽 벽 전체를 다 채우는 커다란 흑단 책장을 물끄러미 바라보았다. 하지만 그 책장에는 아무리 살펴봐도 이상한 구석이 전혀 없었고, 가득 꽂혀있는 책들에도 이렇다 할 특이점은 없었다. 눈에 들어오는 정보라곤 유독 그림자 화학 분야의 책들이 많다는 사실밖에 없었다.

'《고대의 그림자 화학》, 《그림자의 구조와 화학 반응》, 《섀드
마법과 재료의 상승효과》….'

저스틴의 학문 취향에 대해서만 알아냈을 뿐 서재에서 아무
런 단서를 얻지 못한 리안은 실망감을 감추지 못한 채 터덜터덜
그 옆에 있는 연구실로 향했다. 그러나 연구실에서도, 그 후에
이동한 침실에서도 리안은 이상한 점을 찾지 못했다.

'사실 저스틴은 딱히 감춰둔 비밀이 없는데 그냥 내 눈에만
행동이 부자연스럽게 느껴졌던 건가?'

결국 탐색이 실패로 끝날 위기에 이르자 리안은 대신 자신의
눈을 의심하기에 이르렀다. 그래서 저스틴의 방을 들쑤시는 걸
이만 포기하고 이곳을 떠나기 위해 막 몸을 돌리려는데, 끼익-
하고 문이 열리는 소리가 들려왔다. 예상보다 빠르게 저스틴이
3층으로 돌아온 것이다.

저스틴에게 들킬까 봐 허둥거리던 리안은 서둘러 자신을 그
림자화한 후 침대 밑의 어둠 속으로 그림자 몸체를 구겨 넣었
다. 이렇게 된 이상 저스틴이 잠들 때까지 그 아래에 숨어있다
가 몰래 빠져나가야겠다는 생각이었다.

하지만 그렇게 몇 시간이고 꼼짝 없이 기다렸는데도 저스틴
은 도저히 잠을 청할 기미가 보이지 않았다. 하필 침대 위에 자

리를 잡은 채 계속 책만 읽고 있어서 리안은 침대 아래에서 다른 곳으로 은신처를 옮길 수도 없었다. 한참 동안 사각사각 책장이 넘어가는 소리만 3층의 조용한 공기를 터뜨리며 울려 퍼졌고, 리안은 들킬까 봐 움직이지도 못한 채 마음만 졸이며 숨죽여 기다렸다.

결국 오랜 기다림 끝에 리안의 팔다리가 딱딱하게 굳어가기 시작했을 때쯤, 드디어 저스틴이 침대에서 내려와 옆의 탁자에 책을 내려놓았다. 하지만 그는 잠자리에 드는 대신 그대로 방 밖으로 나가버렸다. 그리고 얼마간의 발소리 후 다시 3층과 나머지 공간 사이의 경계를 이루는 문이 열리고, 닫히는 소리가 났다. 저스틴이 아예 아래층으로 내려가기 시작한 것이다.

지금이야말로 저스틴의 공간에서 도망칠 기회였지만, 리안은 새벽 늦은 시간에 저스틴이 또다시 아래층으로 향했다는 사실이야말로 그냥 지나쳐서는 안 될 정보라고 생각했다. 이전에 리안이 저스틴의 행동에 의문을 품었던 바로 그날 밤과 같은 패턴이 벌어지고 있었기 때문이었다. 그래서 리안은 그림자화한 상태 그대로 조용히 저스틴의 뒤를 밟아보았다.

저스틴은 신중하게 주위를 살피며 1층으로 내려가더니 그대로 제인의 사무실로 들어갔다. 예상대로 저스틴의 목표는 제인의 사무실이었다. 그 광경까지 눈에 담은 리안은 저스틴이 다시 밖으로 나오기 전에 얼른 다시 3층으로 올라가, 이번에는 거실에 있는 벽난로 뒤의 그림자 진 구역에 몸을 숨겼다. 의심을 사지 않도록 충분히 거리를 벌려둘 필요가 있는 데다, 저스틴이 제인의 사무실에서 무엇을 했는지에 대해서는 그가 3층에 돌아온 후 보이는 행동을 기반으로 유추할 수 있으리라 생각했기 때문이었다.

과연 저스틴은 얼마 후 어정쩡하게 주머니에 손을 꽂은 자세로 3층으로 돌아왔고, 곧장 서재로 가 그곳에서 몇 분의 시간을 보낸 후에야 잘 준비를 하고 침실로 들어섰다. 정황상 제인의 사무실에서 가져온 무언가를 서재에 숨겨둔 게 분명했다.

리안은 저스틴이 완전히 잠들었다는 확신이 들 때까지 기다렸다가 조심스럽게 서재로 들어갔다. 서재에 있는 책장이나 책들 자체는 몇 시간 전과 거의 완벽하게 동일해 보였지만 그래도 이제는 비밀스러운 무언가가 이곳에 숨겨져 있다는 사실을 알게 되었으니 리안은 해답을 찾을 때까지 서재의 유일한 가구인 책장을 탈탈 털어볼 생각이었다.

달라진 점을 찾기 위해 리안은 조용히 책장에서 몇 발짝 뒤로 물러선 채 전체적인 그림을 먼저 눈에 담았다.

'책들의 배치는… 완전히 기억나진 않지만 얼추 비슷한 것 같고. 책장 자체도 달라진 점은 없어 보이는데.'

그런데 얼마간 책장을 유심히 관찰하다 보니 이유를 알 수 없는 위화감이 스멀스멀 밀려왔다.

'어딘가 이상한 느낌이 드는데….'

무엇이라고 딱 잘라 말할 수는 없지만 묘한 부자연스러움이 느껴졌다. 그 정체를 찾기 위해 리안은 책장에 꽂힌 책들을 하나씩 신중하게 다시 관찰해 보았다. 그러다 보니 그가 이상하다고 느낀 부분이 어디인지 깨달을 수 있었다.

'먼지! 먼지가 쌓인 정도가 달라.'

저스틴은 키가 큰 편이긴 하지만 그래도 이 높은 책장의 가장 윗줄까지 쉽게 손이 닿을 만큼 크지는 않다. 그래서인지 책장의 중간에 꽂힌 책들이 저스틴이 가장 자주 꺼내 보는 책들인 것 같았고, 그런 만큼 가운데 있는 책들만 먼지가 특히 적었다. 그리고 자연스럽게 저스틴의 손이 쉽게 닿지 않는 범위의 책들은 먼지가 조금씩 더 쌓여있었는데, 이상하게도 맨 윗줄의 가장 오른편에 꽂힌 일곱 권만큼은 유난히 먼지 하나 없이 깨끗했다. 마치 아주 최근에 움직인 적이 있는 것처럼.

저스틴이 자주 펼쳐보는 책들이라 먼지가 적은 것뿐이라는 가설도 물론 충분히 고려할 수 있지만, 만약 그렇다면 그 책들을 굳이 손이 잘 닿지 않는 윗줄에 꽂아둘 필요가 없다. 그렇기 때문에 지금의 배치가 어쩐지 이상하다는 생각이 들었던 것이다.

리안은 그 부자연스러움의 이유를 찾기 위해 윗줄 가장 오른편에 꽂힌 일곱 권의 책을 모두 들어 조심히 바닥에 내려놓았다. 그리고 한 권 한 권 살펴봤지만 책 자체에는 이상한 점이 없어 보였다. 그래서 이번에는 책이 비워진 자리에 있는 선반과 뒤판을 손으로 만져보았는데, 놀랍게도 힘을 살짝 가해 책장의 뒤판을 밀어보자 딸깍, 하는 작은 소리와 함께 뒤판이 살짝 눌렸다. 그리고 정확히 책 일곱 권 너비만큼의 뒤판이 마치 문처럼 앞으로 활짝 열렸다.

　리안은 깜짝 놀라 일단 모든 동작을 멈춘 채 온몸의 감각을 귓가에 집중했다. 사실 책장의 비밀 공간이 열리면서 난 소리는 아주 작았지만 온 세상이 고요하게 잠든 한밤중인지라 괜히 더 크게 느껴졌다. 혹은 지금 이 상황이 만들어 낸 긴장감 때문에 리안에게만 유독 모든 소리가 증폭돼 들린 걸지도 몰랐다. 혹시 그 작은 소음에 저스틴이 깨지는 않았을까 노심초사하며 얼마간 기다린 후에야 리안은 다시 조심스럽게 책장 가까이 다가가 비밀 공간을 살피기 시작했다.

　문이 열리고 드러난 비밀 공간은 노트가 두세 권 정도 들어갈 만한 깊이였는데, 안에는 작은 편지지가 수북하게 쌓여있었다. 그중 가장 위에 있는 편지를 꺼내 펼쳐본 리안은 더욱 놀랐다.

제인. 신물질 연구에 속도를 내야 해요. 그림자 화학 방면에서 재능을 보이는 멤버가 있다면 조직의 연구소로 데려오도록 하죠.

— 다이앤

편지의 내용은 아주 간결했으나 리안은 그 의미를 금방 알아챌 수 있었다. 다이앤은 지금까지도 제인과 긴밀히 소통하며 엘리트 클럽의 상황을 지휘하고 있었다. 게다가 조직의 연구소로 데려올 멤버를 찾고 있다는 말…. 엘리트 클럽이 마르세유의 비밀 조직을 위한 인재 양성소일 거라는 추측이 옳았다고 증명되는 순간이었다.

'그런데 이런 편지를 왜 저스틴이 가지고 있지?'

리안은 편지지를 뒤집어 뒷면 구석에 작게 적힌 날짜를 확인해 보았다. 이틀 전에 발송된 것이었다. 아마 저스틴이 방금 제인의 사무실에서 훔쳐온 물체가 바로 이 편지였던 모양이었다. 제인이 사용하는 보안 주술의 암호를 저스틴이 어떻게 알아냈는지는 모르겠지만, 그림자 복제 마법을 이용하면 대부분의 물건을 감쪽같이 복제할 수 있으므로 만약 복제본을 만들어 뒀다면 제인에게 발각될 가능성도 낮았다.

리안은 불현듯 어떤 생각이 떠올라 다른 편지를 몇 개 더 펼쳐보고는 책장에 늘어선 책들의 제목도 다시 쭉 훑어보았다. 다이앤의 편지에서는 그림자 화학 분야의 교육이 자주 강조되곤 했는데, 이 발견을 토대로 리안은 저스틴이 다이앤의 편지를 훔쳐낸 이유를 쉽게 추측할 수 있었다.

'제인과 다이앤 사이에 오간 편지를 훔쳐서 자신의 입지를 굳히는 데 사용한 거구나.'

이렇게 생각하면 다른 학생들을 경쟁 상대로조차 여기지 않는 저스틴의 묘한 여유도 이해가 간다. 그는 이미 자신이 총애를 받을 수 있는 방법을 완벽히 알고 있었다. 다른 학생들의 말에 따르면 이제까지의 1위 학생들과 비교해도 저스틴은 꽤 많은 지원을 받고 있는 편이라고 했는데, 그 이유가 이것인 모양이었다.

'그나저나 왜 다이앤은 그림자 화학 분야에 그렇게 집중하는 거지? 신물질이라는 건 뭐고, 연구소는 대체 어떤 곳이길래….'

리안은 다른 편지를 더 뒤적거리다 결국 한 달 전 날짜가 찍힌 편지에서 나름대로의 실마리를 찾을 수 있었다.


그 물건을 도둑맞으면서 신물질 연구에 차질이 생겼어요. 곧 충원이 필요할 수 있으니 그림자 화학 방면의 교육을 전반적으로 지원하면서 학생들을 지켜봐 주세요.

— 다이앤


'그 물건이라는 게 뭐지?'

'신물질'이나 '그 물건'이라는 단어가 무엇을 의미하는지는 아직 알 수 없었지만, 아무래도 앞선 편지의 내용과 종합해 생각하면 한 달 전에 조직의 연구소라는 곳에 무언가 일이 벌어져 급히 인력을 보충해야 하는 상황으로 보였다.

"혹시 조직의 연구소라는 곳에서 발생한 도난 사건이 제론의 계획과 관련 있을 가능성은 없을까요? 내용을 보니 그 물건이라는 게 조직의 주요 연구와 깊이 관련된 것 같던데…."

몇 시간 후, 로스앤젤레스의 기지로 돌아가 세린을 만난 리안은 저스틴의 방에서 발견한 편지에 담긴 정보를 공유해 주었다. 그런데 '연구소'라는 말을 듣자 세린의 표정이 살짝 변했다.

"마침 파웰, 청 그리고 노이만 명의의 섀이덤이 복원됐다는 연락을 받아서 살펴보고 있었는데, 노이만 명의의 섀이덤에는 과거에 아르망과 주고받았던 메시지도 있더라고요. 아마 진짜 정체를 알리고 동료로 영입하기 전까지는 아르망과도 노이만이라는 가짜 신분으로 소통했던 것 같아요. 그리고 그들이 주고받은 메시지 중에 당시 아르망이 조직 내 연구소로 배정됐다는 정보가 담긴 메시지가 있었어요."

세린의 설명을 듣자 리안은 깜짝 놀랐다.

"만약 아르망이 배정돼 활동했다는 연구소가 다이앤이 편지에서 언급한 연구소와 같은 곳이라면, 그곳에서 발생한 사건이 제론과 관련돼 있을 가능성도 꽤 높겠군요!"

그렇다면 다이앤이 조직의 연구소로 데려올 학생을 찾고 있다는 사실을 가볍게 넘길 수만은 없었다. 이대로라면 제인이 추천할 학생은 저스틴이 될 테니, 제인이 마음을 굳히기 전에 리안도 얼른 그녀의 눈을 사로잡아 연구소에 추천될 학생의 자리를 차지해야 했다.

리안은 어떻게 하면 제인의 눈에 들 수 있을지 고민하다, 마침 다음 주 토요일에 엘리트 클럽의 정기 대결이 예정돼 있다는 사실을 떠올렸다. 지금 리안은 아직 10위일 뿐이기 때문에 제인의 관심을 받기가 쉽지 않았다. 그러므로 리안이 빠르게 제인의 눈에 들어 다이앤이 약속한 조직의 자리를 차지하려면 정기 대결에서 압도적인 실력을 보여 1위로 올라서는 방법밖에 없어 보였다. 그것도 그냥 1위를 하면 되는 게 아니라 특히 그림자 화학 분야의 재능을 위주로 뽐내야 했다.

하지만 안타깝게도 그림자 화학은 리안이 이제까지 공부하던 주력 분야는 아니었기에, 다음 정기 대결 전까지 최대한 실력을 끌어올리려면 섀드가더들의 도움이 필요했다.

"제인이 조만간 조직의 연구소로 추천할 학생을 고를 거예요. 그러니 곧 있을 정기 대결이 거의 처음이자 마지막 기회가 될 것 같은데, 혹시 그때까지 최대한 그림자 화학 방면 수업을 많이 받을 수 있을까요?"

리안의 부탁에 세린은 금방 특별 강사들을 배정해 주었고, 그렇게 해서 일주일간 리안은 유란섀드학교의 수업도 전부 빼먹은 채 그림자 화학 분야의 특훈을 받기 시작했다. 그러던 금요일 오전, 다음 날 있을 대결을 대비해 다양한 마법 합성물을 준비해 두고 있던 리안에게 세린이 갑자기 찾아왔다.

"바쁜 건 알지만, 좋아할 만한 소식이 있어서요."

그리고 금방 그 소식이 무엇인지 전해주었다.

"리안 군에게 유란 셴의 초상화를 보여줘도 된다는 허가가 떨어졌어요. 케인의 증언을 토대로 검은 저택 근처의 숲에서 초상화를 확보했는데, 일단 수사국의 절차에 따라 이런저런 검사를 하느라 시간이 걸렸어요. 그래도 이제 검사도 다 끝났고, 초상화 도난 사건과 관련해 더 자세한 조사가 필요하다는 명목으로 당분간 우리 측에서 맡아두기로 했으니 리안 군도 자유롭게 살

퍼볼 수 있을 거예요."

세린도 리안이 유란 셴의 초상화에 왜 그리 큰 관심을 보이는지 알고 있기에 그가 직접 초상화를 살펴볼 수 있도록 배려해 준 모양이었다. 리안은 그 초상화를 통해 그림자의 숲에 대한 단서를 얻고, 그림자의 숲을 둘러싼 전설을 두 눈으로 직접 확인해 보고 싶다는 생각을 내내 품고 있었다. 고대의 마법 중에는 현대의 섀드들이 짐작조차 할 수 없을 만큼 새로운 작용을 일으키는 것도 있다고 하니, 제론과 리안 사이에 일어난 의문의 작용이 아스카일에 관한 그 전설과 관련이 있을 가능성도 있지 않은가. 만약 제론이 리안과 몸이 바뀌기 직전까지 완성하려 했던 고대의 마법이 정말로 둘의 몸을 바꿔놓은 주원인이라면 그림자의 숲에서 무언가 관련된 단서를 찾을 수 있을지도 모른다.

그래서 점심 식사를 마치자마자 리안은 바로 초상화를 확인하기 위해 달려갔다. 세린의 특별 지시가 있어서인지 리안은 텅 빈 방에서 초상화를 홀로 마주할 수 있었다.

방에 들어가 초상화 속 유란 셴의 얼굴을 마주하자마자 리안의 마음속에는 이전에 느꼈던 묘한 마법의 기운이 확 밀려들었다. 그래서 리안은 최대한 그 신비로운 끌림에 미혹되지 않도록 정신을 단단히 부여잡고 초상화 곳곳을 신중하게 관찰했다. 그의 추측대로라면 초상화에는 아스카일의 후손들이 지켜왔다는 그림자의 숲과 관련한 어떤 단서가 남아있을 터였다.

하지만 겉보기에는 초상화에 이상한 점은 없었다. 우아하게 두 손을 포갠 채 왼쪽으로 살짝 몸을 틀고 있는 유란 셴의 모습이 정교하게 그려져 있었고, 배경은 그저 짙은 회색으로 칠해져 있을 뿐이었다. 액자를 분리해 봐야 할지도 잠시 고민했지만, 리안이 느끼기에 마법의 기운은 액자보다는 초상화의 가운데 부분에서 흘러나오는 듯했다.

초상화의 가운데에는 정확히 유란 셴의 얼굴이 위치해 있었는데, 아무리 봐도 겉으로는 이상한 부분을 찾을 수가 없었다. 굳이 찾자면 유란 셴의 오른쪽 눈동자와 왼쪽 눈동자가 조금 다른 색으로 보인다는 정도였지만, 그림이니 그 정도의 차이는 당연한 일이 아닐까?

'아니, 잠깐.'

그림을 자세히 살피던 리안은 두 눈동자의 '색'이 다른 게 아니라는 걸 눈치챘다. 왼쪽 눈동자는 균일한 검은색 물감으로 채워진 반면, 오른쪽 눈동자는 얼룩덜룩하게 물감 덩이들을 찍어놓은 듯 이상한 패턴으로 칠해져 있었다. 그리고 집중해서 보니 그 부분은 마치….

'숲?'

의아하게도, 오른쪽 눈동자에 담긴 얼룩덜룩한 검은 패턴이 작게 압축된 숲의 형상 같다는 생각이 들었다.

'…그림자의 숲!'

리안의 머릿속에 깨달음이 스친 것은 몇 초 뒤였다. 유란 셴의 초상화에는 그림자의 숲과 관련한 단서가 숨겨져 있는 정도가 아니었다. 그림자의 숲으로 들어가는 문 자체가 감춰져 있던 것이다. 유란 셴의 오른쪽 눈동자 부분 그림을 떼어내 확대하면, 그림자의 숲으로 이동할 수 있는 그림자의 숲으로 이어지는 통로로 활용할 수 있는 게 아닐까? 마치 그림자 이동술에서 사용되는 다른 사진들처럼 말이다.

'하지만 이 초상화에는 원래의 형상을 훼손하는 그 어떤 마법도 쓸 수 없도록 제약이 걸려있다고 했는데….'

리안은 대체 그 조그마한 숲의 형상을 어떻게 이용해야 할지 고민하며 점점 앞으로 다가갔다. 그러다 무심코 오른쪽 눈동자 부분에 그려진 숲의 형상에 그의 그림자가 드리워질 정도로 가까이 다가간 순간….

갑자기 그림이 그를 쑥 빨아들이는 것 같은 강한 압력이 느껴지더니 새카만 심해로 끝도 없이 가라앉는 듯한 어지러운 감각이 그를 삼켰다. 당연히 블랙홀 안으로 들어가 본 적은 없었지만, 블랙홀에 삼켜지면 딱 이런 기분이 아닐까 하는 생각을 하며 리안은 그 생소한 감각에 몸을 맡겼다. 그리고 속이 뒤집히는 듯한 메스꺼운 기분이 한 차례 지나간 후 마침내 발밑에 다시 단단한 땅이 느껴졌고, 이내 정신을 차려 보니 검은 나무들이 끝없이 펼쳐져 있는 낯선 공간이 눈에 들어왔다.

"여기가 그림자의 숲이구나."

따로 어떤 설명을 들을 필요도 없이, 발을 딛자마자 리안은 바로 여기가 자신이 찾던 그 장소라는 걸 느낄 수 있었다. 분명 처음 보는 공간인데 이상하게도 마치 고향에 돌아온 듯한 그리운 느낌마저 들었다.

자신조차 확실하게 정의할 수 없는 그 묘한 감정에 당황한 리안은 일단 침착하게 주위를 둘러보며 요동치는 마음을 가라앉히려 애썼다. 그가 도착한 공간은 마치 먹으로 그린 수묵화처럼 새카만 나무들이 바닥에서 빽빽하게 자라나 있는 신비로우면서도 스산한 장소였다. '아스카일의 손에 목숨을 잃은, 수도 없이 많은 그림자가 그곳에 잠들어 있다'는 전설처럼, 이곳의 나무들은 죽은 이들의 그림자로 만들어진 것처럼 쓸쓸하고 고요했다.

바닥에는 검은 낙엽이 펼쳐져 있었는데, 한 발자국 앞으로 나아가자 낙엽이 바스러지는 소리가 조용한 공기를 가르며 잔잔히 울려 퍼졌다. 그렇게 조금씩 앞으로 이동하며 주위를 살피던 리안은 어쩐지 이 공간이 현실 어딘가에 존재하는 숲을 그대로 뒤집어 그림자로 만든 공간처럼 느껴진다는 생각을 했다. 검은

흙 위로 검은 낙엽이 펼쳐진 바닥부터, 마치 실제 나무의 그림자만 잘라내 심어둔 것처럼 새카만 나무들…. 머리 위, 저 높은 곳에 보이는 새하얀 천장을 제외하면 이곳에는 검은색 외의 색이 하나도 존재하지 않기 때문이었다.

하지만 이 칙칙한 공간에도 생동감을 부여하는 대상이 하나 있었는데, 바로 어딘가에서 스며 나오는 은은한 안개였다. 보일 듯 보이지 않을 듯 희미하게 숲 전체를 따라 물결치듯 번져나가는 그 희뿌연 안개는 마음을 간지럽히는 신비로운 아름다움을 품고 있었다.

리안은 홀린 듯 안개가 시작되는 근원지를 찾아 천천히 걷기 시작했다. 그렇게 몇 분간 안개가 흘러오는 방향으로 거슬러 움직이며 숲의 깊은 곳까지 나아가자, 어느덧 끝이 없어 보이던 검은 나무의 행렬이 끝나고 눈앞에 작은 호수가 펼쳐졌다.

호수는 아주 투명하고 맑았기 때문에 바닥까지 훤히 볼 수 있었는데, 호수의 바닥에는 검은 숲의 전체적인 풍경과 대조적으로 새하얀 빛을 띠고 있는 자갈이 빈틈없이 깔려있었다. 그런데 호수를 물끄러미 들여다보던 리안은 물에 반사된 자신의 얼굴을 보고 깜짝 놀랐다. 제론의 얼굴도, 그 위에 리안이 쓰고 있던 트랜스포마스크도 아닌 자신의 본래 모습이 호수 위에 일렁이고 있었던 것이다. 곱슬거리는 짙은 갈색 머리에 진한 밤색 눈동자. 그가 작년 여름까지만 해도 간직하던 원래의 얼굴 그대로 였다.

당황한 리안은 호수 표면에서 눈을 떼고 주위를 두리번거리 다, 이내 다른 곳에 시선을 빼앗겨 그대로 멈췄다. 호수 중앙 부 분에서 이상한 물체를 발견했기 때문이었다. 호수 한가운데에 는 작은 섬이 하나 있었고 그 섬의 정중앙에는 또다시 새하얀 색의 나무 그루터기가 하나 있었는데, 그 위에 고대 섀드어 문 자가 복잡하게 새겨진, 완벽한 구의 형상을 한 검은 물체가 놓 여있었다.

"샤티아텐?"

그림자의 숲 한복판에 특별하게 모셔져 있는 물체라면 샤티아 텐일 수밖에 없겠다는 생각이 피어오르자, 리안은 홀린 듯 호수 를 가로질러 달려가 그 섬으로 돌진했다. 다행히 호수는 아주 얕 았으므로 물은 기껏해야 허벅지 정도까지밖에 올라오지 않았다.

그런데 리안이 섬 위로 올라가 신비로운 검은 구체에 손을 가 져다 댄 순간, 그 물체는 마치 바닥으로 추락한 섬세한 도자기 처럼 와장창 부서져 내렸다. 그리고 이와 동시에 리안은 심장이 찌릿거리는 듯한 강한 충격을 느끼며 그대로 숨조차 쉬지 못한 채 괴로워하며 쓰러졌다. 반짝이는 호수가 철썩, 하는 소리와 함께 그를 감싸 안았고 리안의 시야는 순식간에 뿌옇게 흐려져

갔다.

'이런 게… 죽어가는 느낌인가?'

영겁 같은 고요 끝에, 죽은 듯 숨을 멈춘 채 쓰러져 있던 리안의 머릿속에서 처음으로 스친 생각은 이랬다. 그리고 이어서 마치 꿈을 꾸고 있는 것처럼 현실인지 거짓인지 모를 몽롱한 환각이 피어올랐다. 먼저, 쓰러지기 전까지 리안의 눈앞에 있던 숲의 풍경이 다시금 뿌옇게 펼쳐졌다. 주위의 검은 나무들과 바닥에 하얀 자갈이 깔린 호수 그리고 호수 한복판에 있는 섬과 그 위의 그루터기…. 게다가 그 그루터기 위에 올려져 있는 고대 섀드어 문자가 새겨진 검은 구체까지. 모든 게 그대로였다. 리안 자신이 다시 의식을 되찾아 두 눈으로 직접 그 광경을 보고 있는 걸지 헷갈릴 정도였다.

하지만 다음 순간, 그 환상 속으로 이질적인 형상이 흘러들어왔다. 검은 옷을 입은 남자의 뒷모습이 유유히 호수를 건너 섬으로 다가가더니 그루터기 위에 놓인 검은 구 형태의 물체를 낚아챘다. 그리고 물체에서 뽑아낸 그림자의 힘을 응축해 이와 완전히 동일하게 생긴 복제본을 창조해 냈고, 그 후 얼마간 이에 시선을 고정한 채 서있었다. 리안에게는 남자의 얼굴이 보이지 않았으나 아마 어떤 주문을 달싹이며 마법을 걸고 있는 것처럼 보였다. 그렇게 완성한 복제본을 그루터기 위의 같은 자리에 감쪽같이 올려둔 후, 남자는 드디어 다시 호수를 건너기 위해 몸을 돌렸다. 그런데 마침내 드러난 그자의 얼굴은… 제론의 것이었다. 절대 잊을 수 없는, 리안이 몸이 바뀐 후 어쩔 수 없이 계속 감내하며 살아온 바로 그 얼굴.

리안은 오랜 악몽에서 깨어난 사람처럼 미친 듯이 헐떡거리며 일어났다. 정말로 잠시나마 숨이 멈췄던 건지, 의식을 되찾자마자 폐가 타들어 갈 듯한 극심한 고통이 함께 찾아와 한참이고 주위 공기를 빨아들여야 했다. 그럼에도 금방이라도 질식할 듯 산소가 너무 부족하게 느껴져서 리안은 일단 숲에서 나가기 위해 정신없이 자신이 들어온 방향을 되짚어가며 달려 나갔다.

리안이 결국 숲을 떠나는 입구를 찾아 바깥세상으로 나오는 데 성공했을 때, 마침 방문이 열리더니 세린이 안으로 들어왔다.

"알아낸 게 좀 있나 확인하려고 왔….."

하지만 세린이 말을 다 마치기도 전에, 아주 흥분한 상태였던 리안이 숨을 몰아쉬며 대뜸 외쳤다.

"방금 굉장히 이상한 일이 있었어요!"

그리고 세린이 뭐라 대답할 틈도 없이 자신이 방금 겪은 아주 불가사의한 일에 대해 설명을 쏟아내기 시작했다. 자신도 모르

게 어느새 그림자의 숲에 들어갔다는 이야기부터 시작해서, 안
개의 흐름을 거슬러 한 호수에 도착했으며 그 호수 가운데의 섬
에 있는 샤티아텐으로 추정되는 물체를 만지려다 쓰러졌다는
이야기까지.

"그 물체에 손을 댄 순간 갑자기 엄청난 고통을 느끼면서 쓰
러졌는데, 그렇게 의식을 잃었다고 생각한 순간 갑자기 눈앞에
이상한 환상 같은 게 나타났어요. 그리고 그 환상 속에는 내가
쓰러지기 전까지 보고 있던 광경과 완전히 같은 숲의 형상이 담
겨있었죠."

리안은 거의 숨을 쉴 틈도 없이 빠르게 말을 이어갔다.

"그 환상 속에서 누군가 호수를 건너 섬으로 오더니 그 검은
구를 가져가고 대신 똑같이 생긴 복제품을 만들어서 얹어두었
어요. 그자의 얼굴이 마지막에 얼핏 보였는데… 바로 제론이더
군요. 그러니까 지금, 내가 가지고 있는 이 얼굴이요."

리안은 내내 쓰고 다니던 트랜스포마스크를 살짝 벗어 제론
의 얼굴을 내비치며 말했다. 꽤 흥분한 상태였기에 말이 평소보
다 훨씬 두서없이 쏟아져 나왔으나, 세린은 그를 멈추지 않은
채 침착하게 끝까지 들어주었다.

"하나씩 짚어보죠. 그러니까 일단 이 초상화에서 마음을 끌어
당기는 강한 마법의 기운이 느껴진다는 거죠?"

잠시 생각을 정리한 후 세린이 다시 입을 열었다. 너무나 근원적인 부분에서 시작된 질문에 리안은 살짝 당황했으나, 그래도 얼른 정신을 부여잡으려 애쓰며 고개를 끄덕였다. 하지만 고개를 갸웃하는 걸 보니 어쩐지 세린은 초상화에서 풍기는 이 신비로운 이끌림을 느끼지 못하는 모양이었다. 리안은 일전에 그레이엄 교수와 로렌츠 교수가 그랬던 것처럼 세린 역시 이렇게나 강한 기운을 느끼지 못한다는 점이 도리어 의아했다.

리안의 어리둥절한 표정에 세린은 우선 '초상화에서 느껴지는 마법의 힘'이라는 첫 번째 단계는 건너뛰기로 마음먹었는지 어느새 다음 단계를 중얼거렸다.

"그리고… 초상화의 오른쪽 눈동자 부분에 검은 숲의 형상이 보였다고 했죠."

정말 그녀 자신의 말대로 모든 절차를 다 하나씩 짚어나가려는 듯 보였다. 세린은 가까이 다가가 초상화를 자세히 관찰하더니 천천히 고개를 끄덕였다.

"…정말이네요. 그런데 이 부분에 리안 군의 그림자가 드리워지자 갑자기 숲 안으로 쑥 빨려 들어갔다고요?"

세린이 시험 삼아 자기 자신의 손 그림자를 초상화의 오른쪽 눈동자 부근에 드리웠으나, 의아하게도 세린의 모습은 리안의 눈앞에서 사라지지 않았다.

"리안 군."

세린 역시 이상하다는 듯 눈썹을 찌푸리더니 리안의 이름을 부르며 그를 돌아보았다. 리안은 왠지 거짓말쟁이가 된 기분이 들었으나 실제로 그는 아무 이유 없이 숲 안으로 빨려 들어가는 이상한 일을 겪었으므로 달리 해명할 여지도 없었다.

다행히 세린은 딱히 추궁하려는 의도는 아니었는지 그저 부드러운 목소리로 이렇게 물을 뿐이었다.

"리안 군, 그림자의 숲으로 들어가는 일… 또 할 수 있을 것 같나요?"

좀 전에는 자신의 의지대로 그림자의 숲에 들어갔던 게 아니었기 때문에 리안은 '또 할 수 있냐'는 질문을 받자 약간 난감한 기분이 들었다. 그래서 어느 쪽으로도 대답하지 못한 채 망설이고 있자 세린이 깔끔하게 결론을 내주었다.

"이렇게 하죠. 리안 군이 그림자의 숲으로 다시 들어갈 수 있을지 지금 함께 검증해 봐요. 대신 나도 볼 수 있도록 내 눈 그림자를 리안 군에게 붙여둘게요. 방금 리안 군이 겪었다는 이상한 현상에 대한 해답을 찾으려면 나도 일단 그림자의 숲 안을 한번 봐야 할 것 같으니까요."

타당한 제안이었으므로 리안은 고개를 끄덕였다. 그러자 세린은 이전에 조직의 거점을 조사하러 갔을 때 사용했던 동일한 마법으로 정찰용 눈 그림자를 만들어 낸 후 리안의 이마 부근 그림자에 단단히 부착했다. 그리고 이번에는 자신의 입 부근 그림자도 조금 잘라내 특정한 마법을 건 후 리안의 귀 그림자 옆에 붙였다. 그림자의 숲 안에 들어간 후에도 리안과 소통할 수 있도록 하기 위한 조치인 듯했다. 마지막으로 리안이 어디로 이동하든 그 두 개의 그림자 조각이 떨어지지 않는다는 사실까지 확인하자 세린은 한 발 물러섰고, 이를 신호 삼아 리안은 초상화 앞으로 다시 가까이 다가갔다.

리안의 그림자가 초상화의 오른쪽 눈동자 부분에 드리워지자, 이번에도 블랙홀에 빨려 들어가는 듯한 어지러운 느낌이 찾아왔고 어느새 눈앞에 검은 나무들이 일렁이는 숲의 형상이 펼쳐졌다. 이번은 없었다. 그래도 두 번째 방문이었기에 리안은 더 빠르고 침착하게 길을 찾아낼 수 있었고, 작은 섬과 하얀 나무 그루터기를 품고 있는 호수에도 금방 도달했다.

리안이 지난 방문과 동일하게 호수를 가로질러 작은 섬에 막 도착한 순간, 귓가에 세린의 음성이 들려왔다. 거의 귓속말을 하는 것처럼 가까이서 들리는 느낌이었다.

"저기 그루터기 위에 도자기 조각처럼 보이는 것들이 리안 군이 만졌다는 검은 구 형상의 물체인 거죠? 이번에는 손은 대지 말고, 그림자 부림술을 사용해서 조심히 조각 몇 개를 눈앞으로 들어 올려줘요."

리안은 세린의 말대로 조심스럽게 검은 도자기 조각처럼 보이는 조각들을 몇 개 들어 올려 눈앞으로 가져왔다. 그리고 귓가에 전해지는 추가적인 지시에 따라 조각을 뒤집어 보거나, 눈앞에서 흔들어 보이거나 하며 세린에게 충분한 정보를 전달해 주었다.

"좋아요, 이제 나와서 이야기하죠."

이 말에 리안은 다시 조심히 조각을 내려놓은 후 왔던 길을 되짚어 숲 밖으로 나왔다. 리안이 다시 방에 나타나자 세린은 일단 조심히 자신의 눈과 입 그림자부터 수거했다. 그리고 흥미롭다는 듯 녹갈색 눈동자를 반짝이며 입을 열었다.

"리안 군이 만졌다는 그 검은 구체 말이죠…. 그건 아마 샤티아텐을 본떠 만든 복제품이 맞는 것 같아요. 그런데 악랄하게도 그 위에 죽음의 그림자막을 씌워두었더군요. 그곳에 닿는 모든 생명체를 해치려는 강한 의도를 담은 막인데, 샤티아텐의 환영을 보고 불나방처럼 달려드는 이들을 처단해 경쟁자를 없애려 했던 게 아닌가 싶어요."

세린의 분석에 리안은 깜짝 놀라 숨을 멈췄다.

"그러니까 그걸 맨손으로 만졌다면 리안 군이 지금까지 살아 있는 건 완벽한 기적이라고밖에 할 수 없어요. 이유가 무엇이든지 간에, 그림자의 숲이라는 공간이 리안 군에게 꽤 호의적이라는 것만은 확실하네요. 다른 사람들은 들어가는 방법을 찾기도 힘든 그 공간에 리안 군은 쉽게 발을 들여놨고, 리안 군이 저주에 당해 죽을 위기에 처했을 때도 그곳은 최선을 다해 리안 군의 생명을 붙잡아 놨으니까요."

세린의 이 말과 함께 리안의 머릿속에는 오만 생각이 한꺼번에 밀려들었다. 그림자의 숲이 왜 자신에게만 특별한 반응을 보이는가에 대한 궁금증부터, 신중하지 못하게 샤티아텐의 환영을 보고 놀라서 달려들었던 행동에 대한 반성까지.

그러다 문득 자신이 목숨을 잃을뻔한 순간에 본 환영에 대해서는 아직 설명되지 않았다는 사실이 떠올랐다.

"그런데 내가 아까 본, 그림자의 숲에 들어온 제론의 환영은 대체 무엇이었을까요? 죽음의 그림자막을 건드린 일과 관련이 있을까요?"

"그건 나도 잘 모르겠어요. 하지만 그 환영 속에서 제론은 그림자의 숲에 들어와 진짜 샤티아텐을 가져간 후 복제품을 올려뒀다고 했죠. 그렇다면 아마 그건 과거에 그림자의 숲 안에서 실제로 일어났던 일이 아닐까요? 리안 군이 아까 숲에 들어갔을 때 샤티아텐이 사라진 자리에 복제품이 올려져 있었던 건 사실이니까요. 그 숲이 간직하고 있던 과거의 기억이 모종의 이유로 리안 군에게 전해졌다거나… 그런 게 아닐까 싶어요."

'숲의 기억이 전해졌다'는 일이 어떻게 가능한지는 짐작조차 가지 않았으나, 그래도 세린의 이러한 추리 이상으로 타당한 해석은 찾을 수 없었으므로 리안은 일단 고개를 끄덕였다. 하지만 제론이 과거에 샤티아텐을 훔쳐간 장본인이라고 한다면 설명되지 않는 부분이 있었다.

"제론이 이미 예전에 샤티아텐을 훔쳤던 거라면, 케인이 엿들었다는 제론과 채 교수 사이의 대화는 뭐였을까요? 샤티아텐에 대해 이야기하면서 '유란섀드학교'나 '초상화'와 같은 말들을 언급했다고 했잖아요."

하지만 이번에는 세린이 대답하기도 전에 그럴듯한 가설이 생각났으므로 리안은 답을 기다리지도 않고 다시 이어서 입을 열었다.

"혹시… 제론이 샤티아텐을 잃어버린 걸까요?"

리안이 이런 추론에 도달한 이유는 채 교수 때문이었다. 지난 학기에 채 교수가 일부러 교수직을 맡아 유란섀드학교에 머문 이유가 단순히 리안을 감시하기 위한 목적뿐이었다기에는 무언가 부족했다. 리안을 감시하다가 때가 되면 납치하려는 의도뿐이었다면 그저 뉴욕에 있는 집 근처에서 그를 지켜보는 방법도 있었을 테니까. 하지만 그녀에게 유란 셴의 초상화에 접근해야 한다는 또 다른 이유가 있었다면 유란섀드학교의 교수 업무를 자처한 행동이 완벽하게 설명된다.

게다가 케인은 제론과 채 교수 사이에 오간 대화를 엿들은 시기를 '몇 달 전'이라고 이야기했다. 그러니 그 대화가 오간 때는 최근이 아니라 지난 학기, 채 교수가 유란섀드학교에 잠입해 있었을 때라고 보는 게 자연스럽다. 만약 제론의 손에서 샤티아텐이 사라졌고 그래서 채 교수가 유란섀드학교에서 리안의 감시 겸 샤티아텐에 대한 조사를 맡고 있었다고 가정한다면 그 당시 둘의 대화에서 샤티아텐과 초상화, 유란섀드학교라는 단어들이 함께 언급되었다는 점도 충분히 설명된다.

"그럴 가능성도 있겠죠."

세린이 조심스럽게 동의하더니 생각을 몇 마디 덧붙였다.

"제론은 매우 신중한 성격이니, 만약 샤티아텐을 잃어버렸다면 그건 어떤 실수로 인한 것이라기보다는 샤티아텐 그 자체의 성질 때문일 거예요. 샤티아텐은 고대의 신비하고도 끔찍한 마법의 힘을 담은 물질이니 그가 예상하지 못한 어떤 불가사의한 일이 일어났대도 이상하지는 않죠."

이 말에 리안은 홀로 곰곰이 생각에 잠겼다. 샤티아텐이 제론의 손에서 감쪽같이 사라져 버릴 만한 불가사의한 사건…. 이에 대해 곱씹던 중 한 가지 생각이 리안의 머리를 강하게 스치고 지나갔다.

"혹시 샤티아텐은 제론과 내가 몸이 바뀌던 날에 사라진 게
아닐까요?"

# 13.
## 정기 대결

샤티아텐이 제론과 리안의 몸을 바꿔놓은 의문의 사건과 연관이 있을지 모른다는 추측이 뿌리를 내리기 시작하자, 리안은 그림자의 숲으로 돌아가 샤티아텐에 대해 더 알아내야겠다는 생각을 떨칠 수 없었다. 하지만 세린이 죽음의 그림자막에 접촉했으니 그래도 일단 진료를 받아보는 게 좋겠다며 의사에게 데려갔고, 의사는 하룻밤 정도는 방에서 쉬며 상태를 지켜보자고 제안했기에 리안은 방으로 직행해야 했다.

리안은 의사의 권고대로 금요일 저녁에는 방에 머물며 간단한 마법 공부 위주로 시간을 보냈고, 대신 다음 날인 토요일 새벽부터 일찍 일어나 초상화가 있는 방으로 향했다. 엘리트 클럽의 정기 대결은 영국 시간으로 저녁 7시, 그러니까 이곳 시간으로는 오전 11시에 있을 예정이었기에 아침 일찍부터 부지런히 움직여야 했다.

이번에도 큰 무리 없이 유란 셴의 초상화를 통해 그림자의 숲에 들어온 리안은 먼저 호수부터 다시 찾아가 보았다. 그리고 어제 본 제론에 대한 기억처럼 또다시 숲에 보관돼 있는 과거의 기억, 되도록이면 샤티아텐과 관련된 기억을 확인할 수 있을지 시도해 보았으나 도무지 방법을 알아낼 수가 없었다. 호수 가운데 있는 섬에서 눈을 감은 채 막연히 무언가를 느끼려 하거나, 어제처럼 호수 안에 몸을 담근 채 물속의 정적에 집중해 보기도 했으나 모두 아무런 성과 없이 끝났다. 혹시 어제처럼 목숨을 잃을뻔하는 경험이 전제 조건일까 하는 생각도 얼핏 들었으나 리안은 위험한 도박을 즐기는 성향은 아니었으므로 그 가설은 검증해 보지 않기로 했다.

대신, 리안은 호숫가에서 단서를 얻겠다는 결심을 살짝 내려놓고 숲의 나머지 공간을 한번 돌아보기로 했다. 얼핏 보기에 이 검은 숲은 경계 없이 끝없이 확장되는 듯 보였지만, 막상 돌아보니 보이지 않는 경계가 공간을 구획하고 있다는 사실을 금방 알 수 있었다. 이 숲의 모든 공간에는 호수에서부터 시작되는 신비로운 안개가 은은하게 깔려있었는데, 호수로부터 어느 정도 멀어지고 나자 그 안개가 마치 벽에 부딪힌 것처럼 뭉쳐서 쌓여있는 지점이 눈에 들어왔다. 그리고 그런 곳에 가까이 손을 내밀어 보면 어김없이 알 수 없는 에너지에 의해 손이 쑥 뒤로 밀려났다.

리안이 그렇게 숲의 경계를 탐사하며 돌아다닌 후 낸 결론은, 이 숲이 전체적으로 동그란 형태를 띠고 있으며 그 가운데에 샤티아텐을 품고 있던 호수가 있다는 것이었다. 그리고 호수 외 나머지 공간에는 수묵화 같은 먹빛 나무들이 검은 바닥 위로 규칙적으로 펼쳐져 있을 뿐 이렇다 할 특이점은 없었다. 그래서 리안은 마지막으로 다시 호수를 살펴보기 위해 발걸음을 돌렸다.

그런데 호수 근처에 근접했을 때, 이제까지 보지 못했던 나무 한 그루가 눈에 띄었다. 이제까지는 늘 숲의 출입문이 있는 쪽에서 바로 호수로 걸어왔다면 이번에는 그 정반대 방향에서 걸어왔기 때문에 숲의 새로운 면을 볼 수 있었다. 그리고 모두 동일하게 생긴 새카만 나무들 사이에서 리안이 그 나무를 '이제까지 보지 못했다'고 식별할 수 있었던 이유는, 그 나무에만 글씨가 새겨져 있었기 때문이었다. 아주 작은 글씨로 나무 밑동에 적혀있어서 리안은 한참 허리를 숙여서야 그 내용을 확인할 수 있었다.

진정한 그림자의 힘은 영혼 안에 있다.


글씨는 고대 섀드어로 적혀있었지만, 다행히 리안은 지난 학기에 제론의 비밀 레시피를 해독하기 위해 공부했던 고대 섀드어 문법과 단어들을 기억하고 있었기에 어느 정도 뜻을 유추해 낼 수 있었다.

"진정한 그림자의 힘? 영혼?"

하지만 문장을 읽어냈다고 해서 뜻까지 완전히 이해할 수 있는 건 아니었으므로, 리안은 그 의문스러운 문장의 의미를 스스로에게 되물으며 고개를 갸웃했다.

'…혹시?'

문득 생각난 부분이 있어, 리안은 다시 호수 앞으로 달려가 투명한 물 위로 얼굴을 내밀어 보았다. 역시 이번에도 호수에 비친 모습은 제론이 아닌 리안 자신의 본연의 모습이었다.

'이 공간은 내가 진짜 누구인지를 알아보는 걸까?'

그림자의 숲이 자신에게 유독 호의적인 이유가 제론이 가진 강력한 그림자의 힘 덕분이 아니라, 자신의 영혼 속에 간직된 어떤 특별함 때문일 가능성도 있을지 고민하며 리안은 호수에 비친 얼굴을 물끄러미 바라보았다. 하지만 그렇게 자기 자신의 얼굴만 들여다본다 해서 해답을 구할 수 있는 건 아니었고, 이

제 곧 엘리트 클럽으로 향해야 할 시간이었으므로 리안은 아쉬움을 뒤로하고 호수에서 멀어져 갔다.

새벽같이 일어나 움직였음에도 그림자의 숲에서 시간을 너무 많이 쓴 탓에 리안은 급하게 엘리트 클럽의 저택으로 이동할 준비를 마쳐야 했다. 리안은 식사로 빵과 바나나를 대충 입안에 욱여넣고 서둘러 콜린으로 위장할 때 사용하는 트랜스포마스크를 착용한 뒤 기지를 떠났다. 그때가 오전 10시 반, 영국 시간으로는 저녁 6시 반이었다.

엘리트 클럽의 본거지인 솔즈베리 부근의 저택은 평소에도 늘 고요하고 차가운 분위기였지만, 그날따라 공기가 유독 더 싸늘하게 가라앉아 있었다. 어둑한 잿빛 하늘에서 비가 추적추적 내리고 있어서인지, 아니면 정기 대결에 임하는 학생들의 결연한 마음가짐 때문인지.

리안 역시 숙연한 긴장감이 깔린 응접실에 조용히 자리를 잡았고, 7시 정각에 맞춰 제인이 등장하자 대결은 지체 없이 바로 시작되었다.

먼저 제인은 오른발로 바닥을 두드리며 주문을 외워 일전에 리안이 토마와 대결할 때 보았던 것과 같은 그림자 경기장을 펼쳐냈다. 그리고 단조로운 목소리로 대결 방식을 한 번 설명해 주었다. 대결은 토너먼트 형식으로 가장 낮은 순위에서부터 위로 점점 올라가는 식으로 진행될 예정이었다. 현재 10등인 리안은 9등부터 1등까지 차례대로 모두를 이겨야만 최종 승자가 될 수 있으며, 자신보다 아래 등수에게 패한 멤버는 순위가 한 계단 하락하게 된다는 의미였다.

리안이 가장 처음 맞붙을 상대는 9위인 빌이었다. 하위권 학생들 몇몇과 어울릴 때 빌과도 몇 번 대화를 나눈 적이 있었지만, 빌은 전반적으로 과묵한 편이었으므로 리안은 아직도 그를 잘 안다고 자신할 수 없었다. 그래서 리안은 과연 빌이 대결에서 어떤 움직임을 보일지 궁금해하며 천천히 경기장 위로 올라왔다. 토마와의 대결 때처럼 검은 경기장 위로 올라오자 즉시 그림자가 하얀색으로 변했고 규칙 역시 동일했다. 상대를 그림자 정지 상태로 만들거나 기권을 받아내는 쪽이 승리한다는 규칙을 의례적으로 읊어준 후, 제인은 경기를 시작하라는 신호를 보냈다.

빌은 곧바로 자신의 그림자 위로 손바닥을 올리며 마법 주문을 중얼거리기 시작했다. 그러자 그가 입고 있던 스웨터의 그림자에서 실오라기가 하나씩 빠져나오더니 날카로운 부리를 가진 그림자 새들로 변했다. 그림자 변형 마법이었다. 리안이 빌의 움직임을 신중하게 관찰하는 사이, 빌은 한 단계 더 나아가 그림자 새의 깃털을 한 올 한 올 변형해 기다란 그림자 바늘로 둔 갑시켰다. 그림자 위로 손을 이리저리 움직이며 변형마법을 섬세하게 구현해 내는 빌의 모습은 마치 오케스트라를 지휘하는 지휘자처럼 보이기도 했다.

물론 리안 역시 빌의 움직임에 그림자 변형 마법으로 맞대응할 수도 있었으나, 리안의 목적은 단순한 승리를 넘어 제인에게 눈도장을 찍는 것이었기에 최대한 그림자 화학 방면의 지식을 뽐내는 방향으로 이겨야 했다. 그래서 리안은 일단 그림자 흐름 제어술로 자신을 향해 빠르게 달려드는 그림자 새와 바늘의 속도를 늦춘 후, 미리 준비해 온 마법물질을 찾아 주머니 안을 더듬었다. 정기 대결에서는 자신이 직접 제조했다는 전제하에 마법약이나 마법가루를 미리 준비하는 것도 허용되어 있었으므로 리안의 주머니에는 이미 다양한 물질이 가득했다.

그림자 변형 마법으로 창조한 그림자 피조물들은 본체에서 드리워진 실제 그림자와는 성질 자체가 다르기 때문에 사실 요령만 안다면 그림자 화학 지식만으로도 금방 소멸시킬 수 있었다. 리안은 주머니에서 작은 그림자 알갱이 한 묶음을 꺼낸 후, 그림자 부림술로 이를 한 알 한 알 정교하게 움직여 빌의 그림자 변형물들 사이사이에 배치했다. 그 알갱이들은 실바니아광과 적린, 제올라이트 등 다양한 물질에서 추출한 그림자 조각들로 만든 것이었는데, 잘 배합할 경우 작은 충돌만으로도 폭발을 일으키는 성질을 가지고 있었다.

리안은 빌이 창조한 그림자 새와 바늘 사이에 알갱이를 적절히 잘 밀어 넣은 후 알갱이끼리 부딪히도록 했고, 그러자 여기저기에서 작은 폭발이 일어나며 빌의 그림자 피조물들이 모두 시원하게 터져버렸다. 그림자 변형 마법으로 창조한 피조물은 본질적으로 물체가 가진 본연의 그림자보다 훨씬 연약하기 때문에 이런 식으로 조금만 자극을 줘도 갈기갈기 찢어져 소멸돼버린다. 물론 리안도 대결을 대비해 진행한 일주일간의 벼락치기 공부를 통해 알게 된 원리였다.

이렇게 해서 빌의 그림자 변형 마법을 수월하게 무력화한 리안은 금방 그의 그림자에 정지마법을 걸어 경기를 끝냈다. 제인은 간단명료하게 리안의 승리를 발표했고, 짧은 휴식 시간 이후에 다시 순위전이 재개되었다.

지난 일주일간의 노력 덕분에 리안은 대결에서 사용하기 좋은 그림자 화학 지식을 많이 갖추게 되었고, 꼭 그게 아니더라도 제론의 강력한 그림자에 섀드가더 기지에서의 수련이 더해졌으니 지금의 리안에게 8위부터 2위까지를 순서대로 격파하는 일은 어려울 리 없었다. 사실 리안의 입장에서 가장 어려운 부분은, 압도적인 그림자의 힘으로 단번에 이기는 상황을 최대한 피하며 그림자 화학 분야의 지식을 다양하게 뽐내야 한다는 점

뿐이었다.

결국 리안은 계획대로 보란 듯이 실력을 드러내며 2위까지 모두 이기는 데 성공했고, 그가 한 명씩 제치고 올라갈 때마다 학생들의 표정에는 놀라움과 기대, 두려움 등의 복합적인 감정이 교차해 지나쳤다. 리안에게 지면서 상위권으로 올라가겠다는 꿈이 한층 멀어지자 헤이즐은 배신감 비슷한 감정마저 내비쳤다. 엘리트 클럽의 자리를 놓고 토마와 대결했을 때 이후로는 실력을 확인할 기회가 없었기에 다들 막연히 리안의 잠재력을 과소평가했던 모양이었다. 늘 평정심을 유지하는 제인마저도 이따금씩 눈썹을 치켜올리며 리안의 움직임에 주목하고 있는 게 느껴졌다.

하지만 1위인 저스틴과의 대결을 눈앞에 두자 리안 역시 긴장할 수밖에 없었다. 저스틴 또한 제인이 그림자 화학 분야의 실력자를 찾고 있다는 사실을 알고 있기에 이와 관련한 지식을 뽐내려 할 게 분명했다. 아무래도 그림자 화학 분야에 있어서는 저스틴이 공부를 더 오래 해왔기에 지식 대결로는 이길 수 있을지 미지수였고, 그렇다고 다른 그림자 마법으로 상대하면 제인의 환심을 사기에 불리할 수 있었다.

저스틴은 늘 그렇듯 무심한 표정으로 주머니에 손을 찔러 넣은 채 천천히 경기장에 발을 올렸고, 리안은 조용히 저스틴을 관찰하며 그 뒤를 따랐다. 그렇게 리안은 저스틴에게, 저스틴은 경기장 바닥에 시선을 고정하는 사이 어느새 제인이 경기의 시작을 알렸다. 그러자 저스틴은 리안 쪽을 흘깃 보더니, 주머니에 넣고 있던 손을 빼 손안의 무언가를 망설임 없이 자신의 그림자 위로 던졌다. 손에 들려있던 것은 새카만 석탄처럼 보이는 덩어리였는데 그의 그림자 위에서 펑– 하고 터지더니 짙은 가루의 구름을 내뿜으며 응접실 전체를 뒤덮었다. 그리고 시야를 방해하던 가루의 안개가 잦아들자 이미 저스틴의 모습은 온데간데없었다.

저스틴이 자기 자신을 그림자화해 본체를 숨겼다는 사실까지는 리안도 쉽게 알아낼 수 있었지만, 그의 그림자마저 눈에 보이지 않는 지금의 상황에는 당황할 수밖에 없었다. 본체가 그림자 안에 스며들어 있는 그림자화 상태의 섀드라면 마법의 원칙에 따라 그림자마저 숨겨버릴 수는 없다. 그리고 대결 중에 그림자 경기장 밖으로 나가는 건 금지돼 있으니 경기장을 이탈했을 리도 만무하다. 아까 저스틴이 사용한 석탄 같은 덩어리에 해답이 있을 텐데⋯ 리안은 그게 무엇인지 짐작조차 할 수 없었다.

리안이 예상치 못한 상황에 당황하며 생각만 거듭하는 사이, 갑자기 리안 주위로 무언가가 획 하고 지나가는 느낌이 나더니 그의 뺨에 얕은 상처가 생겼다. 그리고 살짝 배어 나온 핏방울을 닦는 사이 이번에는 왼쪽 다리에서 통증이 느껴졌다. 눈에 보이지 않는 저스틴의 그림자가 요리조리 돌아다니며 그를 공격하고 있는 게 분명했다.

저스틴의 그림자가 어떤 연유로 보이지 않게 되었는지는 알 수 없지만, 그래도 그가 그림자 상태로 공격을 진행하고 있다는 사실만큼은 확실했으므로 리안은 일단 공격을 막기 위해 주머니에서 마법약을 꺼내 주위에 흩뿌렸다. 검은색과 회색이 뒤섞인 탁한 색감의 마법약은 공기와 섞이자 서서히 굳어지더니 리안의 그림자 주위에 검은 막을 형성하며 달라붙었다. '섀도우 베일Shadow Veil'이라 불리는 이 물질은 대상 주변의 빛을 물러 그림자 공격이 침투하지 못하도록 보호해 주는 방어물질로, 제작 난이도가 아주 높기에 제인에게 지식을 뽐내려 일부러 만들어 온 것 중 하나였다.

그리고 섀도우 베일을 깨고 그림자를 공격하는 일은 웬만한 힘과 경험이 아니면 불가능한 초고난이도 마법이기에 다행히 저스틴은 이를 뚫지 못하는 듯했다. 하지만 그렇다 해도 이는 임시방편일 뿐이었다. 리안은 아직 저스틴의 위치를 파악하지 못했으므로 공격을 할 수가 없었고, 방어를 아무리 잘한다 해도 공격으로 상대를 위협하지 않으면 대결에서 이길 수 없었다. 게

다가 섀도우 베일은 지속 시간이 한 번에 5분밖에 되지 않았기에 그전까지는 저스틴의 술책을 알아내야 했다.

리안은 빠르게 머리를 굴리며 그림자 경기장의 검은 바닥을 물끄러미 응시했다. 여전히 그 위 어딘가에 있을 저스틴의 그림자는 보이지 않았지만, 문득 그 검은 색채를 눈에 담으니 떠오르는 게 있었다.

'…그림자 하키!'

그림자 하키 경기에서 선수들은 자신의 팀을 나타내기 위해 동그란 가루 덩어리를 그림자 위로 던지는데, 그렇게 하면 그림자의 색이 변한다. 선수들의 그림자가 서로 다른 색으로 변하던 광경을 떠올리자 리안은 비로소 저스틴의 마법에 대한 힌트를 얻을 수 있었다. 제인이 만들어 내는 그림자 경기장은 경기장 바닥과 그림자를 구분하기 위해 그 위에 올라선 모든 그림자를 하얀색으로 반전시킨다. 만약 이때 그림자를 억지로 다시 검은색으로 칠해 경기장의 검은 바닥과 동화시킨다면? 상대방은 절대 그림자의 위치를 알 수 없을 것이다. 크게 힘을 빼지 않고도 상대를 효과적으로 제압할 수 있는 방법인 데다, 직접 새로운 마법가루를 개발해 사용해야 하기에 제인의 눈길을 끌기에도 적합한 계획이었다.

저스틴의 똑똑한 전략에 감탄하면서, 리안은 자신이 어떻게 대응해야 할지 곰곰이 생각해 보았다. 저스틴이 사용한 마법은 이 그림자 경기장의 특성 위에서만 가치를 발휘하는 마법이다. 그림자는 원래 검은색이고 이 경기장 위에서만 일시적으로 하얗게 보일 뿐이니까. 그러니 그를 숨겨주고 있는 이 검은 바닥만 없어진다면 저스틴의 그림자를 찾기는 어렵지 않을 것이다.

리안은 응접실의 절반 정도 되는 넓은 공간을 차지하고 있는 경기장을 둘러보았다. 물론 그는 제인이 그림자 경기장을 만들어 내는 데 어떤 마법을 사용하는지 알지 못했지만, 그래도 이 역시 본질은 그림자라는 점에서 어느 정도 마법의 규칙을 대입해 볼 수 있을 듯했다. 이 경기장은 제인이 자신의 그림자를 이용해 만든 공간이라 여전히 제인의 그림자와 연결돼 있었다. 이 상황에서 제인의 그림자와 경기장 사이의 연결을 끊으면 어떻게 될까? 그림자 변형 마법으로 만들어진 존재들처럼, '진짜 그림자'에서 더 이상 힘을 받지 못하게 되니 아마 외부 공격에 조금 더 취약해질 것이다.

머릿속으로 자신이 해야 할 일을 차근히 정리한 리안은 그림자 부림술로 섀도우 나이프를 움직여 제인의 발끝과 그림자 경기장 사이의 연결부를 단숨에 잘라냈다. 그리고 경기장 바로 위에서 빛이 쏟아질 수 있도록 각도를 잘 설계해 '라이트 캡슐Light Capsule'을 몇 개 터뜨렸다. 그림자 마법에 가장 쉽게 대적할 수 있는 조건은 완벽한 어둠 혹은 그림자를 날려버릴 만큼 강한 불빛이기에 라이트 캡슐은 원래 작은 그림자 공격에 대응하기 위해 사용하는 마법용품이었다. 물론 그림자 경기장은 라이트 캡슐만으로 완전히 소멸시키기에는 너무 거대했지만, 그래도 일시적으로나마 그림자의 채도를 낮추는 정도의 효과는 낼 수 있었다.

라이트 캡슐이 터지며 빛을 쏟아내자 원천과의 연결이 끊긴 경기장은 잠시나마 바닥의 색이 옅어졌고, 한편 여전히 본체에서 힘을 공급받고 있는 저스틴의 그림자는 영향을 훨씬 덜 받았다. 이렇게 그림자 경기장과 저스틴의 그림자 사이에 뚜렷한 채도 차이가 생긴 찰나가 바로 리안이 노리던 순간이었다.

그림자 속에 숨은 저스틴의 위치를 식별할 수 있게 되자마자 리안은 기회를 놓치지 않고 몸을 날렸다. 직접 발로 뛰는 것보다 그림자화한 몸으로 미끄러지듯 이동하는 편이 훨씬 빠르기 때문에, 리안은 순식간에 그림자화 마법을 구현해 그림자 상태로 변신한 후 저스틴의 코앞까지 매끄럽게 질주했다. 그리고 또다시 순식간에 본체화 마법으로 본래의 몸을 드러내고는 누구보다 빠른 속도로 저스틴의 그림자를 밟고 그림자 정지 마법을 걸었다. 이 모든 과정이 단 몇 초만에 일어났기에 저스틴은 상황을 파악하고 몸을 피할 틈조차 없었다.

"…콜린, 승!"

약간 놀란 듯한 목소리로 제인이 리안의 승리를 선언했다. 그 뒷배경에 깔린 학생들의 경탄 어린 박수 소리를 들으며 리안은 홀가분한 마음으로 서서히 사라지기 시작한 그림자 경기장을 바라보았다.

# 14.
## 두 번째 숲

    정기 대결이 끝난 후, 리안을 대하는 엘리트 클럽 구성원들의 태도는 완전히 뒤바뀌었다. 리안이 10위이던 시절 그를 대놓고 무시하던 상위권 학생들은 이제 그에게 한 마디라도 걸어보고 싶어 안달이 났고, 오히려 함께 종종 어울리던 하위권 학생들은 깊은 신분 격차를 느끼는 것처럼 그와 거리를 두었다. 늘 일관성 있게 도도한 태도를 유지하던 저스틴도 이제는 리안을 경쟁자로 의식해서인지 마주칠 때마다 처음 보는 경계심 어린 눈빛을 보였다.

    하지만 아무래도 가장 달라진 건 제인의 태도였다. 10위이던 시절에는 리안을 거의 신경도 쓰지 않았는데, 이제는 그의 재능을 낱낱이 파헤치려는 듯 은근슬쩍 그에게 크고 작은 테스트를 던져주었다. 요즈음 공부 중인 내용에 대해 오후 내내 심문 아닌 심문을 하기도 했고, 갑자기 그를 그림자 화학 분야의 전문가에게 보내 하루 동안 일을 돕게 하기도 했다. 물론 그럴수록 제인이 리안을 중요한 인재로 고려한다는 뜻이었으므로 오히려 리안에게는 잘된 일이었다. 이렇게 계속해서 제인의 앞에서 두각을 드러내다 보면 저스틴 대신 리안이 조직의 연구소로 추천될 가능성도 점점 높아질 것이었다.

엘리트 클럽에서의 일이 순조롭게 풀려가고 있었으므로, 돌아온 화요일에 리안은 잠시 유란새드학교로 향했다. 어차피 오늘은 제인이 리안을 부르지 않았기 때문에 시간적인 여유가 있었다. 하지만 그렇다고 해서 그저 수업이나 들으려고 학교에 온 건 아니었고, 오랜만에 유란새드학교의 전설과 비밀 동아리에 참여하는 게 리안의 진짜 목표였다. 그리고 일부러 시간을 내 동아리 모임에 찾아온 이유는 그림자의 숲에 대해 알아보기 위해서였다. 이제까지도 틈틈이 관련 서적을 찾아보긴 했지만, 유란셴과 관련해서는 케이틀린이 오히려 책보다 더 유용한 정보를 줄 때가 많았기에 리안은 이쪽에 조금 더 기대를 걸고 있었다.

"오, 에론이 여기에 오다니. 어쩐 일이에요?"

케이틀린은 꽤 놀란 눈치였다. 지난 학기에 리안이 동아리에 들어온 이유는 정규반 학생과 교류하고 브룩스 교수에 대해 알아내기 위함이었기에, 그 두 이유가 모두 사라진 이후 리안은 모임에 거의 나오지 않고 있었다.

"이제 정규반에 적응해서 다시 동아리에 나올 생각이 든 건가? 어쨌든 환영해요."

그래도 케이틀린은 단순하고 긍정적인 성격답게 별다른 추궁 없이 리안을 금방 환영해 주었다.

"사실 에론은 애초부터 마법 실력이 뛰어나서 적응이라고 할 만한 것도 없었지만."

리안을 제외하면 단둘뿐인 동아리에서 부회장을 맡고 있는 티모시가 이렇게 덧붙였다. 리안은 이게 나름대로 티모시 방식의 칭찬이라는 걸 알고 있었기에 미소를 지어 보였다.

"겉으로만 그렇게 보일 뿐이에요. 집에서 따로 나머지 공부를 열심히 하거든요. 바쁘다고 하면서 이제까지 동아리에 잘 안 나와서 미안해요. 정규반은 확실히 따라가기 벅차더라고요."

리안은 겸손하게 대답하면서도 은근슬쩍 계속해서 동아리 모임을 빠질만한 구실을 잘 던져두었다.

그래도 리안이 합류해 분위기가 평소보다 조금 더 떠들썩해지니 기분이 좋은지, 케이틀린은 쾌활한 목소리로 모임의 시작을 알렸다.

"그러면 이번에는 에론이 이야기하고 싶은 주제로 이야기해 볼까요? 유란새드학교나 유란 셴과 관련해서 에론이 요즘 가장 관심 있는 건 뭐예요?"

케이틀린이 친절하게 멍석을 깔아주었기에, 리안은 살짝 머뭇거리는 척하며 미리 생각해 온 화제를 꺼내 들었다.

"음… 유란 셴에게도 자신만의 비밀 장소가 있었는지 궁금하던 참이에요. 유란 셴이 가끔 혼자 몰래 사라질 때가 있었다는 기록을 본 적이 있는데, 그러면 대체 어디에서 뭘 한 걸까 하고요."

"그런 기록이 있어요? 처음 듣는 거 같긴 한데…."

케이틀린과 티모시는 둘 다 고개를 갸웃거렸다. 사실 유란 셴이 혼자 어디론가 사라지곤 했다는 기록을 봤다는 건 리안이 지어낸 말이었으므로 당연히 의아해할 만도 했다. 리안은 그저, 유란 셴이 아스카일의 후손으로서 그림자의 숲을 지키고 있었다면 이따금 몰래 그곳에 들어가지 않았을까 싶어 관련된 이야기를 유도하기 위해 화두를 던진 것이었다.

"아, 어디에선가 지나가다 읽은 거라 기억이 좀 가물가물해서…."

리안은 일단 대충 무마하며 다시 머리를 굴리기 시작했다. 아무래도 케이틀린과 티모시의 얼굴에 떠오른 금시초문이라는 표정을 보니 접근 방향을 다시 고민해 보는 게 좋을 듯했다. 하지만 리안이 미처 다른 질문을 골라내기도 전에 갑자기 케이틀린이 입을 열었다.

"아, 혹시 그건가? 예전에 유란 셴과의 인터뷰 내용을 실은 오래된 잡지 글을 본 적이 있어요. 아마 섀드역사가로서의 업적과 관련한 인터뷰였을 텐데, 그 내용 중에 유란 셴의 수련 방법에 대한 이야기도 짧게 들어가 있었거든요? 그런데 그때 유란 셴이 자신만의 특별한 장소에서 집중한다… 이런 식으로 대답했던 것 같은데?"

"혹시 어떤 잡지의 글이었나요?"

'수련을 위한 장소'라는 표현은 그림자의 숲과는 그리 관련이 없어 보였지만 그래도 일단 리안은 밑져야 본전이라는 생각으로 정보를 물었다.

"흐음, 글쎄요…. 유란 셴 시대니까 이미 예전에 발간을 멈춘 잡지사일 텐데…. 대체 그 내용을 어디서 봤는지 모르겠네요."

케이틀린의 대답은 실망스러웠으나 고맙게도 티모시가 대뜸 참견을 하고 나섰다.

"케이틀린, 네 삼촌 통해서 본 거 아니야 혹시? 삼촌이 섀드역사학 연구자시잖아."

이 말이 그녀의 머릿속 스위치를 건드렸는지 케이틀린이 작은 탄성을 질렀다.

"아, 맞다! 삼촌이 발간하는 잡지에서 읽었던 거네요. 우리 삼촌은 특히 유란 셴에 대한 연구를 많이 해서 내가 아는 정보는 대부분 삼촌을 통한 거예요. 삼촌이 개인적으로 운영하는 《유란 셴의 모든 것》이라는 잡지에 그 예전 인터뷰를 다시 가져와서 실었던 적이 있었어요."

모임이 끝난 후, 로스앤젤레스의 기지로 돌아온 리안은 케이틀린이 언급한 《유란 셴의 모든 것》이라는 잡지를 읽어보기 시작했다. 동아리 모임 시간을 이용해 리안은 이런저런 다른 질문도 많이 던졌으나 애석하게도 그날 모임에서 얻어낸 최대 수확은 유란 셴에 대해 자세히 다룬다는 그 잡지의 존재뿐이었다. 그리고 그 잡지는 개인이 비정기적으로 발행하는 매체인 데다 인기도 아주 저조한지, 없는 매체가 없다는 유란섀드학교의 도서관에서도 찾아볼 수 없어서 세린에게 따로 부탁해야 했다. 그래도 세린의 빠른 조치 덕분에 리안은 거의 한 시간도 지나지 않아 《유란 셴의 모든 것》의 과거 간행본이 모두 들어있는 섀블릿을 전해 받을 수 있었다.

케이틀린의 말에 따르면 그녀의 삼촌은 연구 경력이 꽤 오래되었다고 했지만, 이제까지 잡지에 실린 글은 그렇게 많지는 않았다. 개인적으로 운영하는 매체라 발행 주기가 들쭉날쭉한 듯했다. 이런저런 주제를 담은 글들을 빠르게 훑으며 페이지를 넘기다 보니 리안은 케이틀린이 언급한 인터뷰를 금방 발견할 수 있었다.

## ― 유란 셴과의 대담

이번 호에서는 유란 셴의 '테리락상' 수상을 기념하며 진행된《그림자의 역사》지와의 인터뷰 내용을 공유하려 한다.《그림자의 역사》는 유란 셴의 시대에 유명세를 떨쳤던 섀드역사학 분야의 잡지로, 오늘날에는 과거 발행본이 대부분 사라졌으나 필자는 오랜 조사 끝에 그 일부를 손에 넣을 수 있었다. 독자분들을 위해 인터뷰 내용 전문을 아래에 싣는다.

**메리 클라크** 안녕하세요, 셴 박사님. 저는《그림자의 역사》지를 대표해 이번 인터뷰를 맡은 메리 클라크입니다. 이번 테리락상 수상을 축하드려요. 테리락상은 섀드역사학 연구자들에게는 꿈의 상이라고 불리는, 역사학 분야에서 현시대 가장 권위 있는 상이라 해도 과언이 아닌데요, 소감이 어떠신가요?

**유란 셴** 안녕하세요. 축하해 주셔서 감사합니다. 저 역시 테리락상 수상이 연구 생활의 중요한 목표 중 하나였는데, 생각보다 빠르게 목표를 이루게 되어 얼떨떨할 따름입니다. 저의 연구를 늘 든든히 받쳐준 동료 연구진에게 감사 인사를 전하고 싶습니다.

**메리 클라크** 네, 유란 셴 박사님의 이번 테리락상 수상에는 특히 인간과 섀드의 역사 사이에 존재하는 교집합에 대한 치밀한 분석을 담은 지난 연구 논문이 주효했던 것으로 보이는데요….

케이틀린의 삼촌은 서론에서 예고한 대로 정말 인터뷰 전문을 그대로 다 실어두었기에 분량이 상당했다. 그래서 리안은 유란 셴의 연구 내용에 대해 길게 이어지는 담화는 빠르게 넘기고, 케이틀린이 언급했던 유란 셴의 수련 방법에 대한 대화부터 찾아보았다. 이는 어느 정도 분위기가 풀어진 후인 인터뷰 후반부에 가서야 등장했다.

**메리 클라크** 셴 박사님. 이번에는 조금 개인적인 이야기로 들어가 볼까 합니다. 우리 섀드의 연구 분야는 보통 섀드역사학이나 섀드재료학, 고대 섀드학 등 이론적인 공부에 집중하는 소위 '정적 연구'와 그림자 방어술, 그림자 부림술 등 마법의 구현에 집중하는 '동적 연구'로 나뉘잖아요? 그래서 정적 연구에 집중하는 연구자들은 마법을 구현하는 측면에서는 상대적으로 경험이 부족하다거나, 이런 식으로 보통은 한쪽에 치중한 경력을 쌓게 되는데, 셴 박사님은 이론과 실전 양측에서 모두 높은 평가를 받고 있죠. 대체 이론적인 연구와 마법의 구현 두 분야에서 모두 활약할 수 있는 셴 박사님만의 비결은 뭔가요?

**유란 셴** 글쎄요. 비결이라고 한다면, 혼자만의 공간에서 수련을 열심히 한다는 정도일까요? 누구나 특히 편하게 느껴지는 장소가 따로 있을 텐데, 그런 곳을 찾아서 조용히 내면의 힘에 집중하다 보면 며칠 전까지만 해도 어려웠던 마법이 갑자기 편하게 느껴지는 그런 도약의 순간이 찾아올 겁니다.

**메리 클라크** 그렇다면 셴 박사님이 편안하게 느끼는 장소가 어떤 곳인지 여쭤보지 않을 수가 없네요. 혼자만의 공간이라고 했으니 명확하게 짚어서 말씀하실 필요는 없지만 대략 어떤 느낌의 장소일지 설명해 주실 수 있을까요?

**유란 셴** 음, 제가 혼자 수련하기 위해 찾는 장소는 인적이 드문 숲이에요. 숲 한가운데에 작은 호수가 펼쳐져 있고, 물은 바닥에 있는 하얀 자갈이 다 훤히 들여다보일 정도로 투명하죠. 그 호수에 비친 얼굴을 보고 있자면 마치 제 영혼이 그대로 비치는 느낌마저 들어요. 저는 그곳에 가면 자신에게 그림자화 마법을 걸어서 그림자 상태로 호수 안에 들어가곤 합니다. 그림자가 된 상태로 물속에서 바깥세상을 바라보면 이전에는 보이지 않던 게 보일 때도 있거든요.

**메리 클라크** 어머, 셴 박사님에게도 이런 낭만적인 측면이 있는지 몰랐네요. 섀드역사학 연구자라고 해서 딱딱한 느낌으로만 생각했는데 제 편견이었어요. (웃음) 이번 인터뷰를 통해 저희 독자분들도 박사님의 매력에 푹 빠질 것 같은데요?

하지만 집중해서 유란 셴의 답변을 읽고 있던 리안은 인터뷰어인 메리 클라크가 유란 셴의 답변을 오해하고 있다는 걸 알 수 있었다. '영혼이 그대로 비치는 호수'라는 묘사는 낭만적인 감상이라기보다, 사실 그대로를 최대한 돌려서 이야기하기 위해 유란 셴이 택한 표현이라는 느낌이 들었다. 리안은 말 그대로 영혼을 그대로 보여주는 호수를 한 곳 알고 있었기 때문이었다. 게다가 숲 한가운데에 있는 작은 호수 그리고 하얀 자갈이 훤히 비칠 정도로 투명한 물이라는 묘사는 모두 그림자의 숲에 있는 호수와 정확히 일치한다.

유란 셴이 '수련을 위해 찾는 장소'라고 설명한 곳이 곧 그림자의 숲이라는 확신에 가까운 추측이 들자 리안의 심장이 마구 뛰기 시작했다. 유란 셴은 대체 그림자의 숲 안에서 어떤 종류의 수련을 했던 걸까? 이를 알아볼 방법은 딱 하나뿐이었다. 이제 곧 자야 할 시간이었으나 이미 잠이 다 달아나 버린 리안은 얼른 초상화가 보관된 방으로 달려갔다.

그림자의 숲에 들어간 후 리안은 이제 제법 익숙해진 길을 따라 금방 호숫가에 도달했다. 그리고 유란 셴이 인터뷰에서 언급한 내용대로, 자기 자신에게 그림자화 마법을 걸고 그림자만 남은 상태로 미끄러지듯 투명한 호수 안으로 들어갔다. 그림자화한 상태로 호수에 들어가자 물의 차갑고도 미끈거리는 감촉이 고스란히 느껴지는데도 이상하게도 그다지 축축한 기분은 들지 않았다. 살면서 한 번도 느껴보지 못한 아주 독특한 느낌이었다.

그렇게 조심스럽게 호수 안으로 그림자 몸을 밀어 넣던 리안은 어느 순간까지는 일렁이는 막에 싸인 물 위의 숲을 올려다보고 있었으나 몸이 호수 속에 완전히 잠기자 놀라운 일이 벌어졌다. 눈을 잠시 감았다 뜬 사이, 갑자기 세상이 180도 뒤집힌 듯 그림자의 숲과 완벽히 반전된 풍경이 펼쳐졌다.

리안의 눈앞에 나타난 새로운 세상은 형상 자체는 그림자의 숲과 거의 같았다. 하지만 까만색이던 나무와 흙 그리고 낙엽은 모두 새하얀 색을 띠고 있었고 반대로 호수 밑에는 하얀 자갈 대신 새카만 자갈이 깔려있었다.

게다가 흑백이 완전히 뒤바뀐 그 세상에서 어쩐지 리안은 다시 본체를 되찾은 상태로 서있었다. 호수 밖으로 걸어 나온 후 리안은 자신의 발밑을 가만히 내려다보았는데, 하얀 낙엽 위로 일렁이는 그림자가 어쩐지 이제껏 사용해 온 제론의 그림자와는 조금 달라 보였다.

'이건… 나 자신의 그림자인가?'

본능적으로 이런 생각이 머릿속을 스쳤으나, 어떻게 그런 일이 가능할 수 있는지에 대해서는 설득력 있는 설명이 떠오르지 않았다. 게다가 그림자가 달라 보인다는 느낌은 아주 개인적인 감정일 뿐이었으므로 일단 무시한 채 두 눈으로 확인할 수 있는 것들에 집중하기로 했다.

그림자의 숲과 유사하면서도 다른 분위기를 자아내는 이 쌍둥이 같은 공간을 둘러보던 리안은 문득 이곳과 '진짜 그림자의 숲' 사이의 차이를 발견했다. 그건 바로 호수 정중앙에 있는 섬의 모습이었는데, 눈앞의 섬에는 샤티아텐을 받치고 있던 하얀 그루터기 대신 까만 의자가 하나 놓여있었다. 그 의자가 어쩐지 그에게 어서 앉으라고 신호를 보내는 것만 같아, 리안은 얼른 호수를 건너 섬으로 올라갔다. 그리고 이번에는 샤티아텐의 복제품을 만졌을 때와 같은 실수를 하지 않기 위해 먼저 할 수 있는 모든 조치를 취해 의자의 안전성을 검증한 다음 비로소 그 위에 앉아보았다.

의자에 앉자마자 어떠한 변화가 즉각적으로 일어나지는 않았지만, 얼마간의 시간이 지나자 리안은 자신을 둘러싼 호수로 서서히 아주 옅은 먹빛 안개가 몰려오고 있다는 걸 느낄 수 있었다. '진짜 그림자의 숲'에 떠다니던 희뿌연 안개와 비슷했지만, 그곳에서는 안개가 호수에서부터 시작되어 바깥의 공간으로 퍼져나갔다면 지금은 반대로 호수로 안개가 몰려오고 있었다. 그리고 호수 위에 옅게 퍼진 검은 안개는 어느새 리안이 앉아있는 섬 앞까지 도달했고, 그곳에서 한데 뭉쳐 진한 검은색 빛을 이루었다. '검은색'과 '빛'이라는 단어의 결합은 리안 자신조차 의문스러울 만큼 생소한 조합이었으나, 그 눈부신 기운은 빛이라고밖에 표현할 수 없었다.

리안은 바로 앞까지 다가온 그 '검은 빛'에 당황해 의자에서 벌떡 일어났지만, 그 빛은 개의치 않고 그를 향해 돌진하더니 쑥 하고 그의 몸 안으로 들어가 버렸다. 이 예상하지 못한 상황에 리안은 그 빛이 무엇이며, 이 현상을 대체 어떻게 이해해야 좋을지 알 수 없어 더욱 당황한 채 눈만 깜빡이며 서있었다.

그 후 리안은 몸 이곳저곳을 두드려 보거나, 입을 벌린 채 몸속에 들어간 빛을 토해내려고 시도하는 등 모든 방면으로 그 검은 빛을 다시 꺼내보려 애썼지만 허사였다. 그래서 일단 얼마간 호흡을 가다듬으며 냉정을 되찾은 뒤, 그 빛을 만들어 낸 검은 안개의 출처를 찾기 위해 호수를 건너 숲의 영역으로 돌아갔다.

하지만 흑백이 반전된 이 두 번째 숲을 두 바퀴나 꼼꼼하게 돌아보았는데도 아무런 실마리도 얻을 수 없었다. 새하얀 흙 위에 새하얀 낙엽과 나무들이 들어선 이 몽환적인 공간은 그림자의 숲과 거의 완벽하게 동일한 모습이라 특별히 이상한 점은 없었다. 그리고 아무리 기다려도 이제는 검은 빛은커녕 아까 봤던 은은한 먹빛 안개조차 더 이상 찾아볼 수 없었다.

그래서 리안은 이만 포기하고 바깥세상으로 돌아가기로 결정했다. 이쯤 되니 검은 빛이 몸속으로 들어온 것만 같은 느낌을 받았던 게 진짜인지 환각인지도 확신이 서지 않았다. 기분만 좀 찜찜해졌을 뿐 몸 상태도 이전과 전혀 달라진 바가 없었기 때문이었다.

　이 두 번째 숲을 떠나려면 아마 들어올 때와 같은 방법으로 나가야 할 것 같다는 생각이 들었기에, 리안은 다시 스스로에게 그림자화 마법을 걸었다. 과연 이곳에서도 마법이 잘 구현될지 잠시 걱정되긴 했지만 다행히 마법은 잘 작동했다. 하지만 마법 자체에만 너무 집중한 나머지, 리안은 자신의 몸이 그림자 안으로 녹아들듯 사라질 때 몸에서 나온 검은 빛이 함께 그의 그림자 속으로 깊게 스며들었다는 사실을 전혀 눈치채지 못했다.

# 15.
## 신물질 개발 연구소

　리안이 그림자의 숲 안에 감춰져 있는 두 번째 숲을 무사히 빠져나와 현실로 돌아온 지도 이틀이 지났다. 그동안 리안은 혹시 자신의 몸에 검은 빛으로 인한 변화가 있었을까 싶어 검진도 받아보고 이런저런 운동도 하면서 몸을 다양하게 움직여 보았지만 별다른 이상은 없다는 결론이 나왔다. 그리고 오늘은 제인 과의 저녁 식사가 예정되어 있는 날이었으므로 더 이상 검은 빛에 대해 생각할 여유가 없었다.

　그림자의 숲에서 일어난 일들은 잠시 접어둔 채 리안은 다시 눈앞의 수사에 집중하기 위해 엘리트 클럽의 저택으로 돌아갔다. 지난 정기 대결 이후로 리안은 저택의 3층, 그러니까 1위의 공간에 머물게 되었기에 학생들은 그가 얼마나 오래 저택을 비우든지 그가 없다는 사실을 잘 알아채지 못하는 듯했다. 3층은 거의 집 한 채 규모라고 볼 수 있을 정도로 넓었고, 실제로 저스틴도 1위이던 시절에 며칠 동안 자기 층에 틀어박혀 연구나 공부에 골몰하곤 했기 때문이었다.

그래서 리안은 저녁 식사를 위해 이제야 방에서 나온 척 태연한 얼굴로 1층으로 내려갔다. 그리고 잠시 응접실에서 기다리니 제인도 금방 옷을 갖춰입고 복도로 나왔다.


그날 저녁, 제인이 리안을 데리고 간 곳은 놀랍게도 아랍에미리트의 도시인 두바이였다. 그림자 이동술로 부르즈 할리파라는 유명한 건축물이 올려다보이는 도심 한복판에 도착한 뒤 제인은 한쪽의 한적한 길목으로 리안을 인도했다. 그리고 금방 그림자 숨김 상태의 문을 찾아내더니 그 안으로 사라졌다.

제인의 뒤를 따라 그림자 문을 통과하자 리안의 눈앞에는 아주 화려한 로비가 펼쳐졌다. 여느 섀드건물처럼 대부분 무채색으로만 꾸며져 있었지만 하얀 대리석 바닥 위에 깔린 흑백의 페르시안 카펫이나 검은 벽에 새겨진 은빛 문양, 눈부신 샹들리에 등 곳곳에서 성대하고 호화로운 느낌이 묻어 나왔다. 어딘가의 호텔 로비 같다고 생각하면서도 리안은 일단 별다른 질문 없이 잠자코 제인을 따라 걸음을 옮겼다.

제인의 목적지는 전면이 투명한 유리창으로 둘러싸여 있는 식당 층이었는데, 승강기에서 내려 창밖의 풍경을 본 후에야 리안은 그들이 아주 높은 층에 와있다는 사실을 실감했다. 그리고 종업원이 안내해 준 방 안으로 들어가 바깥을 바라본 순간 리안은 그 높이감에 더욱 놀랐다. 땅에서 올려다볼 때는 거의 끝이 보이지도 않을 만큼 아주 높은 건물인 부르즈 할리파의 꼭대기가 바로 눈앞에 보였기 때문이었다. 제인이 데려온 이 건물은 부르즈 할리파만큼 혹은 그 이상으로 높은 건물인 듯했다.

"이 건물은 알 노라^Al-Noura라는 호텔이에요. 여기는 그 상층부에 위치한 레스토랑이고요."

리안이 놀란 얼굴로 바깥 풍경을 바라보는 사이 제인이 설명했다.

"식사는 미리 주문해 뒀는데 괜찮죠?"

제인의 말이 끝나자마자 종업원이 따뜻한 수프와 빵 그리고 샐러드를 가져다주었다. 종업원이 음식을 내려놓은 후 문을 잘 닫고 방을 떠나자, 제인이 사무적인 느낌을 주는 미소를 지으며 다시 입을 열었다.

"1위로 올라선 걸 다시 한번 축하해요. 저스틴은 1년 동안 누구에게도 진 적이 없는데, 그 이상의 인재를 발견하게 되어 나도 기쁘네요."

리안도 적당히 예의 바른 답변으로 응수했다.

"축하해 주서서 감사합니다."

"알겠지만 엘리트 클럽의 최상위권으로 올라왔으니 콜린도 하고 싶은 게 있다면 뭐든지 지원받을 수 있어요. 콜린은 그림자 화학 분야에 가장 관심 있다고 했죠?"

낭비를 싫어하는 성향답게 제인은 바로 본론으로 들어갔다.

"네, 최근에 가장 마음이 가는 건 그림자 화학 쪽이에요. 아무래도 이론과 실전이 적절히 결합된 분야라는 생각이 들어서요."

리안은 일단 너무 노골적이지 않은 대답으로 시작한 후, 뒷말을 은근하게 덧붙였다.

"그리고 사실 그림자 화학 분야에 관심을 가진 이유가 하나 더 있습니다."

제인의 눈동자에 흥미롭다는 듯한 반짝임이 스쳤다.

"저는 실력이 뛰어난 이들이 이끄는 사회야말로 더 빠르게 발전할 수 있다고 생각해요. 하지만 그렇다고 지금의 사회에서 소수의 실력자에 의한 지배를 주장하기에는 절대다수를 차지하는 대중의 지지를 얻기가 힘들죠. 그렇다면 왜 대중은 소수가 이끌어야 한다는 사실을 인정하지 않을까요?"

리안은 극적인 효과를 노리듯 공백을 살짝 두고 말을 이어나갔다.

"이 질문에 제 답은, '뛰어난 소수가 충분히 뛰어나 보이지 않아서'예요. 그러니까, 위에 군림하는 소수가 가진 능력이 대중의 눈에도 압도적으로 비춰진다면 대중도 이 체제를 인정하지 않을까요? 그래서 그림자 화학을 열심히 공부해 뛰어난 소수의 힘을 더욱 증폭할 방법을 찾으면 어떨까, 하는 생각을 하게 되었어요."

이는 사실 리안 자신조차도 어떤 결론을 향해 달려가는지 정확히 확신하지 못한 채 내뱉은 말이었다. 마르세유의 비밀 조직이 페너미아와 같은 엘리트주의 체제를 지향하며 특히나 대중의 지지를 이끌어 내는 온건한 방식으로 권력을 취하려 한다는 정보에 상상을 더해 그럴듯하게 완성한 주장이었는데, 뜻밖에도 제인은 아주 마음에 든다는 표정을 짓고 있었다.

"맞아요. 사실 지금 섀드사회는 너무 평등하고, 그래서 평화로울지는 모르지만 이렇다 할 변화도 거의 없죠. 우리 사회는 확실히 정체되어 있고 개혁이 필요해요."

리안, 아니 눈앞의 콜린이라는 학생이 자신과 같은 사고방식을 공유한다는 확신이 들어서인지 제인은 거침없이 자신의 의견을 표출하기 시작했다. 그리고 눈앞에 보이는 부르즈 할리파를 향해 못마땅하다는 듯한 시선을 던지며 말을 이었다.

"이 건물만 해도 그렇죠. 이렇게나 높고 웅장한 건물을 우리 섀드는 이미 100년 전부터 보유하고 있었어요. 두바이라는 인간들의 도시가 아무것도 아니었던 시절부터 알 노라 호텔은 이 자리에 있었고, 인간들이 100여 년의 세월을 따라잡을 동안 내내 똑같은 모습으로 자리만 지키고 있죠. 저 앞에 보이는 부르즈 할리파와 여기 알 노라 호텔이 바로 우리의 현실이에요. 지난 몇십 년간 섀드들은 우리보다 낮은 수준에 머물러 있는 인간 사회를 불쌍히 여겨 그들의 수준을 끌어올리는 데만 신경 쓰고, 정작 우리 스스로의 수준을 높일 생각은 못한 거죠."

묘하게 인간사회에 대한 질투 비슷한 감정마저 섞여있는 말처럼 느껴졌다. 인간들이 눈부신 발전을 이룩할 동안 현대의 섀드사회는 전혀 앞으로 나아가지 못하고 있다는 한탄. 제인과 마르세유의 비밀 조직이 품은 엘리트주의적 가치관 자체는 결국 사회에 대한 애정을 기반으로 싹튼 신념일지 모르겠다고 생각하며 리안은 조금 혼란스러운 감정을 느꼈다. 어쩌면 사회를 완전히 뒤바꿔 놓겠다는 제론의 변혁적인 생각도 섀드사회에 대한 우려 같은, 긍정적이라고도 할 수 있는 감정에서 시작된 건 아닐까?

하지만 최초의 씨앗이 어떤 모양이었든 간에 결과적으로 제론의 행보가 수많은 섀드에게 피해를 입히고 있다는 사실만큼은 분명하다. 리안은 자신이 잠깐이나마 제론을 '절대 악'으로 간주하는 대신 한 명의 합리적 존재로 이해하려 했다는 데에 놀라 얼른 생각을 중단시켰다. 다행히 마침 그때 종업원이 방문을 두드리더니 다음 접시를 가지고 등장했으므로 제인은 리안의 머릿속에서 오간 고민의 흔적을 눈치채지 못한 듯했다.

그 후 천천히 진행되는 코스 요리를 즐기며 제인은 리안에게 이런저런 질문을 더 던졌다. 엘리트 클럽에 들어오기 전에는 무엇을 했으며, 앞으로의 인생은 어떻게 보내고 싶은지와 같은 개인적인 삶에 대한 질문부터, 현재의 섀드정부에 대해 어떻게 생각하는지 등 다소 민감할 수도 있는 질문도 포함돼 있었다. 하지만 오히려 이렇게 깊은 주제들이 테이블 위로 올라올수록 리안은 제인이 이 자리를 마련한 이유가 분명히 있으리라 확신하게 되었으므로 최대한 마르세유의 비밀 조직이 품은 지향점을 참고해 가며 신중하게 답변해 나갔다.

이렇게 해서 저녁 식사가 마무리된 후 제인은 냅킨을 깔끔하게 접어 테이블 위에 올려놓더니 진중한 눈으로 리안을 바라보았다.

"콜린."

이렇게 제인이 그를 부르는 순간, 리안은 그가 기다려 온 중요한 순간이 다가왔음을 직감했다.

"콜린에게 딱 맞는 일자리가 하나 있는데, 혹시 관심 있나요?"

같은 주 토요일. 제인에게서 건네받은 사진 속 장소로 이동한 리안은 약간 당황했다. 그 사진 속에는 빼곡한 대나무 숲이 담겨있었는데, 실제로 장소 이동을 한 뒤에도 눈에 들어오는 건 사방에 자리 잡은 대나무뿐이었다. 대체 어디로 가야 할지 감을 잡지 못한 채 두리번거리던 중, 느닷없이 어디에서 나타났는지 알 수 없는 한 남자가 시야 안으로 들어왔다. 하얀 셔츠를 단정하게 차려입은 젊은 동양인 남성이었다.

"콜린 그랜트?"

갑자기 그에게 다가와 이름을 부른 남자가 누구인지는 알 수 없었으나 리안은 일단 고개를 끄덕였다.

"테사 님을 통해 이야기를 전해 들었습니다. 이쪽으로 오시죠."

이렇게 간결한 말만 남긴 뒤 남자는 따라오라는 듯 그대로 뒤를 돌아 대나무 숲 한쪽으로 걸어갔다. 그쪽에도 끝없이 대나무만이 펼쳐져 있을 뿐이라 리안은 살짝 망설였지만, 이내 조심히 그를 따라 발을 옮겨 보았다. 그러자 놀랍게도 몇 걸음 떼지도 않았는데 순식간에 눈앞의 풍경이 바뀌었다. 끝없는 대나무의 숲이 한순간에 시야에서 사라지고 드넓은 일본식 정원이 그 자리를 대신했다. 그리고 넓은 부지의 잘 관리된 정원 곳곳에는 널찍한 목재 건물이 여럿 흩어져 있었다.

리안은 그제야 빽빽한 대나무 숲의 존재 이유를 이해했다. 아마 이곳의 주인은 주위의 대나무 숲에 환영마법을 걸어 건물을 감춘 모양이었다. 건물 자체를 그림자화해 숨기려면 섀드보호부의 허가가 필요하니, 대신 대나무 숲에 마법을 걸어 건물을 감추는 쪽을 택한 것이다. 엘리트 클럽이나 로키산맥 한복판에 위치한 북미 지역의 거점처럼, 마르세유의 비밀 조직은 대부분 주요 시설을 이런 식으로 인간세계 어딘가에 자연스럽게 섞여들도록 숨겨둔 모양이었다.

하얀 셔츠 차림의 남자는 일단 가장 앞쪽에 위치한 건물로 리안을 이끌었다. 겉으로 보이는 분위기와 달리 목재 건물의 실내는 꽤 현대적으로 꾸며져 있었다. 바깥의 정원이 훤히 내다보이는 통유리 창 앞에는 넓은 업무용 탁자가 놓여있었고, 그 뒤에는 검은 치마 정장을 입은 아담한 체구의 동양인 여성이 한 명 앉아있었다.

여성이 리안을 자세히 보기 위해 고개를 들자, 리안은 금방 그녀의 정체를 알아챌 수 있었다. 유이 호즈미. 리안이 미리 외워둔, 조직에 의해 납치되었다고 알려진 명단에 있는 인물로, 실종 전에는 녹턴루트라는 세계적인 기업의 총수 자리에 있었다고 했다. 이미 중년을 넘어선 나이일 텐데도 피부에 신경을 많이 썼기 때문인지 실종 전에 찍힌 사진과 큰 차이가 없어 보였다.

"테사 님이 말씀하신 콜린 그랜트입니다. 최근에 엘리트 클럽에서 가장 두각을 드러낸 멤버라고 합니다."

남성이 리안을 소개하자 유이는 먼저 날카로운 눈빛으로 리안을 천천히 훑어보았다. 그러고는 결정했다는 듯 고개를 살짝 끄덕이더니 서랍에서 검은 글씨가 새겨진 하얀 판을 하나 꺼내 내밀었다. 그림자 서약서였다.

목숨을 건 계약인 만큼 서약서에는 '조직과 연구소의 기밀을 조직 외부로 유출하지 않는다'는 핵심적인 내용만 깔끔하게 담겨있었다. 조직의 기밀을 빼내려고 이곳에 잠입한 리안에게는 서약에 응할 수도, 응하지 않을 수도 없는 난감한 상황임이 분명했다. 계약 상대인 유이 호즈미라는 이름 아래에는 이미 그녀의 그림자 조각이 삽입돼 있었기에, 시간을 끌 핑계도 없이 지금 당장 리안은 그림자 조각을 박아 넣어 충성심을 증명해야만 했다.

하지만 다행히 리안도 그림자 서약 없이는 조직의 기밀을 얻어내기 어려울 수 있겠다는 생각쯤은 이미 하고 있었다. 그래서 당황하지 않고 침착하게 서약서와 섀도우 나이프를 받아 옆에 놓인 소파에 앉았다. 그리고 천천히 허리를 숙여 섀도우 나이프를 자신의 머리 부분 그림자로 가져간 후 작은 그림자 조각을 하나 도려냈다. 아니, 사실은 두 개를 동시에 도려냈다. 그림자 서약에 대비하기 위해 미리 로스앤젤레스 거리를 떠돌던 강아지 한 마리의 머리 부분 그림자를 조금 도려내 자신의 머리 그림자 위에 얇게 붙여두었기 때문이었다. 그 덕분에 리안은 지금 아주 자연스럽고도 당당한 태도로 자신의 진짜 그림자 조각을 슬며시 소매 안으로 밀어 넣으면서 강아지의 그림자 조각을 대신 서약서에 박아 넣을 수 있었다.

유이와 그 옆에 선 남성은 리안의 움직임을 신중하게 지켜보고 있었으나, 자신의 머리 부분 그림자와 서약서만을 오갔을 뿐인 리안의 군더더기 없는 손놀림에서 별다른 의심점을 찾을 수 있을 리가 없었다. 그렇게 해서 서약서가 반짝, 빛을 내며 검은색으로 변하자 유이는 그제야 희미한 미소를 내보였다.

그림자 서약서가 발동되는 조건은 둘 이상의 심장 혹은 머리 부분 그림자가 삽입되어야 한다는 것뿐, 그 대상이 섀드여야 한다는 조건은 그 어디에도 없다. 대부분의 섀드가 놓치고 있는 사실이자, 이러한 상황을 대비해 그림자 서약에 대해 면밀히 공부하던 중 리안이 발견한 허점이었다.

"좋아. L, 콜린 군을 화학실험 부문으로 데려가도록 해."

계약의 상대방이 어차피 조직의 기밀을 유출할 리 없는 로스앤젤레스의 한 평범한 강아지라는 점을 꿈에도 모른 채, 유이는 만족스럽다는 표정으로 명령을 내렸다.

L이라 불린 남성은 꾸벅 고개를 숙여 인사하더니 리안을 다시 바깥으로 데리고 나갔고, 고즈넉한 분위기의 정원을 가로질러 이동하면서 드디어 리안에게 약간의 설명을 해주기 시작했다.

"엘리트 클럽의 관리자를 통해 어느 정도 이야기를 듣고 왔겠지만, 다시 간단히 말하자면 이곳은 우리 조직의 신물질 개발 연구소입니다. 우리 조직의 목표는 섀드세계의 권력을 잡아 사회의 발전을 이끄는 것이고, 그 계획의 핵심 중 하나가 우리 연구소라고 할 수 있죠. 우리 연구소에서는 조직원들의 마법의 힘을 더욱 끌어올리기 위한 신물질을 연구하고 있습니다."

리안도 미리 제인을 통해 들은 내용이었다. 특히나 엘리트주의 체제를 유지하기 위해 조직과 일반 대중 사이의 힘의 차이를 증폭할 수 있는 물질을 연구 중이라는 설명은 그가 대충 유추해 내뱉었던 말과 거의 비슷했기 때문에 리안은 깜짝 놀랐다. 아마 그때 리안이 우연히 조직의 사상과 완벽히 일치하는 이야기를 꾸며낸 것이 제인으로 하여금 그를 조직의 연구소에 소개하게 만든 강력한 계기 중 하나였을 듯했다. 리안은 운이 좋았다고 생각하며 L의 말에 적당히 고개를 끄덕였다.

이후 L은 넓은 정원 곳곳에 위치한 각 건물의 용도를 설명해 주더니 리안을 정원 가장 깊숙한 곳에 있는 건물로 데려갔다.

"콜린 군이 앞으로 일하게 될 곳은 여기입니다. 화학실험 부문이죠. 이곳에서는 재료연구 부문에서 넘겨주는 주요 재료들을 사용해 화학 실험을 진행하고, 그 실험 결과를 통해 신물질을 합성할 수 있는 레시피를 연구하고 있습니다."

그리고 건물 내부로 들어가 30대 정도로 보이는 한 여성과 리안을 서로 소개해 주었다.

"이쪽은 새로 합류한 조직원인 콜린입니다. 어제 이야기했던 엘리트 클럽 출신 인재죠. 그리고 이쪽은 레이첼, 우리 화학실험 부문의 수석 연구원입니다. 신물질 연구에 대한 구체적인 설명은 레이첼 양이 맡아줄 겁니다."

리안과 레이첼에게 서로를 소개시켜 준 후 L은 금방 자리를 떠났다. 이제부터는 레이첼이 설명 역할을 맡았는데, 화학실험 부문에는 레이첼을 포함해 수석 연구원이 세 명 있다고 했다. 그 외에 일반 연구원은 아홉 명쯤 있고, 리안은 일반 연구원으로 시작하지만 엘리트 클럽의 1위 출신이기 때문에 성과에 따라 금방 수석 연구원으로 올려줄 예정이라고 했다. 사실 리안에게 일반 연구원이냐 수석 연구원이냐의 구분은 그리 중요하지 않았지만 레이첼의 말투를 볼 때 수석 연구원으로의 초고속 승진은 나름대로 큰 영광인 모양이었다.

이어서 레이첼은 연구 공간을 소개해 주기 시작했다. L이 화학실험 부문에서 사용하는 건물이라고 말한 이 목재 건물은 사실 정원에서 바라볼 때는 단층짜리 가정집 정도로밖에 보이지 않았지만, 막상 들어가 보니 지하로 다섯 층이나 깊게 뻗어있어 꽤 큰 규모를 자랑했다. 레이첼은 리안을 데리고 층을 하나씩 돌아다니며 적당히 안내해 주었다.

리안은 각 층에 대한 설명과 실험 시의 주의 사항을 열심히 듣는 척하다 기회를 봐서 자연스럽게 질문을 던졌다.

"그런데… 지금 이 시점에 연구소에 저를 합류시킨 이유가 있다고 들었습니다. 정확히 무슨 일이 있었던 건가요?"

사실 제인은 딱히 연구소의 사정에 대해 이야기해 주지 않았지만, 리안은 제인으로부터 이미 간단한 설명을 들었던 것처럼 연기하며 레이첼을 떠보았다.

"아…."

레이첼은 살짝 망설였지만, 어차피 이제부터 리안도 같은 조직원이니 괜찮겠다는 생각이 들었는지 다시 입을 열었다.

"어차피 곧 알게 될 테니 말해줘도 괜찮겠죠. 일단 이쪽으로 와봐요."

그러고는 아직 리안이 가보지 못한 지하의 가장 깊숙한 층으로 그를 데려갔다. 연구소 느낌이 물씬 나는 다른 층들과는 달리 그곳은 마치 박물관 같은 인상을 풍겼는데, 가운데 있는 탁자 위에 엄중하게 보호하고 있는 유리 진열장이 놓여있었기 때문이었다. 하지만 그 안은 텅 비어있었다.

"여기에는 원래 '섀드코어'라는 물건이 있었어요. 다른 섀드의 그림자 영혼을 담아 사용하면 누구든 자신의 실력을 뛰어넘는 마법을 구사할 수 있는 물건이죠. 그래서 우리 부문에서는 섀드코어의 성분을 분석해 신물질 개발 연구의 기반으로 삼고 있었어요."

섀드의 그림자 마법 실력을 더욱 끌어올려주는 물건이라니. 머릿속에 즉각 섀드코어라는 물건에 대한 호기심이 피어났으나, 아무래도 그 물건이 지금 자리에 없다는 사실이 훨씬 중요한 부분인 듯했기에 리안은 일단 잠자코 레이첼의 설명을 기다렸다.

"그런데 지난달에 섀드코어를 도둑맞았고, 그러면서 신물질 연구에 차질이 생겨 충원을 논의하다 결국 엘리트 클럽에서 한 명을 데려오기로 한 거예요. 신물질 연구는 조직의 기밀 중 기밀이다 보니 아무에게나 맡길 수는 없어서, 테사 님이 크게 신뢰하는 엘리트 클럽의 관리자가 검증한 이를 뽑자는 의견이 많았거든요."

이 말에 리안은 충원자로 뽑혀 영광이라는 듯 속눈썹을 살짝 내리깔았다가, 호기심에서 우러나온 질문인 척 은근슬쩍 물었다.

"그래서… 섀드코어를 훔친 이가 누구인지는 밝혀졌나요?"

그러자 레이첼은 불만스러운 한숨을 내쉬었다.

"정확히 밝혀진 건 아니지만, 아마 우리 부문에 있던 아르망이라는 수석 연구원이 훔쳐간 거 같아요. 섀드코어가 없어진 날 그도 함께 사라졌거든요."

아르망이라는 이름이 거론된 순간, 리안은 놀란 기색을 감추기 위해 부단히 노력해야 했다. 섀드코어라는 대단한 물건을 훔쳐간 인물이 다른 이도 아니고 제론의 측근인 아르망이라니…. 제론 일당이 품은 계획의 꼬리가 드디어 저 멀리서 일렁이는 듯했다.

# 16.
## 그림자 토막 갈취 사건

"아르망은 우리 연구소 최고의 에이스라고 불리던 섀드였는데 그런 식으로 뒤통수를 치고 떠나다니…. 아무도 예상 못 했죠. 사실 수석 연구원 자리 하나가 공석이 된 까닭에 콜린 군을 뽑은 것이기도 해요."

아르망에 대한 좋지 않은 감정이 되살아났는지, 레이첼이 못마땅하다는 듯한 어조로 말을 덧붙였다.

"그런데 섀드코어라는 물건이 그렇게 중요한 이유가 뭔가요? 그 물건 자체보다는 물건을 만들어 낸 이의 지식이 더 중요한게 아닌가 싶어서요."

아르망이 섀드코어라는 물건을 가져간 이유를 파악하기 위해 리안은 흥분을 억누르며 후속 질문을 던졌다.

"섀드코어는 발명자 본인도 쉽게 다시 재현할 수 없을 만큼 오랜 세월의 연구와 우연한 결과들이 이어져서 탄생한 물질이라고 했어요. 그러니 우리 연구소에서는 오히려 발명자 본인보다 섀드코어에 더 큰 가치가 있다고 판단한 거죠."

레이첼이 침착하게 대답을 해주었다. 리안은 속마음을 감추고 표정을 꾸며내는 데는 꽤 소질이 있었기에 아마 레이첼은 리안의 질문이 모두 순전한 호기심에서 비롯되었다고 믿는 듯했다.

"아, 그리고 이건 우리 연구소에서도 몇 명만 알고 있는 건데… 사실 유이 님은 섀드코어뿐 아니라 그 발명자까지 연구소로 데려오려고 했대요. 매번 거절당했지만."

레이첼이 아무 의심 없이 가볍게 덧붙이자, 리안은 다시 눈빛을 빛내며 물었다.

"오… 그 연구자가 대체 누구인데요?"

이에 레이첼은 잠시 멈칫했으나, 결국 그다지 엄청난 비밀은 아니라고 결론 내렸는지 이내 설명해 주었다.

"텐이라고 불리는 음지의 발명가에 대해 들은 적 있나요?"

리안이 고개를 젓자 레이첼은 그럴 줄 알았다는 듯 한번 고개를 끄덕이더니 말을 이었다.

"모르는 게 아마 정상일 거예요. 텐이라는 이름으로 종종 깜짝 놀랄만한 물건을 개발해 내는 인물인데 얼굴도, 본명도 알려져 있지 않고 대리인을 통해서만 암암리에 물건을 팔고 있다고 해요. 우리도 유이 님의 오랜 노력 덕분에 몇 달 전 섀드코어를 구매할 수 있게 된 거고요."

이렇게 설명하던 레이첼은 문득 떠올랐는지 혼잣말처럼 중얼거렸다.

"섀드코어를 도둑맞을 줄 알았으면 그때 텐을 억지로라도 데려왔어야 하는 건데…."

아주 작은 목소리였지만 리안은 놓치지 않았다.

"그건 무슨 말인가요?"

"아니, 우리 쪽에서는 거래 현장에 텐의 대리인만 나온 줄 알고 텐을 설득하려는 시도는 포기했는데, 알고 보니 그날 거래가 이루어졌던 배에 텐 본인이 동승하고 있었다더군요. 우리 조직에서도 대리인이 어쩔 수 없이 도움을 청하는 바람에 알게 된 거지, 안 그랬으면 전혀 몰랐을 거예요."

텐을 데려올 수 있었던 기회를 놓쳤다는 아쉬움에 레이첼은 자신도 모르게 상황을 술술 이야기하다, 문득 아차 하는 표정을 지었다. 연구실 업무와 관련한 수준에서 멈췄어야 했는데 너무 많이 이야기해 버렸다는 생각이 뒤늦게 든 모양이었다. 하지만 '텐의 대리인이 도움을 청했다'는 내용을 이미 들어버린 리안이 호기심 어린 표정으로 그녀를 바라보고 있었으므로 레이첼은 어쩔 수 없이 부연해 주어야 했다.

"배 위에서 텐이 감쪽같이 사라졌다고 들었어요. 언뜻 듣기로는, 텐의 대리인이 마지막으로 갑판 위에서 봤던 이들은 나이 차가 열 살은 나 보이는 남녀라고 하던데. 아주 젊어 보이는 갈색 머리 청년이랑… 검은 제복을 입은 동양인 여성이라고 했나?"

이 말에 리안은 아르망의 이름을 들었을 때보다 더욱 놀랐다. 갈색 머리 청년과 검은 제복을 입은 여성. 이러한 특징을 가진 두 인물의 조합이라면 리안의 원래 몸을 차지하고 있는 제론과 채 교수라고밖에 볼 수 없다. 리안의 심장이 점점 빠르게 뛰기 시작했다.


그날 저녁, 연구소에서의 일과를 마친 후 기지로 돌아온 리안은 세린이 있는 훈련장으로 곧장 가 새로 알아낸 사실을 전해주었다.

"엄청난 정보를 얻어왔어요. 일단, 몇 달 전에 텐이라는 인물을 제론 일당이 데려간 것 같아요. 아마 음지에서 활동하는 마법 물품 개발자인 것 같은데, 섀드의 마법력을 끌어올리는 특수한 방법을 고안해 냈다고 하더군요. 그리고 텐이 오랜 세월에 걸쳐 만들었다는, 마법력을 끌어올리는 그 물건을 섀드코어라고 하는데 그걸 지난달에 아르망이 연구소에서 훔쳐갔다고 해요."

"케인이 말했던, 제론이 섀드의 힘을 되찾기 위한 계획과 관련이 있어 보이는군요."

세린은 수건으로 가볍게 땀을 닦으며 리안의 옆에 털썩 걸터앉았다. 세린이 관심을 보이자 리안은 얼른 의아했던 점을 물었다.

"그런데 텐이라는 연구자를 이미 몇 달 전에 데려갔음에도 다시 아르망을 시켜 섀드코어라는 물건을 가져간 행동이 이해되지 않아요. 처음부터 섀드코어가 필요했다면 왜 텐을 납치한 그 배 위에서 함께 챙기지 않았던 걸까요?"

"음… 단순히 배 위에서 마르세유의 비밀 조직과 싸워가며 섀드코어를 가져가는 것보다 아르망이 쉽게 드나드는 연구소에서 가져오는 게 더 쉽다고 생각했을 가능성도 있죠. 하지만 이렇게 생각하면 텐을 납치한 시점과 섀드코어를 훔쳐간 시점 사이에 간격이 꽤 있는 게 이상해요. 그러니 아마 맨 처음에는 그 힘의 발명자인 텐만 데려가면 될 거라 생각했는데, 알고 보니 계획을 완성하기 위해서는 섀드코어까지 필요하다는 걸 깨달았다…. 이렇게 가정하는 게 더 설득력이 있지 않을까요? 섀드코어는 텐 본인조차 쉽게 다시 재현할 수 없을 만큼 힘들게 만든 물질이라고 했으니까요."

세린의 추리에 리안은 감탄하며 고개를 끄덕였다. 해답이 분명하지 않은 상황에서 놀랍도록 빠르고 침착하게 가장 가능성

높은 추론을 끄집어내는 능력은 세린의 뛰어난 강점이었다. 확실히 리안 역시 앞서 레이첼에게 '섀드코어보다 그 발명자의 지식이 중요하지 않냐'고 물었던 걸 생각해 보면 제론 일당 역시 같은 발상을 했으리라 추측해도 전혀 이상하지 않았다.

"그렇다면 제론 일당은 텐의 지식을 활용해 섀드의 힘을 되찾으려고 했다가, 지난달에 비로소 섀드코어까지 필요하다는 사실을 눈치챘다는 건데…. 그 말은 즉, 이미 그 시점에 섀드의 힘을 되찾기 위한 구체적인 계획이 거의 완성되었다는 의미일 수 있겠군요!"

세린의 추리를 바탕으로 천천히 상황을 짚어보던 리안은 문득 찾아온 깨달음에 놀라 두 눈을 동그랗게 떴다.

"그러게요. 이미 제론 일당이 그 계획을 실행하기 위해 움직이기 시작했을 가능성이 높겠어요."

세린도 눈썹을 찌푸리며 심각한 말투로 말했다.

"그러면 대체 어디서부터 어떻게 조사해야…."

리안은 조급한 기분을 느끼며 자리에서 벌떡 일어섰다. 하지만 그의 말이 채 끝나기도 전에 갑자기 투박한 노크 소리가 울리더니 훈련장 문이 벌컥 열렸다.

크리스티안이었다. 급한 일인지 그는 인사도 생략한 채 빠른 발걸음으로 그들에게 다가와 말을 꺼냈다.

"긴급회의가 소집됐습니다. 아주 이상한 형태의 시체가 네 구나 발견되었거든요."

"지금 여기로 찾아온 건, 회의에 리안 군도 필요하기 때문인가요?"

크리스티안이 세린을 따로 불러내는 대신 군이 둘 앞으로 와 말을 걸어왔다는 점에서 이미 세린은 그의 목적을 눈치챈 모양이었다. 그 추측이 맞았는지 크리스티안이 고개를 끄덕였다.

"시체의 신원 때문입니다. 자세한 내용은 직접 와서 보는 게 빠를 것 같으니 괜찮다면 지금 바로 같이 가죠."


과연 세린과 리안은 회의실에 들어서자마자 그들이 불려온 이유를 알아챌 수 있었다. 테이블 위에 놓인 네 명의 얼굴 사진을 확인하더니 세린은 믿을 수 없다는 듯 중얼거렸다.

"네 명의 섀드 모두… 과거에 마르세유의 비밀 조직에 의해 실종되었다고 알려진 이들이군요."

"맞아요. 그래서 두 팀의 합동 수사를 요청하게 되었죠."

회의의 주최자이자 메릴린이라는 이름으로 소개된 섀드가더가 고개를 끄덕이며 응수했다. 세린의 팀에 있는 섀드가더가 아니라서 리안은 오늘 처음 보는 얼굴이었다. 아마 메릴린의 팀에서 이 연쇄 살인을 수사하던 중 마르세유의 비밀 조직이라는 키워드에 부딪치자 급히 세린의 팀에 합동 수사를 요청하게 된 모양이었다.

"게다가 당황스러운 부분은 그들의 신원뿐이 아닙니다. 사체의 형태 역시 우리로서는 처음 보는 모습이었어요."

메릴린이 섀블릿과 비슷하게 생긴 그러나 그보다 훨씬 큰 기기를 테이블 위에 올려두더니 여러 장의 사진을 순차적으로 보여주기 시작했다. 시체 네 구를 발견한 당시 상태 그대로 구석구석 촬영해 둔 것이었다. 메릴린의 말대로, 시체를 본 리안은 놀라움을 금할 수 없었다.

한 중년 여성의 시체는 오른팔이 까맣게 변해있었고, 다른 남성의 시체는 왼팔이 그리고 나머지 두 구는 각각 다리가 한쪽씩 까맣게 죽어있었다. 마치 생명력을 잃고 썩어버린 나무토막 같은 모양새였다. 그리고 당황스럽게도 각각 까맣게 변한 부위 하나를 제외하면 나머지는 모두 살아있을 때와 같은 생기를 유지하고 있었다.

"그림자가…."

그때 옆에서 들려온 세린의 중얼거림에 리안 역시 시선을 그림자 쪽으로 향했다. 그러자 단번에 이상한 점이 눈에 들어왔다. 오른팔이 까맣게 썩어있는 여성의 시체는 그림자 역시 오른팔 부위가 완벽히 사라져 있었고, 왼팔이 검게 변한 남성은 역시 그림자의 왼팔 부위가 없어져 있었다. 이런 식으로 네 구의 시체 모두 본체가 까맣게 변한 부위는 그림자 역시 예리한 칼로 잘라낸 것처럼 완벽하게 절단돼 사라져 있었다.

"맞아요. 각각 특정 부위의 그림자가 깨끗이 사라져 있었어요. 그림자를 잃은 부위는 생명력을 잃고 까맣게 시들어 버렸고 말이죠. 몸의 그림자 조각을 조금 잘라내는 건 쉬워도 이렇게 넓은 부위를 통째로, 완벽하게 분리하는 마법은 알려진 게 없는데… 정말 의아한 일이에요. 게다가 더 이상한 점은 사라진 부위를 제외한 나머지 그림자에는 마법의 힘이 전혀 남아있지 않았다는 겁니다. 몸의 한 부위로 마법의 힘을 몰아넣은 다음 그 부위를 고스란히 훔쳐내는 새로운 방법을 개발해 낸 것처럼…."

섀드 한 명이 가진 마법의 힘을 응축한 그림자 토막을 누군가가 모으고 있다…. 메릴린의 설명에 리안과 세린은 즉각 시선을 교환했다.

"아무래도 이번 사건은 제론 일당과 관련 있을 가능성이 높아 보입니다."

세린이 먼저 모두를 향해 공표했고, 이어서 리안이 '텐 납치 사건'에 대한 이야기를 꺼냈다.

"제론 일당은 섀드의 마법력을 끌어올리는 특별한 방법을 고안했다는 텐이라는 발명가를 납치했고, 그 후 섀드코어라는 그의 발명품마저 훔쳐갔다고 합니다. 아마 제론에게 섀드의 힘을 되찾아 줄 구체적인 방법이 완성되어서 다시 움직임을 보인 게 아닐까 싶어요. 그러니 이 시점에 공교롭게도 그림자 토막을 연쇄적으로 갈취하는 사건이 터졌다는 사실을 제론 일당과 떼어 놓고 보기는 어려울 것 같습니다."

그리고 세린도 이 말을 이어받아 설명을 덧붙였다.

"그림자를 토막 내 가져가는 마법에 대해서는 아는 바가 전혀 없지만, 이 마법에서 주목해야 할 점은 '희생된 섀드가 가진 마법의 힘을 훔쳐냈다'는 부분이라고 생각합니다. 그러니 이 일련의 사건들이 제론에게 섀드의 힘을 불어넣을 방법과 연결돼 있다고 해도 이상하지 않아요. 게다가 심문 당시 케인은 제론이 섀드의 힘을 되찾을 방법이 마르세유의 비밀 조직과 관련돼 있다고 증언하기도 했죠."

"제론 일당에게 납치된 '텐'이라는 인물이 결국 제론에게 섀드의 힘을 부여해 줄 새로운 마법을 창조해 냈고, 이번 연쇄 토막 갈취 사건은 그 마법에 필요한 재료를 모으는 과정일 수 있다는 추측이군요."

메릴린이 재빨리 리안과 세린의 주장을 요약해 정리하며 일리가 있다는 듯 고개를 끄덕였다.

"그런데 만약 이 사건의 범인이 제론이라면 이번 연쇄 사건은 아직 끝나지 않았을 가능성이 커요."

세린이 메릴린을 바라보며 조심스럽게 덧붙였다.

"섀드의 힘을 되찾기 위해 그림자 토막을 모으고 있는 거라면 팔다리 부위뿐 아니라 나머지 몸을 완성할 토막도 필요할 거라는 거죠?"

메릴린은 세린의 말뜻을 금방 이해했다.

"맞아요, 이제까지 사망한 섀드들에게서 사라진 그림자 부위는 양쪽 팔과 다리였으니, 남은 건 몸통과 머리 부분이 아닐까요?"

사건이 아직 끝난 게 아니라는 말에 회의실의 분위기는 어느새 한층 더 숙연해졌다. 잠깐의 정적을 깨고 세린이 질문을 던졌다.

"이제까지의 사건은 어느 정도 간격을 두고 발생했죠?"

"일단 첫 번째 시체가 인간 경찰에 의해 발견된 건 한 달 정도 전이었고, 그 후에 각각 일주일에서 열흘 정도씩 간격을 두고 다음 시체가 발견되었어요. 네 번째 시체가 발견된 게 사흘 전이고요."

"네 구의 시체가 모두 다른 국가에서 발견되었다 보니 인간 경찰들이 연쇄 살인으로 특정 짓지 못했습니다. 그러다 보니 우리 쪽에 신고가 들어온 건 어제였고, 이들이 마르세유의 비밀 조직과 관련이 있다는 사실은 오늘에야 밝혀졌어요."

메릴린이 먼저 설명했고, 그 옆에 있던 다른 남자 섀드가더가 회의가 이제야 소집된 이유를 변명이라도 하듯 얼른 말을 덧붙였다.

"그러면 다섯 번째 사건이 앞으로 일주일 내에 발생해도 이상하지 않겠군요."

정보를 조합해 세린은 조용히 결론 내렸다. 다음 사건이 금방 발생할 수 있다는 생각에 메릴린도 마음이 조급해졌는지 얼른 앞으로 나서며 회의를 다시 이끌어 나갔다.

"다음 사건을 예방할 수 있도록 단서를 더 모아봅시다. 이제까지 노려진 섀드들의 공통점이 무엇이며, 누가 다음 타깃이 될지 알아내야 해요."

이렇게 해서 섀드가더들은 다섯 번째 사건을 어떻게 대비해야 할지 논의하기 시작했다. 새로운 그림자 토막 갈취를 막아낸다는 건 이번 사건이 해결되었다는 신호일 뿐 아니라 제론 일당을 막는 일이 되기도 하기에 메릴린에게도, 세린에게도 아주 중요한 논의가 아닐 수 없었다.

"제론이 원래 보유하고 있던 그림자… 그러니까 리안 군이 지금 가지고 있는 그림자에 담긴 힘은 아주 강력해요. 그러니 제론은 섀드의 힘을 새롭게 얻어낼 방법을 찾을 때도 평범한 정도의 힘으로는 만족할 수 없었을 테고, 자신에게 마법력을 부여해

줄 도구가 될 그림자를 고를 때도 허투루 고르진 않았을 거예요. 확보할 수 있는 한 가장 높은 능력을 가진 섀드들을 목표물로 삼았겠죠."

"만약 그렇다면 몸통과 머리 부분의 그림자 토막은 이제까지 희생된 네 명의 피해자보다 능력치가 높은 이에게서 얻어내려 할 가능성이 높겠군요. 섀드에게 심장 부근과 머리 부분의 그림자는 다른 신체 부위보다 더 중요하니까요."

"그러고 보니 마르세유의 비밀 조직은 힘의 크기에 따라 위계가 결정된다고 했죠. 그렇다면 피해자들이 조직 내에서 어느 정도의 위치에 있던 이들인지 파악하고 나면 그 이상의 지위를 갖는 조직원들 중에서 다섯 번째 타깃이 될 후보를 추려볼 수 있겠어요."

섀드가더들은 이런 식으로 말을 주고받으며 추리를 정리해 나갔고, 결국 세린이 앞으로의 수사 방향을 정리하며 이번 회의는 일단락되었다.

"이렇게 하죠, 메릴린. 당신 팀에서는 먼저 마르세유의 비밀 조직이 납치했다고 알려진 섀드들이 실종 전에 남긴 그림자 조각을 찾아 마법 수준을 검증해 주세요. 그리고 그중 네 희생자보다 높은 마법력을 가진 섀드의 명단을 만들고 그들의 위치를 수색하는 데 집중해 주세요. 그사이 우리 팀에서는 제론이 남긴 새이덤을 중심으로 조직 내부에서 그를 돕고 있는 이를 찾아보겠습니다. 아무리 제론이나 아르망이 예전에 조직에 몸담았었다 해도 지금 현재 연결돼 있는 끈이 있지 않은 이상, 이렇게 조직의 간부들에게 쉽게 접촉할 수 있을 리가 없어요. 조직 내에 분명 제론의 동료가 최소 한 명쯤 더 있을 거예요."

회의가 끝난 후, 리안은 다른 섀드가더들이 모두 떠날 때까지 기다렸다가 세린에게 다가갔다. 앞서 회의 도중 리안은 도움이 될만한 내용이 있을까 싶어 자신이 알고 있는 제론과 조직에 대한 정보를 찬찬히 떠올려 보았는데, 그러다 문득 완전히 잊고 있던 한 가지 기억이 머릿속을 스쳤다. 하지만 너무나 생뚱맞은 이야기인 탓에 일단 회의가 끝날 때까지 잠자코 기다리고 있었다.

"혹시… 그림자에 담긴 마법의 힘 말고도 그림자의 질을 판명하는 데 사용하는 다른 요소가 있나요?"

예상했던 대로 리안의 난데없는 질문에 세린은 의아하다는 표정이 되었다.

"기억이 좀 희미하긴 한데… 제론과 영혼이 바뀌던 그날 밤, 제론이 분명 나에게 '제법 괜찮은 그림자를 가지고 있다'는 말을 했던 것 같아서요. 그래서 혹시 제론이 빼앗을 그림자를 정할 때 고려하는 요소가 마법력 말고도 또 있는 게 아닐까 하는 생각이 갑자기 들었어요. 그 기준만 알아낸다면 다섯 번째 타깃이 누가 될지 더 좁힐 수 있지 않을까요?"

리안이 설명을 덧붙이자 세린이 이제야 알겠다는 듯 고개를 끄덕였다.

"그렇군요. 그림자를 판단할 때 사용하는 요소라…."

하지만 잘 모르는 분야라 그런지 세린은 한참의 고민 끝에야 머뭇거리며 입을 열었다.

"…섀드의학 쪽에서 그림자를 성질에 따라 분류하기도 한다고 들은 적이 있는데, 혹시 그쪽과 관련이 있을지도 모르겠어요. 한번 우리 기지에 있는 의무실에 가서 물어볼까요?"

그렇게 해서 리안과 세린은 즉석에서 의무실로 향했다. 섀드가더 기지에는 늘 의사가 한 명 상주하고 있는데, 그가 업무를 보는 장소가 바로 기지 최상층에 있는 의무실이었다. 그리고 세린의 설명을 들은 의사가 내놓은 답변은 이랬다.

"맞아요. 섀드의학의 한 갈래에서는 그림자가 품고 있는 성질에 대해 가르쳐요. 주류에 가까운 학파는 아니라서 그리 널리 알려진 이론은 아니지만요. 그리고 여기에서 가르치는 내용의 초점은 엄밀히 말하면 그림자의 성질이라기보다는 그림자에서 드러나는 '영혼의 성질'에 가까워요. 생명체에게는 그 영혼이 품고 있는 고유한 성질이 있기 마련인데, 그 성질이 그림자에 반

274

영되면서 생겨나는 차별화된 상태를 보는 방법이 있거든요."

이 말에도 리안과 세린이 잘 모르겠다는 표정을 짓자, 의사는 친절하게도 그들의 뒤에 밝은 조명을 하나 가져다 켜면서 부연해 주었다.

"그림자의 성질을 식별해 내려면 일단 본인의 그림자에 담긴 마법의 힘을 살짝 끌어와서 사용해야 해요. 먼저 눈을 감고… 그림자의 마법력을 본인의 눈가로 끌어옵니다. 시력을 강화시킨다는 생각으로 집중하면 돼요."

그리고 의사는 본인의 설명대로 눈을 감은 채 잠시 집중하더니 세린과 리안의 그림자를 차례로 들여다보았다.

"자, 둘의 그림자를 벽에 드리워서 비교해 봅시다. 세린 양의 그림자는 몸 중앙 부분이 다른 부위보다 미세하게 농도가 진하군요. 그리고 반대로 리안 군의 그림자는… 아주 균일하네요. 모든 부위가 거의 같은 순도의 기운으로 채워져 있어요."

의사는 세린과 리안의 그림자를 순서대로 지목하며 둘의 속성을 비교해 주었다.

"세린 양과 리안 군이 가진 그림자의 성질은 서로 다른 타입이라고 볼 수 있어요. 그림자의 성질은 사람마다 조금씩 다 다르긴 하지만, 스무 가지 타입으로 어느 정도 분류할 수 있거든요. 그래서 아까 언급했던 섀드의학의 한 갈래에서는 환자가 가진 그림자의 타입에 맞게 치료법을 달리 해야 한다고 가르치죠. 그림자 조각을 주입해 치료해야 하는 환자라면 되도록 같은 타입의 그림자를 사용하는 편이 좋다는 이론도 있고요."

"그렇다면 그중 어느 타입이 가장 좋은지에 대한 구분은 없나요?"

세린이 물었다. 아마 제론이 그림자를 판단하는 기준으로 마법력뿐 아니라 성질까지 고려하고 있다면 그중 가장 좋은 타입을 고를 거라는 생각에서 떠올린 질문인 듯했다.

"음… 사실 그런 위계는 없어요. 그저 그림자에 개개인의 고유한 성질이 반영된 결과일 뿐이니까요. 하지만 섀드의학에서 시작된 이 이론을 가져다 스스로의 우수성에 대한 증거로 사용하는 이들도 있다고 듣긴 했습니다. 그런 자들은 주로 균일한 기운을 가진 그림자일수록 좋다는 인식이 있는 것 같아요. 스무 개 타입 중 균일한 기운을 가진 형태가 가장 희소하거든요."

"균일한 기운이라면… 아까 리안 군의 그림자가 그 타입에 속한다고 하셨죠?"

세린이 녹갈색 눈동자를 살짝 반짝였다.

"맞아요. 사실 리안 군의 그림자는 그중에서도 거의 완벽에 가까울 정도로 같은 순도로 고르게 채워져 있어요. 이 정도로 균일한 기운을 갖는 그림자는 정말 보기 드물죠."

의사의 대답이 더욱 확신을 주었는지 세린의 입가에 옅은 미소가 떠올랐다. 그리고 리안 역시 세린의 의중을 눈치챘기에 그녀와 눈빛을 교환하며 고개를 끄덕였다.

균일한 기운을 보이는 타입이 가장 희소한 데다 심지어 제론 자신의 원래 그림자도 이 타입에 속했다면, 분명 제론이 주목하는 그림자의 성질은 '얼마나 균일한 순도의 기운을 가졌는가'일 것이다. 게다가 의사에 따르면 그림자의 성질과 관련한 이론 중에는 '그림자 조각이 필요한 환자에게는 같은 타입의 그림자를 사용한다'는 내용도 있다고 했다. 그러니 제론이 그림자의 성질을 신경 쓰고 있다는 추리가 옳다면, 아마 이번처럼 여러 그림자를 연결한 마법을 완성할 때는 그들이 모두 같은 타입에 속하는지 역시 중요하게 볼 게 분명했다.

제론이 그림자의 성질을 고려하고 있으며 그중 기운이 균일하게 담긴 타입을 선호하리라는 점까지 추측해 냈으니, 이제 남은 건 이제까지 발견된 네 구의 시체가 가진 성질을 파악해 추리를 굳히는 일이었다. 하지만 그러려면 먼저 그림자의 성질을 볼 수 있는 눈이 필요했다.

세린은 의사의 설명을 따라 그림자를 한참 살펴보았으나, 이내 잘 모르겠다는 듯 고개를 갸우뚱했다.

"음… 쉽지 않군요."

섀드가더 중에서도 특히 마법 습득력이 좋은 편으로 유명한 세린이었기에 그녀의 얼굴에 답답한 기색이 스쳤다. 그러자 의사는 당연한 반응이라는 듯 웃으며 위로해 주었다.

"원래 설명을 한 번 듣는다고 해서 금방 따라 할 수 있는 게 아니에요. 섀드의학을 전문적으로 공부한 이들 중에서도 이 기운을 볼 줄 아는 눈을 가진 이는 드물죠. 저도 오랜 기간 수련을 거쳤음에도 이렇게 가까이에서 자세히 관찰해야만 식별해 낼 수 있는걸요."

하지만 의사의 말에 리안은 도리어 의아해졌다.

"…지금 제 눈에 보이는 게 그림자의 성질이 아닌 건가요? 선생님의 그림자에는 희미한 소용돌이 형태로 기운이 채워져 있는 것처럼 보이는데요."

# 17.
## 다섯 번째 타깃

리안의 말에 의사가 놀라서 되물었다.

"한 번 설명을 들은 정도로… 이게 보인다는 건가요?"

리안은 어안이 벙벙한 얼굴로 일단 고개를 끄덕였다. 자신도 쉽게 설명할 수 없는 일이었다. 그저 의사가 설명한 대로 눈을 감고 마법의 힘을 눈가로 끌어온 뒤 그림자를 집중해서 관찰하니 바로 기운의 흐름이 눈에 들어왔을 뿐이었다.

조수를 두 명이나 불러 리안의 '눈'을 검증하고 나자 의사는 그가 천부적인 재능을 가졌음이 분명하다고 선언했다. 리안이 의사보다도 훨씬 빠르고 정확하게 그들의 그림자에 대해 분석해 냈기 때문이었다.

"제론은 이미 그림자의 성질을 볼 줄 아는 눈을 가졌던 게 분명한데…. 혹시 내가 그림자의 성질을 식별할 수 있게 된 것도 제론의 몸을 가지고 있어서 그런 걸까요?"

의무실을 나와 걸음을 옮기며 리안은 이상하다는 듯 중얼거렸다.

"글쎄요…. 그럴 가능성도 있겠죠. 하지만 유란 셴의 초상화에서 나오던 기운을 리안 군만 느낄 수 있었던 점이나, 그림자의 숲이 유독 리안 군에게만 친절했던 점을 고려하면 리안 군이 처음부터 특별한 재능을 타고난 걸 수도 있어요. 정말 원래는 평범한 인간이었던 게 분명해요?"

세린이 오히려 반대로 질문하자 리안은 고개를 갸웃했다.

"내가 아는 한 우리 가족은 그런 특별한 능력과는 거리가 멀어요. 제론과 영혼이 바뀌기 전까지만 해도 전혀 이상하거나 특이한 일을 겪은 적이 없고요…."

"그렇군요."

세린은 천천히 고개를 끄덕이더니 이내 화제를 전환했다.

"하지만 지금은 이 능력이 누구의 것인지는 그리 중요하지 않겠죠. 그러니 리안 군의 체질에 대한 논의는 다음에 이어서 하고 일단은 이 능력을 유용하게 사용하러 가볼까요?"

이렇게 말한 후 세린은 로스앤젤레스의 섀드가더 기지와 연결되어 있는 시체 안치소로 리안을 데리고 갔다. 안치소는 편리하게도 기지와 지하 통로로 이어져 있어서 번거롭게 보안 절차를 거칠 필요도 없었다. 보관소에 도착한 후 세린은 직원에게 무언가 이야기를 건넸고, 그들은 즉시 2층에 있는 방 중 한 곳으로 안내되었다. 그리고 검은 장갑과 마스크 등을 착용한 채 잠시 기다리자 방 가운데에 놓인 긴 탁자 위로 네 구의 시체가 나타났다.

"…어떤가요?"

세린은 리안에게 살펴볼 시간을 얼마간 준 다음 질문했다.

"음… 모두 각각 한 부위씩 큰 토막을 잃어버린 상태라 완벽히 확신할 수는 없지만…."

리안은 시체의 그림자를 다시 한 번씩 훑어본 후 대답을 정했다.

"확실히 네 구 모두 균일한 기운으로 채워져 있는 타입에 속하는 것 같네요. 지금 내가 가지고 있는 이 제론의 그림자와 유사하게요."

이렇게 해서 리안은 '토막 갈취 사건의 다음 타깃 조사'라는 새로운 임무를 안고 조직의 연구소로 돌아갔다. 마침 연구소장인 유이 호즈미가 열 명의 테사리움 멤버 중 하나였기 때문에, 사흘 뒤인 화요일에는 유이의 거처에서 테사리움 회의가 열리기로 예정돼 있었다.

테사리움의 회의 내용은 극비 사항이었기에 회의가 진행되는 동안 일반 조직원은 각자 업무를 하는 건물 밖으로 나와서는 안 된다고 했다. 그래도 리안은 세린에게 배워둔 '눈 그림자'를 활용하는 마법을 통해 어느 정도 테사리움의 멤버들을 관찰할 수 있었다.

물론 테사리움 멤버들은 그리 허술하지 않았으므로 회의가 진행될 건물에 귀 그림자나 눈 그림자를 무단으로 부착해 둘 수는 없었다. 대신, 유이의 거처로 드나드는 모든 인물을 최측근인 L이 안내한다는 사실에 착안해 리안은 L의 그림자에 아주 작은 눈 그림자를 슬쩍 하나 부착해 두었다. 다행히 아무도 L의 그림자까지 살필 생각은 하지 않았고, 덕분에 L이 테사리움 멤버들을 안내하는 동안 리안은 눈 그림자를 통해 그들의 그림자를 하나하나 관찰할 수 있었다.


"그래서 오늘 지켜보니 어땠나요?"

그날 저녁, 다시 회의실에서 만난 세린이 질문을 던졌다.

"테사리움의 멤버 중 균일한 기운의 그림자를 가진 이는 두 명이에요. 첫 번째는 테오 플레처 그리고… 두 번째는 유이 호즈미."

리안은 테사리움의 멤버들이 가진 그림자를 하나씩 다시 떠올리며 신중하게 대답했다.

"테오 플레처라면, 납치 사건 전에 섀드의회의 의장까지 맡았던 유명 정치인이군요."

세린은 조용히 중얼거리더니 서류 몇 장을 꺼내 펼쳤다.

"이제까지 메릴린의 팀에서 조사한 바에 따르면, 테오 플레처와 유이 호즈미는 모두 네 희생자 이상으로 높은 마법력을 가지고 있는 듯해요. 유이의 그림자 조각은 젊은 시절에 남긴 것밖에 못 찾았다고 하지만… 그 당시의 조각에 담긴 힘만으로도 마르세유의 비밀 조직에 의해 납치되었다 알려진 이들 중 최상위권이었다니 지금은 그보다 더 강하겠죠."

"그렇다면… 제론의 다음 두 타깃이 테오 플레처와 유이 호즈미가 될까요?"

이렇게 말하면서도 리안은 어쩐지 찜찜한 기분이 들었다. 만약 제론 일당이 노리는 타깃 중에 유이 호즈미가 있다면, 조직의 연구소에 멀쩡히 몸담고 있던 아르망을 굳이 빼낼 필요가 없지 않나 하는 생각이 들었기 때문이었다. 오히려 섀드코어 도난 사건을 어떻게든 잘 무마하고 연구소 내에 아르망을 남겨두었어야 하지 않았을까 싶었다. 그래야 연구소 내에 상주하는 유이에게 접근하기가 원활할 테니까.

"제론 일당이 유이 호즈미를 노리고 있다고 하기엔, 아르망이 이미 연구소를 떠났다는 사실이 마음에 걸리는 거죠?"

리안의 머릿속에 들어갔다 나오기라도 한 것처럼 세린은 금방 그의 생각을 맞혔다. 리안이 놀라 고개를 끄덕이는 것도 잠시 잊은 사이 세린의 말이 이어졌다.

"음… 유이 호즈미가 타깃이 아니기 때문이라고 추측할 수도 있지만, 한편으로는 오히려 유이를 노리고 있기에 그런 일을 벌였을 가능성도 있다고 생각해요. 만약 아르망보다도 연구소와 유이에게 가까이 접근해 있는 이들 중 제론의 또 다른 동료가 있다면, 차라리 섀드코어를 훔치는 김에 아르망이 그 의심을 다 떠안고 사라져 버리는 게 장기적으로 이득이라고 판단했을 수 있죠. 이미 내부자 한 명이 배신자로 낙인찍혀 공공의 적이 되어버린 상황이라면 보통은 그와 가까운 거리에 또 다른 배신자가 있으리라 의심하지는 않을 테니까요."

꽤 일리가 있는 가설이었다. 제론 일당이 유이 호즈미 같은 이의 그림자를 탐내지 않을 리가 없다는 생각이 들었기 때문에 리안은 더욱 세린의 추론에 공감했다. 리안의 눈이 정확하다면, 유이의 그림자는 제론의 것만큼이나 완벽에 가까운 균일성을 자랑했다. 게다가 메릴린 팀의 조사 자료에 따르면 그림자에 깃든 마법력마저 최상위권이라 하니, 제론의 입장에서 모든 조직원을 통틀어 유이만큼 매력적인 타깃은 찾기 어려울 터였다.

"그러면 조직원들 중 이제까지 희생된 간부들에게 쉽게 접근할 수 있었던 인물이면서 동시에 연구소와 유이 호즈미 주위에 자주 나타나는 이가 곧 제론의 동료라는 말이 되는군요. 앞으로 그 조건을 충족하는 인물이 누가 있을지 유심히 봐야겠어요."

리안의 말에 세린이 고개를 끄덕였다.

"좋아요. 세 개의 비밀 새이덤을 통해 제론과 자주 소통했던 이들의 명단을 넘길 테니 그 정보를 같이 고려해서 살펴봐 주세요."

이렇게 제론의 동료를 찾아낼 방법을 간단히 논의한 후 리안은 다시 토막 갈취 사건의 타깃에 대한 화제로 말을 돌렸다.

"그나저나 제론이 노릴 가능성이 높은 테오 플레처와 유이 호즈미는 어떻게 하면 좋을까요?"

"흐음… 단순히 토막 갈취 사건을 막는다는 관점에서만 생각하면 우리 섀드가더들이 바로 개입해 테오와 유이를 보호하는 방법도 있지만, 지금 섣불리 움직였다가는 영영 제론 일당을 놓칠 수도 있어요."

세린은 난감하다는 듯 미간을 살짝 찌푸렸다. 리안 역시 그 일당의 계획에 이렇게나 가까이 다가온 이상 이번 기회를 최대한 활용해야만 한다는 의견에 동감했다. 어설프게 그들을 보호하려 했다간 괜히 제론의 동료가 눈치채고 발을 뺄 가능성이 높고, 그러면 제론 일당을 잡기는 훨씬 어려워질 것이다. 최악의 경우 섀드가더의 눈이 닿지 않는 곳에서 제론이 몰래 다른 그림자를 모아 섀드의 힘을 되찾아 버릴 수도 있으니 그가 마르세유의 비밀 조직에 주목하는 지금의 상황을 최대한 유지해야 했다.

그래서 세린과 리안은 결국 며칠 동안만이라도 상황을 더 지켜보며 제론의 동료를 먼저 찾아내는 데 집중하자고 결정했다. 제론의 동료를 통해 일당의 위치를 찾아낼 수만 있다면 그때는 타깃을 따로 보호할 필요도 없이 이번 사건을 완전히 끝낼 수 있을 테니.

다음 날, 리안은 일부러 이런저런 핑계를 대고 연구소 곳곳을 돌아다니며 제론의 동료일 만한 이를 찾기 위해 고군분투했다. 하지만 연구소의 섀드들은 모두 '유이의 근처에 있다'는 특성을 충족하더라도 '조직의 간부들에게 쉽게 접근할 수 있다'는 조건 에는 부합하지 않았다.

저녁 늦게까지 별 수확 없이 시간을 보낸 리안은 답답한 마음을 식히려 연구소의 일본식 정원을 천천히 걷고 있었는데, 그때 L이 한 남자를 유이의 거처로 안내하고 있는 모습을 목격했다. 잘 정돈된 적갈색 머리에 밤색 눈동자 그리고 강한 인상을 주는 턱선. 리안이 미리 공부해 둔 인물 목록에 있던 얼굴이었다.

'딜런… 테빌이라고 했던가?'

엘리트 클럽을 거쳐간 인재이자, 녹턴루트의 현 CEO직에 올라있는 남자. 하지만 무엇보다도 리안이 그를 중요하게 기억하고 있던 이유는 그의 이름이 엘리트 클럽 3층의 벽난로 위 이름들 중 제론 바로 옆에 적혀있었기 때문이었다. 벽난로 위의 이름은 1위를 차지한 순서대로 기재되기 때문에, 이는 곧 그가 엘리트 클럽에 머물렀던 시기가 제론과 겹쳤을 가능성이 높다는 말이었다.

"방금 들어간 저 사람은 누구인가요? 연구소에서 본 적 없는 얼굴인데…."

리안은 마침 손님을 안내하고 유이의 거처에서 빠져나온 L을 붙잡고 모르는 척 질문했다.

"아… 딜런 테빌이라고 하는 조직의 주요 멤버입니다. 평일에는 거의 매일 저녁 유이 님을 만나러 이곳에 오시죠."

아마 늘 리안이 퇴근한 후에 찾아온 터라 이제까지 본 적이 없었던 모양이었다. 리안은 순수한 호기심에서 나오는 질문인 척 연기하며 L에게 다시 한번 물었다.

"무슨 일로 유이 님을 만나러 오는 건데요?"

"음… 간단히 말하자면 회사 일 때문이랄까요. 녹턴루트라는 회사를 아시나요?"

물론 리안은 이에 대해 잘 알고 있었지만 섀드 정보 네트워크에 알려진 수준으로만 간단히 대답했다.

"여러 기업을 대상으로 섀드마법에 사용하는 재료들을 판매하는 기업이다… 정도로 알고 있습니다."

"맞아요. 녹턴루트는 원래 유이 님이 만들고 이끌던 회사예요. 그리고 유이 님이 조직의 간부로 들어오면서 녹턴루트를 넘겨받은 게 바로 딜런 님이죠. 하지만 여전히 조직에서 녹턴루트에 대한 영향력을 행사하고 있기 때문에 딜런 님이 이곳에 자주 들러 회사 일을 상의하는 겁니다. 우리 연구소에서도 녹턴루트를 통해 재료를 공급받고 있어서 그런 이야기도 하는 것 같고요."

어차피 유이 호즈미나 딜런 테빌, 녹턴루트에 대한 정보가 모두 섀드 정보 네트워크에 공개돼 있기 때문인지 L은 별다른 고민 없이 대답을 내주었다. 하지만 이 이상의 정보를 물었다간 그의 경계심을 자극할 것 같았으므로 리안은 이쯤에서 대화를 마무리하고 돌아섰다.

'딜런 테빌이라….'

리안은 정원을 한 바퀴 더 돌며 딜런이라는 존재에 대해 곱씹어 봤다. 딜런 테빌은 세린이 정리한 의심 인물 리스트에는 올라있지 않지만, 연구소에 굉장히 자주 방문하는 데다 유이와도 관계가 깊다는 점에서 '제론의 동료 조건'에 잘 부합했다. 무엇보다도 엘리트 클럽을 통해 제론과 아는 사이였을 확률이 높다는 사실이 자꾸만 리안의 머릿속을 강하게 맴돌았다.

하지만 아무리 딜런을 의심하고 싶어도, 그 역시 이제까지의 희생양이나 다음 타깃이 될 가능성이 높은 테오 플레처와는 별다른 관계가 있어 보이지 않았다. 엄밀히 구분 짓자면 녹턴루트의 CEO라는 자리는 조직의 영향 아래 있는 자리일 뿐, 조직의 내부적인 일을 맡는 위치는 아니다. 그러니 의심스러운 다른 자질들에도 불구하고, 딜런은 가장 중요한 조건인 '조직 간부들과의 친분' 면에서는 전혀 유력한 이가 아니었다.

결국 리안은 딜런에 대한 생각을 털어버리고 다른 방향으로 제론의 동료를 더 탐색해 봐야겠다고 결론 내렸다. 지금까지는 아무래도 연구소 안에서 볼 수 있는 인물들로만 생각을 한정하고 있었기 때문에 조금 더 넓은 시야로 볼 필요가 있을 것 같았다. 그리고 마침 이틀 뒤인 금요일 저녁에 엘리트 클럽의 홈커밍 행사가 열릴 예정이었으므로, 그때야말로 제론과 친분이 있으면서도 조직에 대해 속속들이 알고 있을만한 인물을 찾아보기 좋은 기회일 듯했다.


엘리트 클럽의 홈커밍 행사 당일. 시간을 맞춰 콜린의 얼굴로 저택에 도착한 리안은 저택이 생각보다 평소와 다를 바 없다는 점에 놀랐다. 정원에 지저분하게 엉킨 잔디와 잡초 그리고 건물 외벽에 어지럽게 감겨있는 담쟁이 넝쿨에 봄기운을 담은 연한 초록빛이 올라오고 있다는 점만 제외하면 리안이 처음 이 저택에 방문했을 때와 정확히 동일한 풍경이었다. 엘리트 클럽의 본 거지인 이 저택은 여전히 흉물스럽게 방치된 옛 시대의 잔재처럼만 보일 뿐, 떠들썩한 행사를 주최한 공간이라면 으레 풍기는 생기 있는 느낌을 전혀 주지 못했다.

하지만 1층 응접실로 들어가자 분위기는 완전히 달라졌다. 드높은 천장에는 화려한 샹들리에가 걸렸고 평소에 쓰던 안락한 느낌의 의자와 테이블들은 치워져 있었다. 응접실을 메우고 있는 새드들은 손에 잔을 든 채 삼삼오오 모여 담소를 나누고 있었고, 응접실의 가장자리를 따라 먹음직스러운 핑거푸드도 차려져 있었다.

리안은 먼저 제인에게 인사를 건넨 후 자연스럽게 응접실 안을 돌아다니며 참여자들 사이에 오가는 대화를 조금씩 엿듣기 시작했다. 엘리트 클럽을 떠난 상위권 멤버들은 모두 마르세유의 비밀 조직이 그려둔 큰 그림 안에서 활동하고 있을 테니 그들의 대화를 통해 누가 어떤 일을 맡고 있으며 누구와 친분이 있는지 파악하려는 심산이었다.

그런데 참여자들을 관찰하던 리안의 눈에 이상한 점이 들어왔다. 모두 실력에 따른 위계질서에 익숙해진 이들이라 그런지 참여자들 사이에 보이지 않는 계급이 존재하는 듯한 불편한 분위기가 흐르고 있었던 것이다. 대화나 몸짓 등에서 아주 자연스럽게 상대에 대한 온도가 적나라하게 드러나서, 서로를 대하는 태도만 잘 관찰해도 누가 누구보다 실력이 강한지 알아낼 수 있을 정도였다.

덕분에 참여자들을 둘러싼 이러한 미묘한 분위기를 잘 읽어 내기만 하면 오히려 제론의 동료 후보를 찾아내기는 편할 듯 보였다. 제론이라면 실력이 많이 떨어지는 이를 가까운 동료로 둘리가 없는 데다, 이제까지 희생된 조직의 간부들에게 쉽게 접근할 수 있는 위치에 오른 이라면 역시 실력이 뛰어날 게 분명하므로.

'제론의 동료가 이곳에 있기만 하다면 말이지….'

애초에 제론의 동료가 리안이 접근할 수 없는 먼 곳에 자리 잡고 있다면 이러한 노력도 모두 허사일 뿐이라, 리안은 자신에게 운이 따라주길 간절히 바랐다.

"…그런데 라일리는 이번에 안 왔네?"

그때, 얼핏 들려온 누군가의 목소리에 순간적으로 리안은 이상한 느낌이 들어 주위를 둘러보았다. 그렇지 않아도 생각보다 홈커밍 행사의 참석 인원이 많지 않다는 점이 내내 부자연스럽게 느껴지던 참이었다. 엘리트 클럽의 상위권 졸업자만 초대받는 행사라고는 하지만, 리안이 이제까지 클럽에 머물면서 수집한 정보에 따르면 그래도 인원이 지금 모인 규모보다는 더 많아야 했다.

　라일리 채프먼이 이곳에 없다는 누군가의 발언을 계기로 방안의 인물들을 다시 찬찬히 살펴본 리안은 그러고 보니 주요 기업의 CEO직을 맡고 있는 이들이 아무도 이 자리에 나타나지 않았다는 사실을 깨달았다. 라일리 채프먼, 딜런 테빌, 요나스 비에르크…. 같은 졸업생이라도 제론은 조직의 발밑에 있는 인물이 아니니 이곳에 오지 않는 게 오히려 당연하지만, 조직이 관리하는 주요 기업의 CEO를 맡은 이들이 아무도 오지 않았다는 건 조금 의아했다.

　마침 제인이 잠시 복도로 나가는 모습을 본 리안은 그녀를 쫓아가 말을 건넸다.

　"여쭤보고 싶은 게 있어서요."

　제인은 말해보라는 듯 그를 물끄러미 바라보았다.

　"엘리트 클럽의 1위 출신 중에 현재 쟁쟁한 기업들의 CEO 자리를 맡은 분들이 많다고 들었는데, 오늘 행사에 그런 분들은 오지 않은 것 같더라고요. 무언가 이유가 있나요?"

　리안 역시 이제 마르세유의 비밀 조직 안에서 활동하는 신분이 되어서인지 제인은 굳이 숨기지 않고 대답을 해주었다.

　"아, 오늘 회의가 있다고 들었어요. 조직에서 관리하는 주요 기업들의 CEO와 조직의 간부들이 함께 참여하는 회의체가 있거든요. 뭐, 몇 시간쯤 기다려 보면 그중 몇 명은 올 거예요."

"그렇군요. 엘리트 클럽 최초의 1위였다는 라일리 채프먼 님을 한번 뵙고 싶었는데 오늘 오시지 않은 것 같아서 여쭤봤어요. 감사합니다."

리안은 최대한 자연스러운 거짓말로 질문의 의도를 설명하고는 다시 응접실로 돌아갔다. 하지만 태연한 표정과 달리 리안의 심장은 타들어가듯 불안하게 조여왔다.

리안이 딜런 테빌을 용의선상에서 배제했던 이유는 오직 조직의 간부들과 연결 고리가 없어 보인다는 사실 때문이었다. 하지만 주요 기업의 경영자와 조직의 간부들이 함께 참여하는 회의체가 있었다니. 이 정보는 리안이 이제까지 쌓아온 추리의 근간을 흔드는 대이변이었다. 딜런 테빌은 제론과 엘리트 클럽이라는 끈으로 연결된 인물이자 유이 호즈미의 측근이었고, 조직의 간부들에게도 얼마든지 친밀하게 접근할 수 있었다. 리안은 딜런에 대한 경계심을 놓고 다른 쪽으로 탐색의 방향을 바꿨던게 잘못된 접근이었음을 비로소 깨달았다.

리안은 당장이라도 로스앤젤레스의 기지로 돌아가 딜런 테빌이 수상하다는 정보를 넘기고 싶었지만, 마침 제인이 그에게 다가와 라일리 채프먼이 한 시간 후에 도착할 예정이라고 일러주는 바람에 떠날 기회를 잡지 못했다. 앞서 라일리를 만나고 싶다는 식으로 이야기해 버린 탓에 꼼짝없이 그녀를 기다렸다 떠나야 하는 상황이 되어버렸다.

째깍째깍 흘러가는 시간을 온몸으로 느끼며 초조하게 기다리던 리안은 마침내 도착한 라일리 채프먼에게 얼른 눈도장을 찍은 후 기회를 엿봐 저택을 빠져나왔다. 아마 라일리의 입장에서는 자신을 만나고 싶었다고 주장한 것치고 리안의 태도가 그리 열성적이지 않아 의아했겠지만 그런 부분은 아무래도 좋았다.

그런데 저택에 모인 섀드들의 눈을 피해 로스앤젤레스로 그림자 이동할 만한 한적한 장소를 물색하던 중, 리안의 옷 안주머니에서 섀이덤이 진동했다. 세린에게서 온 메시지였다.


다섯 번째 희생자 발생. 시드니에서 시신 발견. 신원은 테오 플레처로 밝혀짐.

—S

# 18.
## 내부의 스파이

이제 막 제론의 동료일 가능성이 높은 이를 찾아냈는데, 안타깝게도 시간은 리안의 편이 아니었다.

간단히 세린과 논의해 계획을 수정하기로 결정하고, 리안은 잠시 후 홈커밍 행사가 끝날 무렵을 노려 다시 엘리트 클럽의 저택으로 돌아갔다. 제인은 여러 그림자 마법을 적절히 섞어 응접실을 정리하고 있었는데, 리안이 응접실에 발을 들여놓자마자 인기척을 감지하고는 날카로운 눈빛으로 그를 돌아보았다.

"놓고 간 게 있나요?"

리안은 주위에 다른 학생들이 없다는 걸 확인하고 조심스럽게 말을 꺼냈다.

"아니요. 사실… 따로 말씀드릴 게 있어서 끝날 때까지 기다렸어요. 엘리트 클럽을 만드신 분이 곧 조직의 '테사'라고 불리는 존재인 거죠? 그분을 만나게 해주실 수 있나요? 조직에 관한 일이에요."

이 말에 제인은 정리하던 손을 멈추고 리안을 자신의 사무실로 들였다.

"무슨 일이죠?"

다른 학생들이 듣지 못하도록 문을 단단히 걸어 잠근 뒤 제인이 의자에 걸터앉으며 물었다.

"조직의 간부들이 연이어 사라지고 있다는 정보를 알고 계신가요? 그게 연쇄적인 사건이라는 점과, 다음 타깃이 될 인물이 누구인지를 제가 알고 있어요."

리안이 진실함이 느껴지는 말투로 호소하자 제인의 눈동자가 약간 흔들렸다. 아마 제인도 간부들의 실종에 대해 알고 있었던 게 분명했다.

"증거가 있나요?"

제인이 이렇게 확인하는 것도 당연한 수순이었지만, 리안은 최대한 이성적인 근거를 들어 대답을 피했다.

"그건 테사 님을 뵈면 말씀드릴게요. 아마 테사 님께서도 직접 심문해 얻어낸 정보를 더 신뢰할 수 있다고 생각하실 테니까요."

그리고 제인이 더 꼬치꼬치 캐묻기 전에 얼른 대화를 마무리

하고 일어섰다.

"일단 테사 님께 테오 플레처라는 분이 다음으로 노려질 테니 조심하라고 전해주세요. 아마 이 이야기를 들으시면 결국 저를 부르실 거예요."

물론 다섯 번째 사건은 이미 발생했지만, 섀드가더들이 지금 막 입수한 정보이므로 조직에서 테오가 사라졌다는 사실을 그보다 빨리 알아챘을 확률은 거의 없었다. 그러니 지금 리안이 이 정보를 전해두면 조직에서는 테오의 행방을 빨라도 몇 시간 뒤에야 알게 될 것이고 결국 테사, 그러니까 다이앤 미첼은 리안이 사건을 완벽하게 예측했다고 생각할 수밖에 없었다.

이렇게 해서 다이앤의 신뢰를 얻고 여섯 번째 타깃이 될 가능성이 높은 유이를 다이앤이 직접 보호하도록 하는 게 리안과 세린의 새로운 계획이었다. 이제 막 딜런 테빌이 제론의 동료일 거란 심증이 생긴 상황에서 섀드가더들이 유이에게 접근하면 딜런이나 다른 제론 일당은 잡을 수가 없게 된다. 하지만 그렇다고 손을 놓고 있다가 유이마저 희생되면 제론은 몸통과 머리 부분 그림자까지 완성해 고대하던 섀드의 힘을 되찾을 것이다.

그래서 섀드가더가 직접 움직이지 않으면서도 유이를 보호할 방법을 찾다 떠올린 인물이 바로 조직의 수장인 다이앤 미첼이었다. 다이앤이라면 조직의 간부들이 연쇄적으로 사라지고 있다는 사실을 이미 알고 있을 테고, 그 상황에서 다음 타깃이 유이라는 정보를 얻게 되면 당연히 적절한 조치를 취하려 할 것이다. 물론 최악의 경우 다이앤이 오히려 리안만 의심하고 끝날 수도 있지만, 리안은 그녀가 적어도 주장이 일리가 있는지 검토해 볼 정도의 신중함과 냉정함을 갖춘 인물이라는 데 기대를 걸어보기로 했다.

그리고 다행히 일은 리안의 예상대로 흘러갔다. 하루가 채 지나지 않아 제인이 연구소로 리안을 찾아왔던 것이다. 극비리에 섀드가더들에게만 전달된 정보를 이렇게나 빠르게 알아내다니. 조직의 정보력은 리안의 생각을 한참 뛰어넘었다.

"그분께서 콜린을 만나겠다고 하시네요."

제인은 다른 조직원들의 눈을 피해 리안에게 몰래 속삭이더니 사진 한 장을 건넸다.

"일을 마무리하고 한 시간 후에 이곳으로 찾아가세요."

한 시간 후, 사진 속 장소로 이동한 리안은 깜짝 놀랐다. 그가 도착한 곳은 한 바퀴를 도는 데 30분도 채 걸리지 않을 정도로 작은 섬이었고, 주위에는 푸르른 망망대해만 펼쳐져 있었다. 게다가 아무리 둘러봐도 이 섬에는 울창한 식물들과 새, 도마뱀, 박쥐 등만 가득할 뿐 문명의 흔적은 전혀 찾아볼 수 없었다. 이제까지의 경험에 의하면 마르세유의 비밀 조직에서는 섀드보호부에 등록해야만 하는 그림자 숨김 상태의 건물을 사용하는 걸 꺼렸으므로 이곳 어딘가에 숨겨진 건물이 있을 리도 만무했다.

리안이 당황한 채 섬 주위를 돌아보는 사이, 언제 나타났는지 갑자기 해안가를 따라 한 여자가 걸어오는 게 보였다. 비록 미리 익혀둔 사진 속 얼굴보다는 나이 들어 보였지만 다이앤 미첼이 분명했다. 수수한 검은 셔츠 차림에 희끗희끗한 기색이 섞인 진갈색의 머리칼. 하지만 눈빛만큼은 젊은 시절의 사진에서 느껴졌던 당당한 카리스마를 그대로 품고 있었다. 역시 예상대로 테사라 불리는 조직의 수장은 다이앤 미첼이었다.

"콜린 그랜트…라고 했나?"

다이앤이 그를 보며 나지막하게 물었지만 딱히 대답을 바란 건 아닌 듯했다. 리안의 대답을 기다리지 않은 채 따라오라고 손짓하더니 휙 돌아섰기 때문이었다. 그리고 빠른 발걸음으로 앞장서 섬의 중앙에 있는 한 거대한 반얀나무로 향했다. 뻗어나온 가지가 다시 땅으로 내려와 뿌리가 된다는 반얀나무의 특성에 걸맞게, 오랜 세월을 거치며 가지에서 바닥을 향해 이어져 내려온 무수한 줄기 기둥이 마치 하나의 숲을 이루고 있는 것만 같았다.

리안이 그 장엄한 나무의 신비로운 자태를 감상하는 사이 다이앤은 나무를 구성하는 그 줄기 기둥 사이사이로 이리저리 움직이더니 어느새 모습을 감췄다. 그래서 리안은 영문도 모른 채 허겁지겁 다이앤이 움직인 방향으로 발걸음을 옮겨 보았는데, 그러다 보니 어느샌가 나무의 가장 안쪽까지 들어와 있는 자신을 발견할 수 있었다. 놀랍게도 나무 안쪽에는 커다란 공간이 비어있었고 더 놀랍게도 그 아래에는 계단이 이어져 있었다.

숨겨진 계단 아래로 끝없이 내려가자 어느덧 리안의 눈앞에 밝은 빛과 함께 넓은 공간이 펼쳐졌다. 섬의 지하에 감춰진 공간이라고는 믿기지 않을 정도로 거대하고 호화로운 공간으로, 거실과 주방이 갖춰져 있는 걸 보니 주거 공간으로 사용되는 것 같았다. 섀드의 공간답지 않게 따뜻한 갈색 톤으로 꾸며져 있어 인간세계의 어느 거부가 마련해 둔 숨겨진 별장 같은 느낌도 들었다.

언뜻 버려진 섬처럼 보이는 곳에 이런 공간을 만들어 숨어 지내고 있었다니. 조직의 다른 건물들도 꽤 영리하게 모습을 감추고 있다고 생각했지만, 이 섬 아래의 집은 예상을 훨씬 뛰어넘었다. 이 정도의 계획을 실행에 옮긴 다이앤의 담대함과 자본력은 놀라울 정도였다. 리안이 속으로 몰래 감탄하며 지하의 집을 둘러보는 사이 다이앤은 조용히 홍차를 내왔다. 그리고 그녀가 거실에 놓인 소파 한편에 자리를 잡자 리안도 따라서 그 대각선 위치에 살짝 걸터앉았다.

"우리 조직의 간부들이 연이어 사라졌다는 사실을 어떻게 알았지?"

다이앤은 홍차 한 잔을 리안 쪽으로 밀면서도 딱히 마실 시간을 주지 않은 채 곧바로 질문했다.

"이야기를 들었습니다. 저는 조직의 신물질 개발 연구소에서 일하고 있는데, 연구소 부지 안을 돌아다니던 중 대나무 숲 안쪽에서 누가 말하는 소리가 들려서 가까이 다가가 보니… 간부 납치 계획에 대해 이야기하고 있더군요."

리안은 섀드가더를 통해 정보를 얻었다는 사실을 숨기기 위해, 범인이 말하는 소리를 들었다고 주장하기로 했다. 어차피 이번 사건의 배후에는 꼭 딜런이 아니더라도 조직의 내부인이 최소 한 명은 개입되어 있을 게 분명하므로 쉽게 의심을 살만한 발언은 아닐 터였다.

하지만 다이앤은 역시 오랜 세월 동안 사회의 눈을 피해 비밀 조직을 키워온 인물답게 그리 호락호락하지 않았다. 그녀는 주머니에서 투명한 액체가 담긴 작은 유리병을 꺼내더니 리안의 동의를 구하지도 않은 채 그의 그림자 위에 바로 한 방울을 떨어뜨렸다. 그게 진실을 감별하는 물약인 '셰리체Shericé'라는 사실을 리안은 금방 알아볼 수 있었다.

방금 리안의 입에서 나온 말들은 모두 거짓이었으므로 셰리체를 떨어뜨리면 그림자가 마구 일그러져야 정상이었지만, 리안의 그림자는 전혀 흔들림이 없었다. 리안이 미리 그림자에 해둔 조치 덕분이었다.

리안은 이미 이 섬에 찾아오기 전부터 다이앤이 그의 말을 단번에 믿을 가능성은 거의 없으리라 예상했고, 그래서 셰리체를 이용한 심문에 대비해 특수한 용액을 그림자에 듬뿍 바르고 왔다. 이는 세린이 알려준 비책으로, 셰리체에는 투구꽃의 독이 주재료로 들어있기에 복어 독을 주재료로 한 용액을 미리 그림자에 발라두면 셰리체의 효과를 최대 30분까지 지연시킬 수 있다고 했다. 그리고 이는 개발된 지 얼마 안 된 데다 섀드가더 사이에서만 비밀스럽게 전수되는 약품이라 다이앤이 알고 있을 리가 없었다.

물론 20분에서 30분 정도가 지나면 지연된 셰리체의 효과가 나타나면서 그림자가 흔들리기 시작하겠지만, 리안은 그전에 다이앤과의 대화를 마무리하고 이곳을 떠날 계획이었으므로 큰 문제는 되지 않을 거라 생각했다. 그리고 다행히 예상대로 다이앤은 셰리체의 효과를 지연하는 특수 약품에 대해서는 전혀 모르는 눈치였다. 리안의 그림자가 흔들리지 않는다는 점을 진실의 징표로 받아들였는지 다이앤의 눈빛이 흥미롭다는 듯 반짝이기 시작했다.

"그래서, 어떤 이야기였지? 그자가 누구인지는 봤나?"

"아뇨, 누구인지는 보지 못했습니다. 하지만 남자였고, 그때는 저녁 늦은 시간이었으니 그 시간 즈음 연구소에 있을 수 있었던 조직원 중에 있을 거예요. 그리고 누군가와 통화를 하고 있었던 걸 볼 때 범인 일행은 최소 두 명 이상인 것 같았습니다."

아직 딜런이 제론의 동료라고 완전히 확신할 수는 없었으므로, 리안은 단정적인 표현을 삼가며 딜런을 암시하는 정보를 은근하게만 흘렸다.

"대화 내용은 조직의 간부를 노리는 계획에 대한 것이었는데… 이제까지 네 명을 빼돌리는 데 성공했고 다섯 번째로는 테오 플레처를, 여섯 번째로는 유이 호즈미를 노리고 있다고 했습니다. 아쉽게도 범인의 목적까지는 듣지 못했지만요."

"유이? 다음 타깃이 유이 호즈미라고?"

거짓과 진실이 적절히 섞인 리안의 진술에 다이앤이 믿을 수 없다는 듯 인상을 찌푸렸다. 그리고 속내를 알기 어려운 알쏭달쏭한 표정으로 천천히 찻잔을 입으로 가져갔다. 모르는 사람이 보면 차의 풍미를 아주 신중하게 음미하고 있는 것처럼 보일 만큼 긴 시간을 들여 홍차를 한 모금 마신 후에야 다이앤은 다시 리안을 향해 질문을 던졌다.

"대화를 들은 위치가 어디였나?"

다이앤의 꿰뚫어 보는 듯한 매서운 눈빛을 볼 때, 이는 리안의 말을 어느 정도 믿어야 할지 가늠하기 위한 시험인 듯했다. 이에 리안은 최대한 침착한 태도로 그럴듯한 대답을 내놓았으나 다이앤은 이어서 몇 번이고 끈질기게 세부적인 정보를 물어 왔다. 그가 얕은 속임수로 셰리체의 효과를 뛰어넘어 거짓말을 하고 있는 건 아닌지 그리고 만약 진실을 말하고 있다 해도 사실관계를 착각하고 있는 건 아닌지 낱낱이 검증하려는 의도로 보였다. 다이앤은 안타깝게도 리안의 예상보다 훨씬 신중한 인물이었다.

특수 약물로 지연시켜 두었던 셰리체의 효과가 슬슬 나타날 때가 되었으므로 리안은 점점 애가 탔지만, 평정심을 유지하기 위해 노력하며 최선을 다해 다이앤을 납득시킬 말들을 골라냈다. 그렇게 거의 20분에 가까운 시간이 흘렀을 때쯤, 다이앤은 드디어 리안에 대한 의구심을 거의 다 걷어냈는지 표정을 살짝 풀며 옅은 미소를 지어 보였다.

"알겠네, 유이가 위험하다는 자네의 말을 믿도록 하지."

이제야 자유의 몸이 되었다는 생각에 리안이 마음을 편하게 내려놓으려는데, 잠시 후 다이앤의 나지막한 중얼거림이 그의 귀에 와 꽂혔다.

"설마 세리체를 무력화할 수 있는 방법을 찾아내 내 앞에서 감히 거짓말을 하고 있는 건 아닐 테니 말이야."

혼잣말이라도 하는 듯한 조용한 음성이었지만, 감정을 읽어 내기 어려운 다이앤의 갈색 눈동자는 리안의 얼굴에 똑바로 고정되어 있었다. 그 순간, 이것까지도 그를 떠보기 위해 계산된 행동이었다는 뒤늦은 깨달음에 리안의 머릿속이 새하얗게 얼어 붙었다.

'…내가 표정 관리를 제대로 했던가?'

표정을 꾸며내는 데는 늘 자신이 있던 리안이지만 지금만큼 은 스스로의 얼굴 근육이 어떻게 움직였는지 확신할 수가 없었다. 심문이 끝났다는 듯한 다이앤의 선언에 이미 마음을 놓아버린 탓에 다음 순간 연이어 들어온 시험에는 대비하지 못했다.

리안은 뒤늦게나마 마음을 다잡으며 당당한 눈빛으로 다이앤을 바라봤지만, 다이앤의 표정에서는 그 어떠한 실마리도 읽어 낼 수 없었다.

'거짓말을, 들킨 걸까?'

리안이 마음을 졸이며 기다리는 사이, 다이앤은 또다시 시간을 들여 아주 천천히 홍차를 한 모금 음미했다. 그리고 1초가 1분처럼 느껴질 만큼 마음이 타들어 가는 리안을 놀리기라도 하듯 찻잔을 느릿느릿 내려놓더니 그제야 씩 미소를 지어 보였다.

"그냥 해본 말이네. 당연히 그럴 리 없지. 애초에 세리체의 효과를 무력화할 정도로 대단한 마법 실력을 가진 이라면 조직에서 몰라봤을 리가 없으니까."

다행히 겉으로는 리안의 동요가 전혀 드러나지 않은 모양이었다. 리안은 빠르게 두근거리는 심장을 애써 잠재우며 옅은 미소로 화답했다.

"이만 가봐도 좋아. 대신, 내부의 스파이를 자극하면 안 되니 연구소에서 평소와 다른 행동은 하지 말도록. 나머지는 내가 알아서 처리하도록 하지."

다이앤이 마침내 리안에게 떠날 자유를 허락하자, 리안은 이번에야말로 제대로 된 해방감을 느끼며 자리에서 일어섰다. 마지막까지 의심을 사지 않도록 최대한 정중하고 침착한 태도로 인사를 건네고, 계단을 반쯤 올라가 다이앤의 모습이 완전히 보이지 않게 된 후에야 리안은 비로소 긴장의 끈을 놓고 작은 한숨을 내뱉었다. 그리고 그가 막 섬 위로 올라와 반얀나무 바깥의 바닥에 발을 딛자마자 지연된 세리체의 효과가 나타나며 발밑의 그림자가 마구 일그러지기 시작했다.


다음 날, 평범하게 연구소의 일과를 소화하던 리안은 일부러 기회를 만들어 유이의 거처에 가까이 가보았다. 다이앤이 리안의 증언을 진지하게 받아들여 유이에 대한 보호조치를 준비했을지 확인하고 싶었기 때문이었다. 물론 그리 티가 나는 변화는 없었지만, 미묘하게 거처를 둘러싼 분위기가 바뀌었다는 건 확인할 수 있었다. 유리창 안으로 보이는 유이의 표정에도 평소 이상의 경계심이 담겨있었고, 보이지는 않았지만 건물이 만들어 낸 짙은 그림자 안에 몇 명의 경호원이 그림자화한 상태로 숨어있는 듯했다. 그리고 이는 리안이 일부러 평소와 다른 부분을 찾으려고 세세하게 들여다보았기에 알아챈 것뿐, 다른 이들이 쉽게 눈치챌 수 있으리란 생각은 들지 않았다.

리안은 일단 안심하고 주어진 연구에 집중하는 척하며 하루를 보낸 후, 저녁 무렵이 되자 딜런 테빌이 연구소를 찾아오는지 확인하기 위해 다시 유이의 거처 주위를 서성이기 시작했다. 하지만 아직 주말이라 그런지 딜런은 나타나지 않았다.

그리고 월요일인 다음 날 저녁에는 딜런이 그리 늦지 않게 연구소에 찾아왔지만, 그는 별다른 낌새를 채지 못한 듯 보였다. 손님이 올 때면 유이도 특별히 더 주의를 기울여 아무 일 없다는 표정을 능숙하게 연기해 냈기 때문이었다. 딜런은 유이의 거처에 얼마 머물지 않고 금방 자리를 떠났는데, L의 안내에 따라 정원으로 나오면서 그는 리안이 있는 방향으로 슬쩍 시선을 던졌다.

'나를… 본 건가?'

리안은 잠시 당황했으나, 아무리 딜런이 제론의 동료라 해도 '콜린'의 얼굴을 한 자신을 알아볼 수 있을 리가 없다는 생각으로 옅은 불길함을 금방 씻어냈다. 그리고 이어진 화요일도, 수요일도 모두 평범하게 시작된 후 별다른 일 없이 마무리되었으므로 리안은 딜런과 잠시 눈이 마주친 것 같다는 생각을 완전히 잊어버렸다. 딜런은 저녁마다 꼬박꼬박 유이를 찾아오긴 했지만 이렇다 할 이상한 행동 없이 늘 할 일만 마치고 깔끔하게 자리를 떠났다. 게다가 목요일에는 무슨 일인지 딜런이 연구소로 찾아오지 않았으므로, 리안은 딜런 혹은 다른 누군가를 제론의 동료로 확정 지을만한 사건이 벌어지기 전까지 그저 기다리는 수밖에 없었다.


다음 날인 금요일, 오후까지의 시간은 지극히 평온하게 흘러갔으나 갑자기 해질녘쯤 되어 조용했던 연구소 내에 소란이 일었다. 몇 명이 우르르 달려가는 소리에 리안은 깜짝 놀라 빠르게 상황을 살피러 밖으로 나왔다. 시끄러운 소리가 들려온 곳은 유이의 거처 쪽은 아니었기에 그녀에게 무슨 일이 생긴 건 아닌 듯했다. 대신 바로 옆 건물에서 몇몇 조직원에 의해 한 연구원이 끌려 나오는 광경이 눈에 들어왔다.

"제가 아닙니다! 저는 엘레나 로페즈 님의 거처를 알지도 못하는걸요!"

팔다리가 단단히 구속된 그 남자 연구원은 필사적으로 외쳤지만, 그를 붙잡은 조직원들은 아무 말 없이 그를 끌고 갈 뿐이었다. 그렇게 해서 잡혀간 연구원이 시야 밖으로 완전히 벗어나자, 리안은 상황을 묻기 위해 마침 근처에 있던 L에게 다가갔다. 하지만 이 자리에 모인 대부분의 이들이 모두 궁금해하는 사안이라 그런지 리안이 채 입을 떼기도 전에 다른 연구원이 먼저 큰 소리로 질문했다.

"무슨 일인가요?"

"별일 아닙니다, 여러분. 테사리움의 멤버인 엘레나 로페즈 님이 사라지셨는데, 남겨진 증거들이 가리키는 범인이 방금 잡혀간 브루노였습니다. 범인도 잡혔고 테사 님이 직접 심문해 일의 전말을 알아내실 예정이니 안심하고 업무로 돌아가 주세요."

L이 침착하게 설명했다. 이에 여기저기에서 동시에 저마다의 의견을 담은 웅성거림이 퍼져나가기 시작했다. 대부분 L의 이야기를 기정사실화한 채 각자의 생각을 한마디씩 얹는 분위기였으나, 리안은 애초에 이 상황 자체를 그리 쉽게 수긍할 수가 없었다.

사라진 테사리움의 멤버가 유이가 아닌 엘레나 로페즈라니.

리안은 신중하게 기억을 더듬어 봤지만 테오와 유이 외에는 테사리움에 균일한 기운의 그림자를 가진 이가 없었다. 그리고 그림자의 성질에 관한 이론을 잘 알고 있는 제론이라면 이제까지 획득한 그림자 토막과 다른 타입에 속하는 그림자를 타깃으로 삼을 리가 없다.

게다가 생뚱맞게 브루노라는 연구원이 범인으로 지목된 점도 너무나 이상하다. 백 번 양보해 딜런이 제론 일당과 아무런 관련이 없다고 해도, 브루노는 세린이 정리해 둔 의심 인물 목록에 있는 이름도 아니었다. 상황이 전혀 예상치 못하게 돌아가고 있었다.

'아니, 잠깐만….'

혼란스럽게 둥둥 떠다니는 물음표들 때문에 머리가 뜨겁게 달궈지자, 리안은 애써 숨을 차분하게 내쉬며 생각을 정리하기 시작했다.

이제 브루노라는 연구원이 간부 연쇄 실종 사건의 범인으로 지목되었으니 다이앤의 관심은 유이 호즈미에게서 완전히 떠났을 것이다. 그렇게 해서 유이에 대한 보호조치와 연구소를 감시하던 눈이 모두 사라진다면….

'유이를 노리기에 좋은 상황이 만들어지겠지.'

지금 이 상황이 다이앤의 시선을 돌리기 위한 계략일 수 있겠다는 데까지 생각이 미치자, 리안은 얼른 유이의 거처를 향해 달려갔다.

이미 브루노가 잡혀가는 떠들썩한 사건이 벌어지는 동안 해가 다 저물어 버렸으므로 연구소의 드넓은 일본식 정원은 어둠에 잠겨있었다. 어두컴컴한 길을 따라 정신없이 달린 리안은 유이의 거처 근처에 와서야 발을 멈추고 숨을 몰아쉬었다.

불길하게도 유이의 거처에는 불이 꺼져있었다. 무슨 일이 벌써 생긴 게 아닐까 걱정하며 리안이 조금 더 그 건물 쪽으로 가까이 다가서는데, 갑자기 등 바로 뒤에서 나지막한 속삭임이 들려왔다.

"유이는 거기 없어."

화들짝 놀라 고개를 돌려 보니, 리안의 등 뒤에 바짝 붙어 선 그 남자는 바로 딜런 테빌이었다.

# 19.
## 폐공장과 두 번째 차원

살짝 아래를 내려다보니 딜런의 그림자가 리안 자신의 그림자에 작은 칼을 겨누고 있는 모습이 눈에 들어왔다. 그래서 리안은 어설프게 도망을 시도하는 대신 침착하게 자리를 지켰다. 아직 딜런이 왜 이렇게 행동하는지조차 모르니 여전히 기회가 있을지도 몰랐다.

하지만 다음 순간, 딜런의 이어진 말은 리안의 털을 쭈뼛 곤두세우기에 충분했다.

"내가 지금쯤 다른 동료들을 불러 유이를 납치해 갔을 거라 생각한 거지?"

어쩐지 그는 리안의 머릿속을 훤히 들여다보고 있었다. 이 발언으로 인해 리안은 딜런이 제론의 동료일 것이란 추리가 옳았음을 알 수 있었지만, 당연히 지금은 정답을 맞혔다며 기뻐할 상황은 아니었다. 딜런이 어디까지 알고 있는지 파악하지 못한다면 이 상황을 타개할 방법도 생각해 낼 수 없다. 리안이 숨을 죽인 채 가만히 이제까지 딜런의 행동을 곱씹어 보는 사이, 딜런의 그림자가 그에게 더 가까이 와 닿았다.

"상황을 보니 금방 알겠더군. 네가 제론 님이 찾는 리안이라는 인간이 틀림없어."

생각지도 못한 딜런의 다음 말에 리안은 헉, 하고 놀란 숨을 들이마셨다. 리안은 기껏해야 딜런이 자신을 그저 다이앤의 스파이 정도로 여기고 있으리라 생각했지, 이러한 국면은 전혀 예상하지 못했다.

'언제부터? 어떻게? 그럴만한 상황이 있었던가?'

입 밖으로 나오지 못한 질문들이 소용돌이치며 리안의 머릿속을 마비시켰다.

"처음 봤을 때부터 그림자의 형태나 기운이 제론 님의 원래 그림자와 너무 비슷하다 싶었는데, 연구소 업무인 척 이리저리 쑤시면서 정보를 캐고 다니는 모양을 보니 감이 왔지. 게다가 유이의 거처에 보호조치가 강화된 시점도 네가 다이앤을 만나고 온 후였고. 그리고 오늘, 브루노를 범인으로 위장해 넘기자마자 그 눈속임을 간파하고 이곳으로 달려오는 모습을 보고 완전히 확신했어.”

딜런의 말이 이어졌다. 리안만 딜런을 의식한 게 아니라, 그 역시 리안을 주의 깊게 보고 있었던 모양이었다. 제론의 동료라면 어느 정도 머리가 잘 돌아갈 것이라고 예상은 했지만 딜런은 생각 이상으로 더 눈치가 빠른 인물이었다.

다행히 다시 서서히 머리가 돌아가기 시작한 리안은 이 상황에서 벗어날 방법을 고민하기 위해 눈만 돌려 연구소 내의 캄캄한 정원을 둘러보았다. 하필 오늘따라 유이의 거처 주위에는 지나다니는 사람이 아무도 없었다. 리안의 필사적인 움직임을 눈치챘는지 딜런이 등 뒤에서 작은 웃음소리를 냈다.

“당분간은 아무도 이 근처를 지나가지 않을 거야. 유이와 그 측근들은 지금 다른 일로 자리를 비웠거든.”

“하지만 당신은… 유이를 노린 게 아닌가요?”

리안은 딜런의 의도를 파악할 겸 시간을 끌기 위해 조심스레 입을 열었다.

“유이의 그림자를 탐냈던 건 맞아. 힘으로 보나 그 성격으로 보나 우리가 원하는 그림자의 조건에 잘 맞아떨어졌으니까. 하지만 너를 찾았으니 이제는 유이를 노릴 필요가 없지. 네가 가지고 있는 제론 님의 원래 그림자는 유이 이상으로 강하고, 또 그 성질도 완벽하니까. 애초에 네가 섀드가더들한테 철저히 보호받고 있지만 않았어도 우리는 처음부터 그 그림자를 노렸을 거야. 하지만 지금 너는 완전히 혼자고, 그렇다면 말이 달라지지."

그러더니 딜런은 더 시간을 끌며 놀아줄 마음은 없다는 듯 손을 내밀어 리안의 목덜미를 덥석 잡았다. 단순히 딜런의 손이 리안의 피부에 닿기만 했을 뿐인데, 즉시 리안의 시야에서 연구소의 풍경이 사라졌다. 깊은 어둠 속으로 주위의 모든 것이 흩어지고, 그림자 이동을 할 때처럼 시공간을 가르는 압박감과 투박한 공기의 질감이 느껴졌다.

그 상태로 아주 짧은 시간이 흐른 후, 다시 깜깜한 암흑이 걷히며 새로운 풍경이 나타났다. 리안은 눈앞에 펼쳐진 광활한 회색 콘크리트 건물을 보고 놀란 듯 눈을 두어 번 깜빡였다. 햇빛이 전혀 들지 않는, 창문 하나 없는 공간이라 천장에 달린 형광등의 약한 빛에 의존해 주위를 살펴야 했는데, 방치된 큰 기계들 사이로 녹슨 부품들과 뽀얀 먼지가 굴러다니는 걸 보니 어딘가의 폐공장인 것 같았다.

하지만 이내 어둑한 공장 한편에서 익숙한 얼굴들이 등장했기 때문에 리안은 마냥 주위만 둘러보고 있을 수는 없었다. 제론과 채 교수가 앞장서 리안을 향해 걸어왔고, 뒤에 선 아르망은 긴 앞머리로 얼굴을 거의 다 가리고 있는 동양인 남성을 반쯤 끌다시피 데려오고 있었다. 손발이 마법을 구속하는 흑색 끈으로 속박돼 있는 걸 보니 제론 일행의 포로, 그러니까 음지의 개발자라던 텐인 듯했다. 긴 머리 때문에 표정은 정확히 볼 수는 없었지만, 그간의 고된 시간들을 보여주듯 포로의 행색은 안타까울 정도로 꾀죄죄했다.

"딜런, 돌아왔나?"

여전히 리안의 본래 얼굴을 그대로 간직하고 있는 제론이 딜런을 향해 친근하게 인사를 건넸다.

"네, 유이 대신 더 좋은 선물을 가져왔죠."

딜런 역시 유쾌한 말투로 화답하며 리안이 쓰고 있던 콜린의 가면을 휙 벗겨버렸다. 어느새 리안의 손에도 마법을 구속하는 끈이 칭칭 감겨있었기에 그는 저항조차 거의 할 수 없었다. 가면 아래로 드러난 자신의 본래 얼굴을 보자 제론은 만족스러운 표정을 지었다.

자기 자신의 원래 얼굴에서 제론의 기분 나쁜 미소가 새어나오자 불쾌해진 리안은 시선을 밑으로 피했는데, 제론의 발밑에 늘어선 그림자가 눈에 들어오자 오히려 기분은 더 끔찍해졌다. 제론의 발밑에는 그림자가 얌전히 잘 놓여있긴 했지만 하나가 아니라는 게 문제였다. 리안의 원래 그림자 하나와, 봉제 인형처럼 조각조각 이어 붙인 티가 나는 또 하나의 그림자. 그 두 번째 그림자는 이제까지 탈취한 다섯 섀드의 그림자 토막을 붙여 만든 듯 기괴한 형상이었다. 그리고 아직 머리 부분은 텅 비어있었다. 그 빈자리를 채울 마지막 희생양이 리안이 될 모양이었다.

"이렇게 고생할 필요도 없이 애초부터 내 그림자를 온전한 상태로 돌려받았으면 좋았겠지만… 뭐, 지금까지 모은 토막들과 합쳐지면 오히려 원래의 내 힘을 뛰어넘는 더 큰 힘을 가지게 될지도 모르지."

제론은 혼잣말처럼 중얼거리며 한쪽 입꼬리만 올려 특유의 서늘한 미소를 지었다.

"나를 어떻게 이곳으로 데려온 거죠?"

제론이 상대에게 무력감을 심어주며 자신의 우위를 확인하는 상황을 즐긴다는 걸 알고 있었기에, 리안은 일부러 당황한 척 목소리를 떨며 대화를 시도했다. 제론의 목표가 자신의 그림자라는 사실은 뻔하니 어떻게든 시간을 벌어야겠다는 생각이었다.

리안은 제론 일당에 의해 공격당할 가능성을 염두에 두고 외출할 때마다 늘 위치추적기를 몸에 지니고 있었다. 그리고 특수하게 고안된 그 위치추적기는 리안이 꾹 누르는 순간 세린에게로 위험신호가 전해지도록 설계되었기 때문에, 이미 리안은 공장에 도착한 순간 바로 신호를 보내두었다. 그러니 조금만 시간을 끌며 기다리면 세린이 다른 섀드가더들과 함께 이곳에 도착할 터였다.

"그림자 이동을 대체할 마법을 고안해 냈거든. 어느 장소로든 자유롭게 갈 수 있는 건 아니지만, 사전에 미리 마법을 걸어둔 장소라면 이브프림 오일이나 이동용 사진 없이도 순식간에 이동할 수 있지."

어차피 독 안에 든 쥐라 생각해서인지 채 교수가 순순히 리안의 질문에 대답해 주었다. 그리고 그 순간, 리안이 몸에 지니고 있던 위치추적기가 따뜻하게 달아올랐다. 세린이 리안과 가까운 거리에 도착했다는 의미였다. 이에 리안은 흥분을 감추지 못하고 즉시 주위를 둘러보았는데, 이상하게도 폐공장 안에는 누군가 새로 들어온 기척은 전혀 없었다.

"너, 섀드가더들을 여기로 불렀구나?"

리안의 기대감이 의아함으로 바뀔 때쯤, 제론의 싸늘한 목소리가 들려왔다. 리안이 두리번거리는 모습을 보고 빠르게 눈치를 챈 모양이었다.

"하지만 이곳에 아무나 들어올 수 없다는 건 몰랐겠지. 안타깝지만 여기에서는 그 누구도 너를 구해줄 수 없단다."

이어진 제론의 말에 리안은 당황하며 다시 주위를 살펴보았다. 위치추적기에 반응이 잡히는데도 세린의 모습이 보이지 않는다는 사실이 과연 제론의 말을 입증해 주고 있었다.

도움을 기대할 수 없다는 생각에, 이제는 정말로 리안의 마음속에 두려움과 절망감이 밀려들었다. 그때 다시금 제론의 발밑에 연결된 봉제 인형 같은 그림자가 눈에 들어오자 리안은 구역질을 참기 위해 안간힘을 써야했다. 이대로 그는 제론의 새로운 그림자를 완성하는 마지막 조각이 되어 생을 마감하게 되는 걸까? 폐공장의 차가운 공기 때문인지, 온몸을 지배한 공포감 때문인지 리안의 두 손이 어쩔 수 없이 덜덜 떨리기 시작했다.

제론은 리안의 좌절감을 감상하며 서늘한 미소를 지었다. 그리고 상대의 두려움과 패배감이 짙게 회오리치는 이 상황의 희열을 극대화하려는 듯 몇 마디 말을 덧붙였다.

"머리 좀 쓸 줄 안다고 자만하고 있었겠지만 세상에는 네가 모르는 마법이 수만 가지가 넘는단다, 애송아. 섀드가더들은 지도상에 나타난 네 정확한 위치를 알고 있다 해도 절대 이곳을 찾아낼 수 없어."

하지만 제론의 의도와는 반대로, 이 말이 오히려 리안을 포기 직전의 상태에서 끌어올려 주었다. '지도상의 위치를 알아도 찾을 수 없는 공간'이라는 표현을 곱씹자 리안의 머릿속에 한 가지 가능성이 피어올랐던 것이다. 게다가 제론은 친절하게도 지금

이 공간이 어떤 마법의 산물임을 암시해 주었다.

제론이나 채 교수가 사용하는 특이한 마법들이 대체로 고대 섀드학에 기반을 두고 있다는 점을 고려해 리안은 틈틈이 고대 섀드학 서적도 읽어두었는데, 그러던 중 '섀도우 디멘션Shadow Dimension'이라고 불리는 두 번째 차원을 만드는 마법에 대해 읽은 적이 있었다. 고대 섀드전쟁 중 적을 피해 숨을 공간을 만들기 위해 개발한 마법으로, 눈앞에 보이는 현실의 공간 이면에 아무도 찾을 수 없는 두 번째 차원을 만들어 몸을 숨기는 방법이라고 했다.

만약 리안이 발을 딛고 선 이 공간이 실제의 폐공장 이면에 존재하는 섀도우 디멘션이라고 한다면 이 상황이 꽤 잘 설명된다. 섀도우 디멘션은 적을 피해 숨기 위해 고안된 마법이므로 마법을 발현한 섀드가 허락한 이들만 그 안에 발을 들일 수 있다고 했다. 그러니 아무리 섀드가더들이 찾아온다 해도 리안을 구할 수는 없다고 제론이 자신하는 것도 당연하고, 리안과 세린이 같은 공간에 존재하면서도 서로를 볼 수 없다는 점도 말이 된다.

이곳이 섀도우 디멘션의 내부라는 어느 정도의 확신이 들자 리안의 마음속에 희망이 자라기 시작했다. 이 두 번째 차원에서 나갈 방법을 찾기만 하면 밖에 있는 현실의 폐공장 안을 탐색하고 있을 섀드가더들이 자신을 도와줄 수 있을 터였다.

'…하지만 어떻게?'

애석하게도 리안은 섀도우 디멘션에 대해 읽은 적은 있지만 그곳을 탈출하는 방법에 대해서는 알지 못했다. 섀도우 디멘션은 보통 자신과 일행을 보호하기 위해 창조하는 공간이라 그 안에서 도망치는 법은 전혀 기록되어 있지 않았다. 방공호 같은 역할을 하도록 되어있는 섀도우 디멘션을 이렇게 반대로 포로를 가두는 감옥처럼 활용하는 이는 아마 이제까지 없었을 테니.

'생각하자… 생각해!'

어느새 제론 일당은 텐으로 추정되는 포로를 앞세워 리안의 그림자를 빼앗을 마법을 준비하고 있었으므로 점점 마음이 조급해졌다. 그러던 중, 텐이 제론 일당의 눈을 피해 천장 방향으로 살짝 턱짓을 보내는 모습이 리안의 눈에 들어왔다.

'천장?'

텐의 신호가 그를 향한 것인지는 알 수 없었지만 리안은 일단 그를 따라 위를 올려다봤다.

'천장에 있는… 조명?'

천장에 늘어선 희미한 형광등 쪽으로 시선이 향한 순간 리안은 깨달을 수 있었다. 텐이 머리 위의 형광등을 강조한 이유는 그것이 섀도우 디멘션을 깰 수 있는 수단이기 때문이라는 사실을.

모든 그림자 마법은 그림자를 만들어 내는 빛이 있기에 성립한다. 그리고 이 공장은 창문 하나 없이 사방이 단단한 콘크리트로 막혀있기 때문에, 천장에 늘어선 형광등만이 그림자를 만들 수 있는 유일한 빛이 된다. 자신이 취해야 할 행동을 확신한 리안은 얼른 제론 일당의 동향을 살피고는, 아무도 그에게 주목하지 않는 틈을 타 재빨리 눈을 감고 그림자의 힘으로 온몸을 채우는 데 집중했다. 예전에 확인했듯, 제론의 그림자에는 현시대 어떤 섀드보다도 강한 마법의 힘이 깃들어 있기 때문에 이를 잘만 활용한다면 어떤 제약이든 뛰어넘을 수 있었다.

물론 전에 검은 저택에서 시도했을 때는 제약을 뛰어넘기까지 굉장히 많은 시도와 시간이 걸렸지만, 그래도 지금의 리안에게는 이 방법을 다시 시도하는 것 외에 다른 선택지가 없었다. 그런데 놀랍게도 이번에는 그렇게까지 안간힘을 쓰지 않고도 수월하게 마법을 구속하고 있는 미지의 벽을 뛰어넘을 수 있었다.

그의 손에 감긴 마법을 구속하는 끈의 효과가 생각보다 약했던 것인지 아니면 그사이 자신이 그만큼 큰 성장을 이룬 것인지 의아했으나, 그런 고민으로 낭비할 시간은 없었다. 리안은 일말의 망설임 없이 얼른 구석에 굴러다니는 기계 부품 하나를 그림자 부림술로 움직여 천장을 향해 날렸다. 그 달그락거리는 소리에 제론 일당은 그제야 리안의 행동을 눈치채고는 황급히 고개를 돌렸지만, 그들이 무언가 손쓸 겨를도 없이 기계 부품은 엄청난 속도로 날아가 천장에 있는 모든 형광등을 줄지어서 파괴했다.

그렇게 주위의 모든 것이 철저한 암흑 속에 삼켜졌다.

# 20.
## 두 그림자의 지배자

세차게 흔들리는 주변 공기에 의해 바닥으로 넘어진 리안은 어둠 속에서 상황을 살피기 위해 두리번거렸다. 잠시 후, 웅성거리는 소리가 낮게 울리며 주변에서 작은 손전등 여러 개가 켜졌다. 그 빛에 의존해 주위를 살펴보니 열 명의 섀드가더가 그의 곁을 둘러싸고 있었다. 손전등 불빛 사이로 세린의 놀란 얼굴도 보였다.

성공했다. 섀도우 디멘션을 깨뜨린 것이다.

보아하니 메릴린과 크리스티안을 포함해 함께 작전을 수행하고 있던 두 팀의 섀드가더들이 모두 세린을 따라 급히 투입된 모양이었다. 다들 무슨 일인지 궁금해 하는 표정이었지만 세린은 어찌 된 일인지 묻지도 않고 얼른 리안의 손목에 감긴 구속

끈부터 잘라주었다. 그리고 리안 역시 암흑 속에서 시야를 확보할 수 있도록 그에게 또 하나의 손전등을 건넸다.

손전등으로 공장 반대편을 비추자, 제론 일당과 그들의 포로 역시 차원이 붕괴되며 일어난 거센 공기의 움직임에 당해 리안 처럼 중심을 잃고 넘어져 있었다. 그 모습을 보고 리안은 얼른 몸을 일으켰다. 이 상황에 대해 섀드가더들에게 설명할 틈도 없었다. 적들이 차원의 붕괴로 인한 충격에서 아직 헤어 나오지 못한 이 짧은 순간을 이용해 전투에서 우위를 점해야 한다는 생각뿐이었다.

다행히 세린도 상황 판단력에 있어서는 누구에게도 지지 않을 만큼 영민했기에, 순식간에 손에 든 은빛 단도를 움직여 채 교수를 향해 날려 보냈다. 하지만 예상보다 훨씬 빠르게 정신을 차린 채 교수는 얼른 자신의 그림자를 부려 단도를 낚아챈 후 반대로 섀드가더들을 향해 공격을 보내왔다. 그리고 이를 기점으로 섀드가더들과 채 교수, 아르망과 딜런이 저마다 적을 향해 달려들면서 양측의 마법이 격렬하게 맞붙기 시작했다.

아직 섀드의 힘을 채 되찾지 못한 제론은 전면에 나설 수 없었기 때문에 전력 차이가 꽤 크게 나는 싸움이었다. 그럼에도 채 교수와 아르망, 딜런 모두 대단한 실력자였기에 상황은 얼마간 호각으로 유지되었다. 채 교수는 자신의 그림자를 수십 개로 복제해 섀드가더들을 교란했고, 아르망은 정체 모를 마법약과 가루들을 흩뿌리며 섀드가더들이 쉽게 자신들에게 접근하지 못하도록 방해했다. 그리고 딜런은 고도의 그림자 흐름 제어술로 섀드가더들이 날리는 공격의 속도를 늦추면서 동시에 그림자 변형 마법을 사용해 대응하기 힘든 이상한 그림자 피조물들을 만들어 냈다.

섀드가더들이 들고 있는 손전등에만 의존해 싸워야 한다는 한계가 있음에도 양측은 한 치의 실수도 없이 기량을 완벽히 뽐내고 있었다. 그림자 공격이 혼란하게 뒤섞임에 따라 폐공장을 가득 채운 먼지가 폴폴 피어올랐고, 군데군데 방치돼 있는 기계들에 공격이 맞고 튕겨 나오는 일도 비일비재했다. 몇몇 기계들은 강한 공격을 맞고 쓰러지거나 헐겁게 연결돼 있던 부품을 토해내는 식으로 본의 아니게 전투에 긴장감을 더해주고 있었다.

하지만 채 교수와 아르망 그리고 딜런이 제론의 간택을 받은 최상위 인재라 해도, 섀드가더들의 전투 경험 역시 무시할 수 없었으므로 제론 일당은 서서히 열세에 몰리기 시작했다. 세린은 빠르게 채 교수가 복제한 그림자를 모두 파괴한 후, 단 하나뿐인 진짜 그림자를 찾아 그녀에게 상처를 입혔다. 그리고 아르망 역시 그림자 화학과 재료학 분야에 능통한 섀드가더 두세 명이 힘을 합치자 금방 제압되었다.

한편, 크리스티안과 복잡한 그림자 변형 마법으로 맞붙던 딜런은 메릴린이 날린 단단한 날붙이의 그림자를 미처 보지 못해 가슴팍에 정통으로 맞고는 피를 토해냈다. 딜런의 그림자는 섀도우 베일로 보호받고 있었으나 메릴린은 풍부한 경험과 강한 힘으로 이를 쉽게 뚫어낼 수 있었다. 이렇게 제론 일당의 전투 가능한 인력 세 명이 모두 제압당하거나 상처를 입게 되면서, 머지않아 섀드가더들의 승리로 상황이 종결될 것처럼 보였다.

그때, 공장 저편에서 짧은 신음소리가 들려왔다. 리안과 섀드가더들은 본능적으로 공격을 멈춘 채 고개를 돌려 상황을 살폈는데, 제론의 포로인 텐이 허벅지에서 피를 흘리며 주저앉아 있었고 그 옆에는 짧은 단도를 든 제론이 있었다. 보아하니 제론이 그의 다리를 찌른 모양이었다.

자신도 모르게 그 광경을 멍하니 바라보고 있던 리안은 아차 하고 고개를 돌렸다. 제론에게는 텐을 해칠 이유가 전혀 없다. 오히려 그는 제론이 필요로 하는 인물이지 섀드가더들에게 당장 중요한 인물은 아니니까. 그렇기에 지금 벌어진 상황은 오히려 리안과 섀드가더들을 교란하기 위한 움직임일 뿐이었다. 그들이 괴로워하는 포로의 모습에 시선을 뺏긴 나머지 전투에 빈틈을 보이도록.

아니나 다를까, 섀드가더들이 잠시 한눈을 판 사이 아르망은 '섀도우 밤Shadow-Bomb'과 라이트 캡슐을 섞어 마구 던지며 자신을 잡고 있던 섀드가더들의 손에서 탈출했고, 이미 몸을 피한 채 교수는 공장 내에 굴러다니던 여러 기계 부품을 동시에 움직여 날리면서 아르망을 엄호했다.

그렇게 해서 정신없는 싸움이 다시 이어지는 사이, 리안은 문득 치명상을 입고 쓰러졌던 딜런의 모습이 보이지 않는다는 사실을 깨달았다.

'…잠깐, 제론이랑 텐은?'

채 교수와 아르망의 화려한 마법에 잠시 시선이 분산된 틈을 타 제론과 텐 역시 어디론가 사라져 있었다. 제론이 머리 부분의 그림자 토막 하나만 얻어내면 섀드의 힘을 되찾을 수 있다는 사실과 지금의 상황을 조합하자 리안의 머릿속에 한 가지 결론이 떠올랐다.

리안은 등골이 오싹해지는 걸 느끼며 얼른 섀드가더들을 향해 경고의 말을 외쳤다.

"제론은 딜런의 그림자를 빼앗아서 섀드의 힘을 되찾을 생각인 것 같아요!"

공교롭게도 딜런의 그림자 역시 균일한 기운을 가진 타입에 속했다. 딜런은 엘리트 클럽에서부터 제론과 알아온 사이였지만, 제론이라면 그런 동료를 희생시켜서라도 자신의 힘을 되찾을 수 있다면 주저하지 않을 게 분명했다. 돈이 없어 재능을 펼치지 못했던 어린 시절에 새로운 기회를 선사했던 다이앤 미첼에게 그가 어떤 식으로 보답했는지만 봐도 뻔하지 않은가. 제론은 자기 자신이 그 무엇보다 중요한 냉혈한이다.

리안이 제론을 찾기 위해 공장 안을 빠르게 내달리기 시작하자, 즉시 백 명의 아르망이 그의 앞을 막아섰다. 아르망 자신의 그림자 조각을 이용해 대대적인 환영마법을 펼쳐낸 것이다. 리안이 주머니에서 꺼낸 라이트 캡슐을 몇 개 던져 그림자로 된 환영을 모두 터뜨리자 이번에는 아르망의 본체가 그림자화한 상태로 미끄러지듯 달려와 리안을 가로막았다.

아르망의 즉각적인 반응이 오히려 리안의 추측이 옳았음을 증명해 주었기에, 섀드가더들도 얼른 공장 곳곳을 수색하며 제론을 찾기 시작했다. 채 교수와 아르망은 혼신의 힘을 다해 그들을 저지하려 노력했으나 이내 곳곳에 상처를 입고 점점 전력이 약해져 갔다.

리안은 세린과 크리스티안의 도움을 받아 아르망에게 그림자 정지 마법을 건 후 그의 손에 마법구속기를 걸어두었다. 그리고 다른 섀드가더들이 채 교수를 비슷한 방법으로 체포하는 광경을 확인하며 공장 구석으로 달려 나가려는데, 그 순간 덜컹 하는 소리와 함께 리안과 가까운 곳에 있던 방의 문이 열렸다. 리안과 세린의 손전등이 동시에 소리가 들려온 방향으로 향했고, 그 눈부신 빛을 받으며 누군가가 뚜벅뚜벅 걸어 나왔다. 20대 청년의 얼굴을 하고도 위압적인 분위기를 뿜어내는 남자, 제론이었다.

제론이 당당하게 공장으로 걸어 나온 순간, 리안의 시선은 그 누구보다 빨리 그의 발밑에 늘어선 그림자로 향했다. 얼마 전까지만 해도 머리 부분이 비어있었던 그의 두 번째 그림자가 이제는 완전해져 있었다. 봉제 인형처럼 조각조각 이어져 있어 괴이한 느낌을 자아내는 건 여전했지만, 머리 부분이 완성된 그림자에서는 이제 무어라 형용할 수 없는 미지의 생명력이 느껴졌다. 제론이 몇 개월간 준비해 온 마법이 완성된 순간이었다. 그는 여전히 인간인 리안의 몸을 가지고 있으면서도 동시에 마법의 힘으로 가득 찬 그림자를 얻어냈다. 다시, 섀드의 힘을 되찾은 것이다.

마법의 힘을 되찾았다는 사실을 광고라도 하듯, 제론은 더없이 만족한 미소를 지으며 발밑에 있는 두 번째 그림자를 향해 손을 뻗었다. 그리고 빠르게 알 수 없는 주문을 중얼거렸다.

그 즉시 제론의 손끝을 따라 그의 두 번째 그림자가 쏟아지듯 펼쳐졌고, 그 검은 기운은 빠른 속도로 공장의 콘크리트 바닥을 덮으며 모두의 발밑을 향해 다가왔다. 그렇게 저항할 틈도 없이 제론의 그림자가 만들어 낸 광활한 마법이 리안의 그림자에 닿는 순간, 끝이 보이지 않는 새카만 어둠이 눈앞에 차르르 펼쳐졌다. 그리고 그 위에서 어떤 보이지 않는 손이 촬영용 세트장을 뚝딱뚝딱 조립하는 것처럼 리안을 둘러싼 풍경이 순식간에 변화했다.

바닥과 하늘이 구분되지 않던 검은색 어둠은 푸른 하늘과 잔잔한 호수로 바뀌었고, 저 너머에는 눈부신 고층 빌딩들이 나무처럼 쑥쑥 자라나 자리를 잡았다. 리안은 어느새 자신이 시카고의 미시간호수 옆 산책로에 와있다는 사실을 깨달았다. 반짝이는 호수와 푸르른 하늘이 끝없는 어둠 속에서 거짓말처럼 펼쳐질 때까지만 해도 꿈을 꾸고 있는 듯 몽롱한 기분이었는데, 주위의 풍경이 완벽히 바뀌고 나자 리안의 정신도 이곳에 완벽히 녹아들어 버렸다.

'정말 시카고로 돌아온 건가?'

호수에 비친 얼굴을 보니 다시 그의 몸도 리안 그레이 자신으로 돌아와 있었다. 제론과의 모든 사건이 벌어지기 이전, 시카고에서 평온한 나날을 보내던 과거의 시점 언젠가로 돌아온 기분이었다.

'아니, 사실은 이 모든 게 다 꿈이었다거나….'

이내 리안의 정신은 이러한 생각에 빠져들었고, 한번 이렇게 생각하자 주위의 풍경이 실제처럼 느껴지기 시작했다. 그리고 마침내 눈앞의 모든 것을 저항 없이 믿어버리게 되자 리안에게 달콤한 행복감이 훅 밀려왔다. 선선한 날씨와 맑은 하늘, 생생한 호수의 물 내음. 모든 게 다시 완벽해져 있었다.

"이리 와."

그때 등 뒤에서 그를 부르는 소리가 들려왔다. 어머니의 목소리였다. 종소리처럼 밝게 울리는 그 목소리에 이끌린 리안은 아무런 망설임 없이 발걸음을 돌려 목소리가 들려온 방향으로 걸어가기 시작했다.

그런데 리안이 막 한두 걸음 정도 앞으로 나아갔을 때쯤, 그의 마음 깊숙한 곳에서부터 또 하나의 목소리가 울려 퍼졌다.

"리안, 기억해. 이건 환각이야."

그 목소리를 인식하고 나자 주변의 광경이 모두 이질적으로 느껴지기 시작했고, 이러한 위화감을 곱씹자 이내 그를 둘러싼 호수와 하늘이 다시 암흑 속으로 빨려 들어가듯 사라졌다. 그리고 이번에는 반대로 세트장이 철거되듯 주위의 모든 것이 뚝딱뚝딱 해체돼 허공으로 흩어졌다.

마침내 리안의 눈앞을 막고 있던 새카만 어둠마저 밀려나자, 그가 기억하는 모습 그대로의 회색빛 공장이 눈에 들어왔다. 하지만 공장 안의 풍경은 그가 제론의 마법 속에 갇히기 이전과는 전혀 달라져 있었다. 제론이 펼쳐낸 두 번째 그림자 위에서 섀드가더들은 모두 통제력을 잃고 서로를 공격하고 있었고, 잿빛 먼지가 피어오르는 폐공장의 풍경 사이로 검붉은 피가 여기저기 선명하게 튀어있었다. 세린마저 자의식을 잃은 채 팔에서 피를 뚝뚝 흘리며 정신없이 사방으로 공격을 보내고 있는 걸 보고 리안은 경악했다.

리안도 '섀두아Schaedrois'라 불리는 그림자 제어막 안에 상대를 가둬 정신을 지배하는 마법에 대해 배운 적이 있지만, 지금처럼 한꺼번에 여러 명을 제어하는 일이 가능할 거라곤 상상하지 못했다. 게다가 지금 제론이 제어하는 이들은 모두 고도로 훈련된 섀드가더이니, 대체 얼마나 힘이 강력해야 이런 식으로 마법을 운용할 수 있는지 짐작조차 가지 않았다. 그리고 대부분의 섀드는 섀두아를 유지하는 것만으로도 벅찰 텐데 그 와중에 제론은 다른 마법을 동시에 펼쳐낸 채 교수와 아르망을 묶던 마법구속 기도 제거해 주고 있었다.

얼른 섀드가더의 피해를 최소화하고 제론을 막아야 한다는 생각에, 리안은 먼저 섀드가더들 사이를 마구 떠다니는 무기 그림자부터 모두 한쪽으로 치웠다.

"너는… 어떻게 그 안에서 빠져나온 거지?"

리안이 정신적 지배에서 벗어나 독자적으로 움직이기 시작했음을 깨달은 제론은 놀라 중얼거렸다. 하지만 살짝 당황한 것도 잠시, 제론은 다시 침착한 모습으로 돌아와 허공에서 긴 그림자 끈을 만들어 내 그를 향해 날렸다. 그림자 끈이 마치 새카만 뱀처럼 리안에게 끈질기게 달라붙었으나, 다행히 리안은 이번 공격도 쉽게 피할 수 있었다. 그리고 제론이 다른 공격을 보내기 전에 리안도 얼른 자신의 그림자를 크게 펼쳐냈다.

섀두아의 지배에서 벗어날 수 있는 가장 쉬운 방법은 그 안에 갇힌 당사자가 자신이 놓인 상황을 깨닫는 것이라고 했다. 방금 자신도 모르게 리안이 섀두아의 존재를 알아차리고 그 안에서 빠져나왔던 것처럼. 그렇기에 리안이 세운 계획은 제론의 섀두아 위로 자신의 그림자를 펼쳐 또 하나의 섀두아를 형성한 후, 제론의 환각 속에 섀드가더를 환기할 또 다른 환각을 밀어 넣으려는 것이었다.

하지만 섀두아를 이론으로만 배웠을 뿐 구현해 본 적 없는 리안은 아무리 힘을 짜내도 제론만큼 크고 넓은 섀두아를 만들 수가 없었고, 자신의 그림자로 제론이 단단하게 유지하고 있는 섀두아를 밀어낼 수도 없었다. 섀드가더들이 제론의 정신 지배하에서 서로를 공격하며 점점 더 많은 피를 흘리는 모습을 보면서도 이 상황을 타개할 방법이 떠오르지 않자 리안은 스스로에게

화가 날 지경이었다. 제론이 만들어 낸 이 아수라장 속에 피비린내와 상처 입은 이들의 비명이 더해지자 차분히 생각을 정리할 겨를도 없었다.

결국 지금은 무식하게 힘으로 밀어붙여 보는 방법밖에 없다고 결론 낸 리안은 몸에 남아있는 모든 힘을 짜내 자신의 그림자를 최대한 단단하게 굳혀냈다. 그리고 그림자를 확장해 제론의 섀두아를 다시 한번 밀어내기 시작했다.

'제발… 한 번만….'

이를 악물고 간절한 마음으로 제론의 그림자를 조금씩 밀어내던 그때, 갑자기 리안의 그림자에서 검은 빛이 폭발하듯 터져나오더니 마치 굶주린 맹수처럼 공장 안에 있던 모든 그림자를 덮쳤다.

그 검은 빛은 마치 살아있는 생명체처럼 맹렬히 소용돌이치며 주위의 공기며, 소리며 모든 것을 먹어 치울 듯 거대하게 확장되었다. 세상이 모두 멈춰버린 것처럼 리안의 귀에는 먹먹한 느낌만 남을 뿐 어떤 소리도 들리지 않았다. 그러면서 폐공장 안의 모든 풍경이 리안의 눈앞에 마치 슬로모션처럼 천천히 스쳐 지나갔다. 제론과 채 교수, 아르망은 깜짝 놀란 표정 그대로 굳어버렸고, 정신없이 싸우던 섀드가더들 역시 검은 빛 아래에서 움직임을 모두 멈췄다.

그렇게 영겁 같은 1초가 지나고, 공장 안을 가득 채웠던 검은 빛은 다시 무슨 일이 있었냐는 듯 리안의 그림자 안으로 흡수되듯 모습을 감춰버렸다. 그리고 그 즉시 리안은 자신의 발밑에 놓인 그림자에서부터 엄청난 에너지가 솟구쳐 그의 온몸을 휘감는 걸 생생히 느낄 수 있었다.

이를 신호로 리안은 자신이 그림자를 이상할 정도로 쉽게 움직일 수 있게 되었다는 사실을 깨달았다. 머릿속으로 앞서 검은 빛이 보여준 움직임을 떠올리자 큰 힘을 들이지 않고도 그림자를 거대하게 확장할 수 있었다. 거의 공장 안을 모두 뒤덮고도 남을 만큼.

그렇게 해서 리안의 단단한 그림자가 제론의 섀두아와 맞붙자, 제론의 그림자는 강철로 된 둔기에 얻어맞은 것처럼 볼품없이 찌그러졌다. 그리고 봉제 인형처럼 조각조각 이어져 있던 제론의 두 번째 그림자는 머리와 몸통 사이의 연결부가 너덜너덜하게 찢겨나가면서 그 괴이한 생명력을 잃었다.

새로 얻은 그림자의 봉합 부위가 찢어지자 제론은 더 이상 힘을 제대로 쓰지 못하게 되었고, 간단한 그림자 부림술마저 제대로 구현할 수 없다는 사실에 당황해 허둥거렸다. 그사이 리안은 얼른 그를 붙잡기 위해 몸을 날렸지만, 안타깝게도 채 교수와 아르망이 더 빨랐다. 그들은 제론의 양팔을 부축하듯 잡더니 눈

깜짝할 새에 공장에서 도망치듯 사라졌다.

# 21.
## 빗속의 상념

캘리포니아, 로스앤젤레스.

이틀 뒤, 추적추적 비가 내리는 아침에 리안은 검은 우산을 쓴 채 축축한 잔디 위로 조심스러운 발걸음을 내딛었다. 정신을 가다듬을 겸 아침부터 일찍 일어나 어머니의 묘비를 보고 오는 길이었다. 군데군데 빗물이 만들어 낸 웅덩이에 그 자신의 형상이 마치 그림자처럼 반사돼 일렁였다. 들리는 소리는 우산 위로 떨어지는 빗방울의 소리와 발아래로 젖은 잔디가 밟히는 소리뿐. 리안은 조용히 생각을 정리하며 묵묵히 걸음을 옮겼다.

지난번 폐공장에서의 싸움이 제론 일당의 도망으로 끝나면서 섀드가더들 사이에는 침울한 기운이 감돌고 있었다. 오랜 수사 끝에 비로소 제론 일당을 찾아냈는데, 결국은 제론이 섀드의 힘을 되찾는 걸 막지 못했기 때문이었다. 게다가 리안이 뜻밖의 활약으로 제론의 그림자를 밀어내기 전까지 일행 모두 제론의 압도적인 힘에 저항 없이 놀아나지 않았는가.

또한 리안이 그림자 봉합 부위를 찢어놓으며 제론의 힘을 묶어둔 짧은 순간을 활용하지 못했다는 점도 세린이 크게 후회하는 부분 중 하나였다. 섀드가더들은 섀두아로 인한 정신 지배에서 막 깨어나 몽롱한 상태였고, 리안은 자신이 발휘한 믿기 어려운 힘에 놀란 나머지 그 순간을 바로 노려 민첩하게 움직이지 못했다.

'그나저나 그 힘은 뭐였을까….'

리안은 발걸음을 잠시 멈추고 문득 발밑의 그림자를 내려다보았으나, 폐공장에서의 전투 중 갑작스럽게 폭주하듯 터져 나왔던 검은 빛은 그 이후 한 번도 볼 수가 없었다. 지금 역시 그림자를 이리저리 관찰해 봐도 평소와 다른 점을 찾을 수 없었기에 리안은 상념을 멈추고 기지로 돌아가기 위해 다시 서둘러 다리를 움직였다. 공장에서 도망친 제론 일당이 어디로 향했는지 끝내 알아내지 못했기 때문에 세린을 필두로 그들을 찾기 위한 새로운 방향의 조사가 준비되고 있었다.

다행히 폐공장에서의 싸움을 통해 나름대로 리안 일행이 얻어온 것도 있었으니, 그건 제론 일당이 미처 데려가지 못한 포로였다. 제론은 갑작스레 마법의 힘이 발동하지 않는 상황에 당황해 무언가를 챙길 상황이 아니었고, 채 교수와 아르망 역시 제 몸을 간수하는 데 급급했기에 포로에 대해서는 전혀 신경 쓰지 못했다.

제론 일당이 사라진 후 폐공장을 수색해 보니 포로인 텐은 제론이 두 번째 그림자를 완성한 바로 그 방에 딜런의 시신과 함께 방치돼 있었다. 제론에게 찔린 허벅지에서 쏟아지던 피를 제대로 지혈하지 못해서인지 섀드가더들이 발견했을 때쯤 거의 정신을 잃기 직전이었지만, 로스앤젤레스의 기지에서 기다리던 솜씨 좋은 의사 덕분에 얼마 지나지 않아 기운을 되찾았다고 했다.

리안이 지금 기지로 돌아가 만나보려 하는 이도 바로 텐이었다. 몇 달 동안이나 제론의 포로로 지내며 그에게 섀드의 힘을 부여하는 작전에 투입된 텐이라면 리안과 섀드가더에게 큰 전력이 되어줄 게 분명했다.


"당신, 이상한 힘을 품고 있군."

텐이라는 가명의 발명가는 리안을 보자마자 이렇게 말했다.

"네?"

전혀 예상치 못한 첫마디에, 리안은 미리 준비해 둔 질문들을 잊은 채 멍청하게 되묻는 수밖에 없었다.

"나에게는 다른 섀드의 눈에 보이지 않는 게 보여."

텐은 긴 앞머리를 살짝 걷어 자신의 오른쪽 눈을 보여주었다. 짙은 검은색을 띤 반대쪽 눈과 달리 그의 오른쪽 눈은 신비로운 푸른빛을 띠고 있었다.

"당신의 그림자 안에 녹아들어 있는 저 검은 빛…. 그건 그 그림자의 소유주가 가진 힘이 아니라, 당신의 영혼이 가진 힘이야."

리안은 텐이 하는 말을 완벽히 이해할 수는 없었지만 그 말이 모두 진실이라는 것만큼은 어렴풋이 느낄 수 있었다. 리안이 자신에 대해 제대로 소개하기도 전에 이미 텐은 눈앞에 보이는 리안의 그림자와 영혼이 서로 다른 이의 것임을 알아보지 않았는가.

"이 힘을 내가 어떻게 얻게 된 거죠? 이 힘을 사용하는 방법은… 알고 있나요?"

리안은 사막에서 물을 찾는 사람처럼 간절하게 질문을 던졌으나 텐은 고개를 저었다.

"그것까지는 내가 알 수 없지."

그래도 리안이 실망하기 전에 텐은 얼른 희망의 말을 덧붙여 주었다. 리안을 위해 한 말이라기보다는 그저 진실을 말하는 듯한 담백한 어조였지만.

"그래도 잘만 사용하면 아주 강력한 힘이 되리라는 건 분명해. 내 눈이 그렇게 말하고 있거든."

그렇다면 이제 그 힘을 살리는 건 리안의 몫이라는 의미이다. 이 힘을 잘 사용하는 법을 익히기만 한다면 다음에는 제론을 놓치지 않고 체포할 수 있을까?

그러나 뒤이어 이어진 텐의 설명은 그다지 희망적이지 않았다.

"하지만 제론… 그자도 호락호락하지는 않을 거야. 그림자 토막을 다시 제대로 봉합하기만 하면 금방 마법의 힘을 되찾을 수 있겠지. 게다가 지난번 폐공장에서는 막 머리 부분을 봉합해 그림자를 완성한 직후였으니 아마 아직 불안정한 상태였을 테고. 앞으로 시간이 지날수록 그 두 번째 그림자는 점점 완전한 상태가 되어갈 거야."

이미 폐공장의 전투에서 제론은 리안의 예상을 한참 뛰어넘는 강력함을 보여줬다. 그런데도 그 힘이 아직 불안정한 상태였다니…. 리안은 흔들리는 눈빛으로 자신의 발밑에 놓인 그림자를 그리고 눈에 보이진 않지만 그 안에 잠들어 있을 검은 빛을 내려다보았다. 곧 완전해질 제론의 두 번째 그림자를 리안이 새롭게 얻은 힘으로 대적할 수 있을까?

리안의 머릿속에서 시곗바늘이 째깍째깍 강한 동요를 남기며 움직였다. 다시 남들이 쉽게 넘볼 수 없는 힘을 손에 넣은 제론 일당은 이제 샤티아텐을 찾아 중단됐던 숙원을 이루려 할 게 분명하다. 쓸모없다고 생각하는 유약한 대중을 모두 쓸어버리고 그 자리를 자의식 없는 꼭두각시 마법사들로 채우려는, 섀드세계를 뒤흔들 거대한 계략. 그리고 그들이 원하는 세상이 마침내 찾아오면, 그때는 리안뿐 아니라 섀드세계 전체가 무너지리라.

리안이 먼저 제론을 저지할 방법을 찾아 모든 걸 끝내느냐, 아니면 온 세상이 제론의 손으로 넘어가느냐 하는 시간 싸움이 시작되었다.

**그림자 마법사들2** 마르세유의 비밀 조직

초판 1쇄 인쇄 2025년 3월 17일
초판 1쇄 발행 2025년 4월 7일

지은이 | 정채연
일러스트 | 소만
발행인 | 강봉자, 김은경

펴낸곳 | (주)문학수첩
주소 | 경기도 파주시 회동길 503-1(문발동633-4) 출판문화단지
전화 | 031-955-9088(대표번호), 9536(편집부)
팩스 | 031-955-9066
등록 | 1991년 11월 27일 제16-482호

홈페이지 | www.moonhak.co.kr
블로그 | blog.naver.com/moonhak91
이메일 | moonhak@moonhak.co.kr

ISBN 979-11-7383-000-6 03810

＊파본은 구매처에서 바꾸어 드립니다.